悖论13

パラドックス13

〔日〕东野圭吾 著

林青华 译

南海出版公司

新经典文化股份有限公司
www.readinglife.com
出　品

1

听了首席秘书田上的话，大月皱起眉头。他正在官邸办公室里埋头赶稿，是关于非洲政策方面的。按照预定，下周他要在亚的斯亚贝巴发表演说。

面朝黑檀木桌子的大月转动椅子，背过身去。田上站着，微躬着庞大的身躯。

“堀越究竟干什么去了？核电又出事了吗？”

堀越忠夫是科学技术政策担当大臣。大月想起来了，堀越前几天刚去出席了国际原子能机构的大会。

“不，好像不是那一类的事情。跟他一起去的是JAXA的人。”

“JAXA？”

“就是宇宙航空研究开发机构。”

“啊，是吗。那些家伙要干什么？是关于H2火箭？”

“我原来也这么想，但似乎不是。”田上取出笔记本，“说是宇宙科学研究总部的高能天文学研究系有要紧事情汇报。”

“什么要紧事情？”大月不禁苦笑。含糊其辞的说法反而让事情更显奇怪。

“总而言之，说是十万火急。”

“没问具体情况？”

“我问了，据说不是口头就能说明的事情。他们要求直接见首相您，当面解释。”

“哦。”

“其实，”田上迟疑了一下说，“好像堀越大臣也不能完全把握事态。他说听了一次汇报，但不能理解之处很多，希望跟首相您一起再听一次。”

“什么呀。自己都不明白，还让我见那些家伙？”

“说是事态确实紧急。据堀越大臣说，这事不仅关系到我国，还关系到整个地球。”

一听到“地球”这个词，大月一边的眉毛挑了起来。“这么说，是地球温室效应的事？”

要是如此，可够麻烦的，大月心想。在采取措施减缓温室效应即降低二氧化碳排放量方面，美国态度消极。在这个问题上，它完全受到孤立。但是，大月的态度是不跟它对立。

“不清楚，就谈过的气氛看，感觉不是。这次要向首相您报告的内容，似乎是日美共同研究一个项目时发现的。据说因为事关重大，在公开发表之前，项目的各个负责人要向本国政府首脑报告。也就是说，同样的报告也要在白宫进行。”

“白宫？要直接报告美国总统吗？”

“应该是。”

大月从椅子上站起来。

“怎么不早说！”

出面汇报情况的男子姓松山，是宇宙科学研究总部负责高能天文学的研究骨干。他四十岁左右，身材瘦小，看上去很紧张。天气不太热，他额头上却一直闪着汗珠。

关掉灯，室内暗下来。与此同时，放映机打开，挂在墙上的银幕上映出黑白照片。画面看上去像一团凝固的云，周围散布着白色斑点。

“这张照片是通过X射线天文卫星成功观测到的黑洞。准确地说，不是黑洞本身，是受到黑洞影响的、周边的样子。”松山开口讲道，声音有点发颤。

他由此说起的内容是大月没有想象到的。与其说是意外，不如说迄今从没思考过这些方面。大月时不时打断说明，边说“让我理一理头绪”边按眼角，似乎如果不这样做，就要失去现实感了。

说明结束，松山长出一口气。

“以上是P-13现象的概要。这个现象发生的概率是百分之九十九点九五，是由电脑导出的答案。在美国和英国，还有中国，都做了同样的计算，得出了同样的结论。”松山总结道，直到最后都不改严峻的语气。

宇宙科学研究总部的总部长永野把脸转向一直沉默不语的大月。

“刚才的说明，各位是否理解？”

大月一手托腮，低吟了一声，然后看向身边的田上。“你，明白了吗？”

田上眨了眨小眼睛。“细节还不是很清楚，但算是知道要发生什么事了。”

科学技术政策担当大臣堀越不住地点头，一副意料之中的模样。

“是啊。专业上的事，老实说我也不懂。就算说数学计算的结果是这样的，我也没有概念。”

大月抱起胳膊，抬头看着还站在那里的松山。“那，结果会怎样？发生这个现象会导致什么变化？带来事故或灾害吗？”

松山看看永野，似乎在询问是否可以回答大月的问题。见永野点头，他做了个深呼吸，说道：“说到结论，无法预测有什么变化。这跟不能预测未来是一样的。”

“既然这样，不就没法采取对策了吗？我不是要你预测什么，是要你设定可能的情况。基于这些情况采取预防措施，到时就不会手忙脚乱。”

“可以预想会有某些变化，但要把握它，在数理逻辑上是不可能的。”

“什么？”大月皱起眉头。讨论政治话题时，他从没有听说过数理逻辑这种词。

“举例说，”松山舔舔嘴唇，“假定由于这一现象，首相坐的地方要移动十米。就是到那里的墙边。”

“于是我就撞墙了？”

“不，墙壁也移动了十米。同样地，我们也移动。所有东西都同样移动，所以最终谁也把握不了变化。”

“你是说整个地球要移动？”

“也许说整个宇宙更合适。”

看着一脸严肃的松山，大月带着怀疑：这些家伙是说真的？他觉得实在没有真实感。

“不仅空间，可以说时间上也一样。假定首相的手表晚了十三秒。但是其他钟表也都晚了十三秒，不仅如此，假如所有事情都晚十三秒发生，那么谁都无法指出首相的手表晚了。”

大月的目光落在自己的手表上。欧米茄表，是妻子送的礼物。

“就这样盯着指针试试怎么样？不就明白了吗？”

“钟表的指针不会发生变化，”松山答道，“因为我们并不是要移动到未来或过去。”

“不明白。”大月歪着脖子，“最终，什么异常情况都不会发生吗？”

“不是不会发生，是无从把握。”

大月挠挠头，用指尖按着眼角。这是他思考时的习惯动作。

他抬起头，看着田上。“召集阁僚。想一个适当名目，别让媒体察觉异常。”

“是。”

“请你们出席。”大月交替看看松山和永野，“像今天这样介绍就行。但应该没有人能理解吧。”

三天后，临时内阁会议召开，阁僚们的反应一如大月所料。JAXA的松山和永野根据向大月汇报时的经验，预备了相当简明易懂的说明。但几乎所有在场的人仍都以一副不知所措的表情听完了解释。“没有必要理解理论，”大月扫了一眼众人，笑着说。他多少比别人更自如，起码事先知道得多一点。“老实说，我也不大明白。大家只需要知道近期会发生这样的事情就行。刚才的说明也提到了，并不是因此就会有某种变化。实际上是有的，只是我们不能感受到。”

“但是，首相，话是这么说，社会上的混乱还是免不了啊。”说话的是国土交通大臣，“千年虫的问题也是这样。从结果看没有发生什么特别严重的问题，但产业界还是出现了恐慌。”

大月架起腿，微微晃动起来。“没错。那时传媒界夸大危险性，煽动民众，加上政治家和政府职员也凑热闹。希望这次不要犯那样的错误。”

“以何种方式发布呢？就这一点麻烦。国民几乎没人能明白，只会引起不安，最终就会引发恐慌吧？”

“可能会。”

“‘可能’是指……”国土交通大臣面露难色。

大月摆出严峻的表情，扫视众人。“如果公开发布消息，毫无疑问会引起恐慌，可能会有人造谣，也会有人趁机犯案，没有一点好处。我想，在这件事情上，一切都要当成绝密。其实，我昨晚跟美国方面谈过，一致的意见是：公开披露此事要在一切现象都结束之后，此前要彻底隔断一切信息。接下来就要跟其他国家协商这件事，这个方针应该不会有变化。”

阁僚中没有人表示惊讶。在类似事情上，对国民完全封锁消息乃家常便饭。毋宁说，他们脑海里浮现的是其他事情。

“但是，可能做到吗？”国防大臣喃喃道，“这样的消息会从哪里传出去，是难以预想的。”

“所以要做得彻底。”大月坚决地说，“各省厅通知到哪一层的人由各位决定。但要盯紧他们，绝不可对外泄露。特别要注意网络。要是开始在网上流传，就不可收拾了。要成立专门的监视小组，一发现相关信息，要分析出处，立刻删除。像我刚才说的，这件事不仅仅是我国的问题。

假如消息从我们这里泄露，很可能发展为国际问题。”

所有人脸上都掠过一丝紧张的神色。

“到现在为止，知道这个问题的都有什么人？”文部科学省的女大臣提出问题。

“只有 JAXA 的一部分人和在座各位。没有其他人。至少国内是这样。”

阁僚们都一副陷入思虑的神色。对责任者来说，信息管理在某种意义上是最难的。正因如此，此事也将考验众人的手腕。

“首相，那件事也该说……”大月身边的堀越跟他耳语道。

“我知道。”大月小声答道，再次环视众人。

“信息管理如上所述，还有一件事需要大家事先准备。在 P-13 现象发生期间，请大家尽最大努力控制大事件、大事故的发生。像多次解释过的那样，P-13 现象引起的变化，我们感觉不到。但在发生足以影响历史的大事时，我们无法预想会怎么样。请大家尽最大努力，避免发生任何事情。”大月说到这里，目光投向国土交通大臣，“安西这边尤其重要啊。”

“那一天实行特别的交通管制吗？”

“交给你了。除此之外，警察厅和防卫省也有必要制订特别计划。”

两个省厅的一把手一起抬起脸。大月看着他们继续说：“在美国，据说他们还设想了关于 P-13 的信息被恐怖分子嗅出的预案，准备采取最高级别的警戒态势。”

“是说恐怖分子在谋划什么事情？”

“不清楚。但就算有人认为，把 P-13 现象与核爆炸结合，世界就会改变，这也不奇怪吧？”

从大月的位置也能看到防卫大臣的脸已经绷紧。大月见此笑道：“别那么沉重，只是十三秒而已。只要那期间世界安稳，就会平安无事。”

“哦，请再说一遍。是什么时候？”文部科学大臣扶正老花镜，问道。

“日本时间，三月十三日下午一点十三分十三秒。”大月看着笔记本说，“之后的十三秒钟，对地球而言性命攸关。”

2

久我诚哉的视线在三个监视器上来回移动。虽说是三月，车内却闷热如同梅雨时节。他脱了上衣，解下领带，还解开衬衣的两个扣子，但热汗还是在脖颈上流淌。他很想打开空调，但又不能在发动机低速运转状态下持续停车。这辆车伪装成送货上门服务的小货车。

“没有动静啊。”一起盯着监视器的上野说道。他是久我诚哉的部下。

“别着急。再迟也应该会在两点前往交易场所。得守到那个时候。”久我说道，眼睛还是不离监视器。

三台监视器上映出离他们的车约二十米的一幢楼房的正门、后门和三楼的窗户。

一周前，御徒町的宝石店发生抢劫案。罪犯持枪作案，杀了宝石店的两名保安。被抢走的金条和宝石以进货价计算，价值约一亿五千万元。

警方根据作案手法，认为熟悉宝石店内部情况的人参与作案的可能性颇高，便对该店的前任员工展开了彻查，结果查出现场留下的毛发中，有一部分属于一年前曾在店里工作的一名男子。追查之下，该男子承认他参与了作案。

男子是日本人，但加入了以中国人为中心的犯罪团伙。袭击宝石店的就是这个团伙。据这名男子说，他是头一次参与作案，分赃之后，他就没有再见过其他同伙。

根据男子的供词，警方掌握了这些中国人的身份，但他们已不再出现在潜伏地点。

对侦查组来说，幸运的是，该男子知道交易金条的日子和地点。搜查一科的管理官[1]久我大胆推断案犯们的藏身之处，投入大量警力调查取证，结果成功找出了符合特征的中国人出入的大楼。

久我凝视着映出三楼窗户的监视器。他知道他们的房间是在三楼，但房间的窗户终日拉着窗帘。监视器映出的是走廊的窗户。

走廊上出现了一名男子。接着又走出来一个，二人站着说话。

“是曹汉方和周辉英。”上野兴奋地说。

久我拿起话筒。

“我是久我。目标出现。但先别行动。像以前说的，也许会有我们还没确认的别的成员。另外，还是认为他们全部持有枪支为宜。即使他们露面，也不要马上动手。他们上车后再包围。”

很快，传来“明白”的回答。

久我取出手机，开始听报时。他摘下手表，调整指针。中午十二点四十分。连秒针也对准，是他在这种时刻的习惯。

在他要把手机放入口袋时，手机响了。他哼了一声。偏偏在这种紧要关头——

他不想接，但一看显示，又迟疑了。是搜查一科科长打来的。科长知道这边的情况，不是要紧事不会打过来。

“喂，我是久我。”

“是我。打扰你们行动，不好意思。”

“有什么事？此刻正要一网打尽那宗抢劫杀人案的案犯。”久我一边看监视器一边说。两名案犯又返回房间。

①警视厅下属各科内的三号人物，位列科长和理事官之后。搜查一科的管理官在重大案件发生时负责在管辖案发地的警察局设立调查总部，现场指挥。

“我知道，所以才紧急给你电话。是这样，我刚才被刑事部长[①]找去，接到了奇特的指示。”

“是什么？”

“从一点到一点二十分之间，别轻易采取行动。”

“啊？”久我瞠目结舌，“什么意思？”

“就是字面的意思。再准确一点说，得到的指示是：在本日十三点整至十三点二十分之间，尽量不要让警察执行危险任务。”

久我越发摸不着头脑。

“这是哪里发出的指示？”

“恐怕是比警察厅更高的级别吧。刑事部长似乎也不太清楚。”

“从一点到一点二十分……为什么那二十分钟里不能行动？”

“我也不太清楚。说不定跟那件预告恐怖袭击的事有关。”

“听说是来自美国的情报。说今天恐怕有恐怖袭击什么的。”

“那份情报的出处也不清楚。你也知道，闹市区和人群集中的地方都加强了戒备。但奇怪的是，这次戒备也说在一点半左右就可以解除，所以只能认为是有某种联系。”

“预防恐怖袭击跟逮捕抢劫杀人犯有何联系？”

“我也不明白。总而言之，在那二十分钟里，采取有危险的行动要极为谨慎。即使有必要，也绝对要避开一点十三分前后。上面是这么说的。”

“一点十三分会有什么事吗？”

“不知道。似乎以后会详细说明。”

“可是，我们这里不动手不行啊。案犯们很快就要从秘密住所出来了。放过这次机会，就不知何时才能逮捕他们了。如果让他们漏网，再搞出命案，那就太糟了。”

“我知道。我也没说别逮捕案犯。只是如果有办法拖延，希望你们考

---

①日本各都道府县警察总部中刑事部的领导者，职衔一般为警视长或警视正。

虑一下。当然，抓案犯是第一位。以后如果有什么问题，我来负责。”

“明白。我会在行动时加以考虑。”

“抱歉干扰你们执行任务，沉着冷静地行动吧。”

“明白。”久我挂断电话，不禁揣摩起来：从科长的口气来看，上层似乎起了不小的作用。可是就二十分钟，不，只是一点十三分前后不要采取行动，这是什么意思？

上野转过脸来，面露不安。他听到了刚才的对话。

“什么事？”

“不，什么也没有。”久我摆摆手，注视着监视器，“科长来电鼓励。对了，今天是什么日子？有特别意义吗？”

“今天？三月十三日……明天是白色情人节[①]。哦，说来是星期五呢。十三日、星期五。”

“哦。”

“这有什么问题吗？”

“不。”久我摇摇头。白色情人节也好，十三日星期五也好，应该没有关系。他将目光转向监视后门的监视器，立刻探出身子。

“喂，那家伙怎么回事？”

“哪个？”上野也往前凑。

监视器上出现一个躲在车后的年轻男子。他一身西服，弓着身子。

“谁啊？不像是我们的人。”

久我叹了口气。“他是本辖区的警察。这次查案，他应该负责了初期侦查。”

“啊，那么说，是您的……”

“叫个人把他带过来。让一个外行在那种地方，妨碍我们办正事。”

“明白。”

---

①指 3 月 14 日，在这一天，收到情人节（2 月 14 日）礼物的男人需要回礼给对方。

上野使用对讲机跟布置在后门一带的同事联系。很快，躲在车后的年轻男子就被久我的部下带走了。监视器显示了这一切。

“他是想在哥哥面前展现实力吧。”上野帮他说话。

“乱来。”久我很不耐烦。

大月在首相官邸的一个房间里，面前设置了一个大屏幕。屏幕上，太阳系时空的数学性变化正以图形呈现出来。遗憾的是，那些图形表达的内容，他几乎一无所知。只是通过研究人员的解释，他好歹明白了将引起被称为 P-13 现象的某种物体正在迫近一事。由此可知，再过十分钟多一点，就会发生历史性事件。只不过研究者们认为，这一事件不能数学性地留在历史上。

大月抬头看看站在身边的田上。“该使用的办法都用上了吧？”

“应该是的。”

“总觉得还遗漏了什么似的。”

“跟各省厅说再确认一次吗？”

“不，我并不是怀疑没有传达到位。而且，事到如今，再发现疏漏也来不及了。现在起只剩祈求神明保佑了。”

“在对应策略方面，已经按照美国的指示不折不扣地推行了。”

“高速公路怎么样了？”

“据国土交通省报告，高速公路以检修的名义实行了限速和限行。还有，飞机的起飞和着陆也都避开那个时间。对飞机而言，要说发生大事故，就是起飞和降落的时候。”

大月点点头，接着想象其他发生大事故的情景。他脑海里冒出核能设施，但马上打消了念头。这方面是不能想的。

“各地的警戒已经万无一失？”

“关于这一点，应该已由警察厅通知了警视厅和各县警总部。”

大月点点头。他心一横：事到如今再怎么折腾，都无从改变了。

“正好再过十分钟吗……”他看着屏幕咕哝道。

打开小货车的车门，里面有两个男子。久我冬树只看背影就知道，其中一人是哥哥。车内设置了对讲机和监视器，诚哉正盯着看。

“我把后门的警察带来了。”把冬树拽来的刑警说道。

“找我何干？”冬树带着不满的腔调。

诚哉目光不离监视器，说道：“不是找你有事，只是不希望你妨碍我们的工作。”

“我什么时候妨碍了？我只是监视后门而已。”

“这就是妨碍。后面的事情请交给专家吧。冒失地闯进来，会受伤的。”

“我也是刑警啊。”

“我知道。辖区警方功劳不小，所以后面的事就不用管了。你们的工作完成了。”

“还没完呢。案犯还没抓住吧？”

“你不知道吗？抓持枪案犯跟抓小偷可不是一回事。”

“那种事情——”

“我知道”几个字刚要出口，就被诚哉用手势制止了。诚哉拿起对讲机。

“他们走出三楼的房间了，总共五人。所有人各就各位。我也要行动了。”诚哉向驾驶员发话：“抢先行动，开到预定位置。”

车子发动的同时，诚哉把手伸向车门。在关上车门前，他看了弟弟一眼。是发号施令的表情。

“待在这里，绝对不许动。”

冬树瞪着哥哥，但诚哉无视般地关上车门。

目送车子开走后，冬树看看四周。把他拖来的刑警不知何时也没了踪影。明白这一点后，冬树奔跑起来。

他移动到能够看见大楼正门的地方。三名男子正走出来。其中两人提着大袋子，应该是从宝石店偷的赃物。还有一个光头男子空着手，目光锐利地打量着周围。

奇怪，冬树心想。刚才诚哉通知部下，说共有五人走出房间。其他两个去哪里了？

他返回大楼后门，从建筑物的隐蔽处窥视情况。就他所见，没有警员埋伏。可能全都转移到正门去了。

一名男子走出后门。他穿着黑色皮夹克，没有提东西。

男子走向路旁停着的敞篷汽车。他一边打量四周情况，一边上了车。

此时，他的上衣缝隙里露出了一样东西。

是手枪！冬树感到全身血液沸腾。与此同时，他听见了发动汽车的声音。

没时间考虑了。冬树冲到马路上，挡在眼看要开动的汽车面前。“我是警察！熄灭发动机，举起双手！”

男子很吃惊，但马上变得毫无表情，随后熄灭了发动机。冬树走近驾驶座，掀开男子的上衣。里面正是插着枪的皮套。

“你违反刀枪管理法，现在逮捕你。”

就在冬树要掏出手铐的时候，忽然腹部掠过剧痛。他不禁弯下了腰。是电击枪。他正想着，汽车发动了。

哪里逃！冬树飞身扑上汽车后部。

3

久我的视线对着前方约十米处的停车场。这是个利用楼与楼之间的空隙修建的小型投币停车场。那里停着一辆白色奔驰车。警方已经查明那是案犯的车。他们很快就会过来。

约三十名侦查员在周围埋伏，其中包含了全副武装的特警队。久我摸摸上衣，确认自己的枪。虽然得尽力避免枪战，但对方的行动无从预测。

从大楼的房间出来五个人，但出现在大楼正门的只有三人。久我推测其余二人是从后门出来。前往交易地点时分成两路，这是他们的惯用伎俩，所以后门也布置了警员。

三名男子现身。久我抓起话筒。“他们一上车就行动。此前别动。”他向部下发出指示。

话音刚落，耳畔飞进部下的声音：“我是冈本。我在后门监视，一名辖区警察走近了第一个出来的人。”

“你说什么？怎么回事？”

“不清楚。我们按照指示，正在等两人到齐……”

“现在怎么样了？”

“那个……”随着部下的声音，发动机的轰鸣传来，小巷里冲出一辆敞篷汽车，可以看见车后部趴着冬树。

“那小子，他在干什么……”

"还剩十秒。"研究人员发出干巴巴的声音。

大月凝视着大屏幕。他不明白图表的意思，但明白斜下方正显示读秒的数字。

数字正按009、008、007的顺序变下去。

大月双手握在一起祈祷着。他从心底期望在数字变为000后，这个世界依然持续，不会改变。他热切地期望这个世界什么异变也不会发生，这个国家秩序依然如故，自己和昨日一样依然是国家首脑。

敞篷汽车在奔驰车旁边停下。那三人刚坐上奔驰，但光头男子立刻又从副驾驶座下来。久我看得出他握着手枪。冬树一副精疲力竭的样子。

久我对着话筒喊道："抓住他们！别放跑了！"

紧接着，他从车里冲出，手伸入怀中。开敞篷汽车的男子见状，再次踩下油门。车子猛向前冲，但是冬树仍然不放手。

埋伏在周围的警员一齐现身。光头男子一时慌了神，手中的枪响了。

久我全身一震，向后仰面倒下。

冬树听见枪声，回头望去，不禁怀疑起自己的眼睛：倒下的诚哉胸口染成鲜红。他马上明白了，哥哥中弹了。

大脑因震惊和绝望而陷入混乱，冬树狠狠地望向前方，使出浑身力气，想要爬进座位。这时，开车的男子一只手驾车，另一只手举枪对准他。他看见男子的手指已按在扳机上。

枪口喷出火焰。

冬树感觉某种东西通过了身体。看不见的、薄膜似的东西从头部、躯干、两腿透了过去。与此同时，他还感觉到有东西穿过了全身。那东西畅行无阻，竟然在一个个细胞中穿行。

冬树随即清醒过来，他依然攀着汽车后部，车还在往前开。然而看向前方，他倒吸一口凉气。刚才开车的男子不见了。车在缓缓降速，但没有停下的迹象。就在他想“得去驾驶座”时，车撞上了什么，但没有停，就这样推着那东西向前走，响起刮擦沥青路面的声音。

不久，车子撞上了护栏，终于停了。

冬树下了车，绕到车前。汽车保险杠和护栏之间夹着一辆破摩托车，最初撞上的大概就是它。

为什么路中央会扔着摩托车?

然而，这样的疑问已微不足道。身后响起猛烈的爆炸声，冬树回头望去，眼前的情景让他大吃一惊。

所有车辆都在横冲直撞，到处碰撞。货车撞入大楼，公共汽车闯入出租车队伍。横躺路上的摩托车多得数不清，其中也有轮子仍在转动的，说明刚刚还在行驶。

一辆车忽然冲上人行道，横扫一切向冬树冲来。他慌忙躲闪。汽车猛地撞上刚才他趴的那辆敞篷车，驾驶座上空无一人。

闻到汽油味，冬树慌忙跑开。几秒钟后，一声巨响，那辆车燃起熊熊大火。但冬树根本来不及庆幸躲过一劫。周围都是汽油味。这是理所当然的，因为路上都是相撞的汽车。

冬树逃入附近的建筑物。进入后，他察觉这是一家百货商场，四下明亮，像没有发生任何事情一样。在化妆品卖场，摆放化妆品的台子仍在转动。

然而有一点绝对有问题：空无一人。

冬树往里头走。滚梯依然在运行。他踏上滚梯，来到二楼。二楼是女装卖场，没有顾客，也没有售货员，但背景音乐还在播放。

他再往上走。每一层的情况都一样，没有人，可机械类物品都运转正常。

五楼有家电产品卖场。冬树要去那里。

电视机正在播放广告，一个面熟的明星美美地喝着啤酒。看见这个广告，冬树略微安心一些。虽说是影像中的人，但好歹确认了一点：除了自己之外，还有人类存在。

但他一使用遥控器换频道，那种安心感便消失无踪。荧屏上是直播节目的演播室，通常情况下会站着一名口才了得的著名主持人，但此时却不见踪影，也不见参与节目的艺人的影子，只摆着他们应该坐的椅子。

冬树不停地换频道。既有按常规播放节目的电视台，也有没有节目的电视台。总而言之，想从电视节目了解发生了什么事情，看来不可能。

究竟是怎么回事？

冬树因焦虑而一身冷汗。他用手背抹去额头的汗，掏出手机，试着给熟人打电话。呼叫音传来，但没有人接听。

通讯录上有久我诚哉的名字。看见这个名字的瞬间，冬树眼前闪现出一个情景：诚哉中弹，胸口流出鲜血。

诚哉后来怎样了？从当时情况看，很难说能获救。冬树犹豫着要不要打电话，最终放弃了。他开始输入一条短信，内容如下：

“不论是谁，请看到这条短信的人给我电话。久我冬树。”

他群发出去，然后走下滚梯。他左手一直握着手机，期待有人作出回应。可直到下到一楼、走出商场，还是没有任何回音。

外面的情况比刚才还要恶劣。

汽车在各处相撞，冒出黑烟，还有地方发生了火灾。浓烟滚滚，周围情况也看不清楚。化学产品燃烧的臭味刺激着鼻腔，冬树的眼睛和咽喉疼痛起来。

人行道边有辆自行车，没上锁，好像能骑。冬树跨上车，蹬起来。

已经没有车在车道上行驶了，几乎所有车都撞上东西停了下来。火势大的地方也不少。道路两旁的树熊熊燃烧，火苗蔓延到咖啡店的遮阳棚，而且迟早会殃及建筑物，但冬树无能为力。

他决定原路返回，毕竟还是在乎诚哉的伤情。

逐渐地，冬树看见投币停车场了。那里停着一辆白色奔驰车，他想起是那些案犯要搭的车。

奔驰车停在刚才的位置上。冬树下了自行车，慢慢走近。案犯不见了。冬树确认后拉开车门，后座上放着两个大手提公文箱。打开一看，里面放着金条。肯定是偷来的。

冬树离开奔驰车，环顾四周，目光停在诚哉等人用过的小货车上。但应该就倒在这附近的诚哉并不在，地面上也没有血迹。

冬树呆立着，束手无策，不明白这是怎么回事。人们从这个世界上消失了，他只能这么想。

“喂——”他喊道，“有人吗——”他声嘶力竭地喊，可是没有任何回音，只听见周围发生火灾和事故的声音。

冬树再次跨上自行车，一边喊叫一边蹬车，但所到之处都没有人，只有他的喊声在遭到破坏的无人街道上回荡。

到处都如幽灵城市一般，但也有迹象显示直到刚才还有人在。朝向街面的露天咖啡座上，还摆着冰块没有融化的可口可乐和三明治。

咖啡店里冒出烟来。冬树向内窥探，好像厨房里燃烧着什么东西。也许是小炉子的火引燃了别的东西。冬树想了想是否要设法灭火，最终决定离开。同样的火灾肯定各处都在发生，只灭这一处没有什么意义。

冬树看见了网吧的招牌，刹住车。幸亏这里没有发生火灾。

因为没有店员，他直接往店里走。这里也没有顾客。他就近在电脑前坐下，打算上网查查这个世界发生了什么事，却没有任何信息能满足他的要求。显示的信息对于此刻的他来说，都是些无足轻重的悠闲的东西。

忽然，灯灭了，电脑也不能使用了。是停电。

冬树急忙来到外面，走进旁边大楼的便利店。灯还亮着，似乎只是刚才那栋大楼停电而已。

他感到恐惧。街上正发生事故和火灾，电线在某处断掉也不奇怪，可以想象许多地方会停电。不仅如此，发电和输电系统能维持到何时也难说。因为人都不见了。不仅是电力，自来水和煤气也许同样会停止供应。

冬树想，不会是自己脑子出了问题，因此产生幻觉了吧？他继续骑车向前冲，全身汗如雨下，汗水渗进眼里。

骑啊骑啊，总是不见人影。他从皇居旁驰过，继续往南。哪条路上都满是撞坏的汽车。他在车的空隙里穿行。

来到芝公园时，冬树刹住车。前方是东京塔。他掉转车头。东京塔没有停电。要是停电，刚才的念头就不得不抛弃了。

不用买票就进入了东京塔，冬树径直来到前往瞭望台的电梯口，那里也没有人。他上了电梯，准备前往瞭望台。电梯上升中途，他忽然忐忑不安：不会忽然停下吧？当电梯安全到达、电梯门打开时，他不禁长出一口气。

从瞭望台俯视东京，冬树目瞪口呆。到处都火光冲天。他联想起教科书上的“空袭”一词，以及迄今发生过的几次大地震。只有一点跟那些灾难完全不同：看不见受害者。

瞭望台有收费望远镜，他投了钱。望远镜最先对准的地方是火势最猛烈的区域，高速公路边躺着巨大的东西，正在熊熊燃烧。

看清了那是什么，冬树不禁倒退一步。摔坏并燃烧着的是一架民航客机，已摔得没了形状，但位于机身的那个标记在日本尽人皆知。

4

冬树发出一声喊叫。野兽般的吼叫。他想控制情绪，嘴巴却违反他的意志，大大张开，声音从喉咙深处不断发出。吼叫一停止，一阵眩晕随即袭来。他就地跪下，双手抱头。

这不是现实，这不是现实世界……

他战战兢兢地站起来，看向外面的景色。跟刚才没有什么区别，东京正在毁灭。他再次看望远镜。不论落在哪个点上，重复出现的情景都大同小异。黑烟四起，汽车和楼房毁坏殆尽，高速公路上到处都有火灾。

冬树茫然自失，但就在他的眼睛刚离开望远镜时，视野边缘有一个小小的、粉红色的东西晃动了一下。他连忙看望远镜。粉红色的东西——确实是粉红色的洋装。也就是说，有人。

然而接下来，他的视野被遮住了，望远镜的使用时间到了。他咒骂了一声，掏出钱包，但钱包里没有硬币。

冬树环顾四周，寻找硬币兑换机，目光停留在卖纪念品的商店上。他冲了过去，绕到收银机里侧。所幸收银机打开着，有很多硬币。一瞬间，他掏出钱包打算换钱，但随即改变主意，抓起一把一百元的硬币，离开商店，返回望远镜旁。

他心浮气躁地投入硬币，看向望远镜，把焦点调准在看见粉红色洋装的地方，缓缓移动望远镜。那是从麻布到六本木一带。

是那里！冬树的视线捕捉到一幢建筑物的楼顶，穿粉红色洋装的人确实曾在那里，可现在却不见了。还会再出现吧？冬树带着期盼等待着，但人影没有出现，视界不久也再次暗了下来。

冬树想再投钱，但马上停了手。他想，在这个地方再怎么找也不会找到。就算找到了，既不能喊话，也不能做手势。

他决定过去看看。恰巧见到对方的可能性也许很低，不，也许就是自己的错觉。但也只能这么做了。待在这里不能解决任何问题，而且万一停电，就会困在这里。

冬树走进电梯，祈祷着按下按钮。还好没有中途停下，看来供电没有问题。

他来到外面，跨上自行车，开始蹬车。路上也有不少还插着车钥匙的汽车和摩托车，但也都发生了事故。哪儿都不能保证安全驾驶，而且就道路上的混乱情形来看，有些地方连摩托车也通过不了。

他一心一意地骑着车，已经不在乎周围的异样光景了。也许是因为太超乎现实的事态连续不断，他的神经已经麻木了。

接近在望远镜中看到的区域，他下了车，扯开嗓子喊起来："喂——有人吗？"喊声在大楼之间虚弱地回响。他又往前走了一点，同样大喊。重复了好几次，但结果是一样的。

他在大楼台阶上坐下来，垂下脑袋，连出声的力气也没有了。究竟发生了什么？其他人到哪里去了？他回想起小时候和同伴们的恶作剧：除了某一个人，其他人一起躲起来，并且在一旁窃笑，看被扔下的那个人大惊失色地寻找同伴。然而，东京的人为了某个理由而采取一致行动，实在是难以想象的。甚至连汽车、摩托车上的人也都消失了。

只能认为发生了某种翻天覆地的异变。但那是怎么回事？不，有一个更大的疑问：为什么只有他留下来了？

冬树就地躺倒。天空飘过浓云，看起来要变天，可眼前谁还顾得上这种事情。疲劳袭来，身体困倦极了。他闭上眼睛，感觉到睡意，也许因为太耗心神了。就这样睡吧，他想。但愿醒来的时候，他能返回原来的世界。

听见那声音，是他正迷迷糊糊的时候。也许是因为意识迟钝，他没能马上作出反应。不过再次听见时，他睁开眼睛爬了起来，看向四周。

那是哨子的声音，是火车站员工吹的那种哨子，声音间隔没有规律，时长时短。

冬树站起来。有人在!

他循声蹬起自行车，心中祈求着吹哨的人不要停下。

拐过弯，是汽车不能进入的步行专用道，两边是一家家面向年轻人的商店和快餐店。薄脆饼店前的长椅上坐着一个五六岁的小女孩，穿着粉红色的裙子，正在使劲吹哨子。

冬树想，在望远镜上看见的肯定是她。他下了自行车，慢慢走近。

“小姑娘！”冬树在她身后打招呼。

女孩像弹簧似的弹起来，向冬树这边转过头，一双大眼睛瞪得更大了。这是个皮肤白皙的可爱女孩。

“就你一个人？”冬树问道。她不回答。看得出她身体僵硬。

“还有别人吗？哥哥我就一个人呢。”

女孩眨眨眼睛，从长椅上站起来，右手指向旁边的时尚大楼。

“这大楼怎么啦？”

女孩还是不说话，进了大楼。冬树跟在后面。

滚梯还在运转，但女孩一直往里走。她来到电梯前站住，按下按钮。电梯门静静地打开了。

“几层？”冬树问道。

女孩指指按钮上方。大楼共五层。冬树于是伸手按向“5”的按钮，但女孩猛晃脑袋，继续往上指，“5”之上只有“R”，也就是屋顶。

冬树明白了。通过望远镜看见的建筑就是这栋楼。到刚才为止，女孩大概一直在屋顶上。

大楼屋顶的大小应该够举办小型活动，但近期看来没有安排，只有几把椅子围成一圈。

女孩指向远处。屋顶的栏杆前倒着一名女子。

冬树冲过去查看情况。女子穿着很薄的毛线开衫，趴在地上，齐肩的头发披散在脸上。冬树按向她的颈部，有体温，脉搏也正常。

“究竟是怎么回事？”冬树回头看女孩。可女孩停在离他有一些距离的地方，不再靠近，漆黑的大眼睛只盯着倒下的女子。

冬树摇晃女子的肩头。“你要挺住啊！还好吗？”

过了一会儿，女子有反应了。她发出呻吟声后，慢慢睁开眼睛。

“你醒了吗？”

女子没有回答冬树，缓缓支起身子，用失神的眼睛仰望着他。“我……是怎么啦……”

“你倒在这里了。那孩子把我带了过来。”

女子看着女孩。接下来的瞬间，她半睁的眼睛一下子瞪大了，好像还倒吸了一口气，随后便站起来，踉跄着走近女孩，双膝着地，搂紧女孩。“对不起，对不起。”冬树听见她这样说。

冬树走近她们俩。“那个……”他开口道，“之前你们在这里做什么呢？”

女子放开女孩，干咳几声。“没做什么……我跟女儿来购物，有点累了，休息一下。”

看来二人是母女。

“那你为什么会失去意识？”

“我也不清楚……”她打量女孩的脸，“妈妈怎么啦？美保刚才在做什么？”

被称作“美保”的女孩没有回答。她把挂在脖子上的哨子衔在嘴里，使劲吹了一下。

“怎么啦，美保？怎么一声不吭呢？”

“小姑娘会说话吗？”

“那当然。怎么了嘛，美保？怎么回事？”她摇晃女儿的身体。可是女儿没有反应，像玩具娃娃一样，连表情也没有。

“我觉得可能是受了强烈刺激造成的。现在这样的情况也可以理解。连我自己都几乎要疯了。”

听了冬树的话，女子一脸困惑地转过头来。“什么情况？”

“请你来这边。”冬树带她到栏杆边，一边俯视市区一边说明。各处汽车相撞，建筑物冒烟。

女子脸色苍白，一下子失去了血色。“发生了什么事？是地震吗？”

“不是地震，应该也不是战争。”

“那，究竟是……”

冬树摇头。“我也完全不明白发生了什么事情。清醒过来的时候，就成了这个样子。”

女子看着眼前的情景，皱起眉头。“都成这样了，国家在干什么？连一辆消防车也看不见。”

“这情景不知该怎么说明白。”冬树思考着如何遣词造句、解释情况。但他想不出合适的表达。无奈之下只好继续说：“现在，在这个世界上的，似乎只有我们三个人。”

女子叫白木荣美子，说是跟丈夫离了婚，和女儿美保相依为命。今天是休息日，母女俩难得出门购物，竟遇上这样的灾难。

然而，关于灾难的情况，冬树却无从说明。他说了迄今目击的情况，荣美子却露出一副难以置信的神情。直到她走出建筑物看了周围，才认可了冬树的话。

三人走在废墟似的街上，到处不见人影。

“就像是世界末日。”荣美子嘟囔道，“是遭受核武器轰炸了吗？”

“核武器的话，受害不止这个程度吧？而且奇怪的是，看不见一具尸体。不，最不可思议的是，为什么就我们几个没事？总之先寻找别人吧。一定可以从这一点打开活路。”

“是啊。”荣美子同意了。

冬树依旧不知发生了什么事，但发现了其他生存者这一点让他恢复了求生欲。与此同时，他深感能这样与人接触、交谈，是多么幸福的事情。

太阳一点点西斜。红绿灯仍在亮，可见仍有电力供应。在无人的状态下，无法预测生活必需品可维持到何时。虽说自动化设备在发展，却不可能是无限的。

“你饿了吗？”冬树问荣美子。

“有点……”她看看牵着手的女儿。美保无表情的脸朝着前方。

“那，我们吃饭吧。”

“好……”荣美子看看旁边的便利店。

“便利店的便当虽不坏，还是趁早吃些有营养的东西吧。对小美保来说也比较好。”

“有营养的东西是……”

“往前走一点就是银座。鱼也好肉也好，那条街上有的是最高级的食材。而且，今天恐怕可以任意吃吧。”

冬树这一幽默，荣美子终于浮现出微笑，但美保还是没有反应。

前往银座的路上也挤满了撞坏的汽车，乱七八糟。三人小心翼翼挑选落脚处，一步步向前走。途中，冬树见美保显得很疲倦，便把她背起来。

平时人来人往的银座大街此时寂静无声。这里也发生了撞车事故，但似乎都很轻微，恐怕是处于堵车状态之故。

冬树的目光停留在有许多餐馆的大厦。正要朝那里走，他止住了脚步。人行道上有一个用红色喷雾器画的箭头，油漆还没有干。

5

荣美子察觉到冬树的视线，也低头看着红色箭头。她嘀咕道："这是什么呀？"

"不知道。好像刚画完不久。"

冬树背上的美保抬手指向远处。

"怎么啦？"冬树说着，目光投向前方，不禁发出"啊"的一声。前方约十米远的地方同样画着一个红色箭头。

冬树望向箭头指的方向，前面还有箭头，显然有人要传达某种意思。"且按箭头所指过去看看吧。"他背着美保迈开步子。

按箭头指示，三人来到一幢大楼前。箭头指着大楼的入口，似乎是让人进去的意思。

大楼台阶上也画了箭头。三人小心翼翼上楼。二楼是寿司店，门口有显示"入内"的箭头。冬树打开格子拉门。正面的柜台旁坐着一名男子，可以看见他又宽又圆的后背和方格花纹衬衣。

男子回过头。这是一个胖得像河豚的小伙子，脖子粗得几乎埋住了下巴。他的腮部很鼓，大概是塞满了食物，嘴边沾着酱油。

男子手拿茶碗，用茶把嘴里的东西冲下咽喉，然后再次看着冬树三人，开心地眯起眼睛。"啊，太好啦，终于见到人了。刚才还不知如何是好呢。"

柜台上放着一个油漆喷雾罐，看来是他画了箭头。

“你在干什么？”冬树问道。

“一看就明白了嘛，吃寿司啊。我早就想来银座吃一次寿司，吃那种一个就卖几千元的。”男子手上握着铺了很多海胆的寿司，看来是他随意做的。

冬树把美保从背上放下。“就你一个人吗？没有其他人？”

“没有啊。一回过神，就我一个了。而且各处都有交通事故，完全不明白是怎么回事。”

“你当时在哪里？”

“饭田桥，在去医院的途中。我预约了去帝都医院检查身体。”

“病了？”

男子笑着摇摇头，圆鼓鼓的腮部晃动起来。“只是血液检查而已。这回的打工单位要我做的，说我太胖，不放心。我说我没事的，真是多此一举。”

“你从饭田桥怎么过来的？”

“开车走到半路。有的是插着车钥匙、没关发动机的车嘛。但到处都有交通事故，很少有路能通行，最终从半路就开始步行。累坏啦。”男子把铺了许多海胆的寿司塞进嘴里，腮帮子鼓鼓的。

冬树歪着头想：这里的四个人经历几乎一样。也就是说，身边的人忽然就消失了。为什么会这样？另外，为什么只有这几个人存在？

“你们也吃点吧？银座的寿司店毕竟不一般啊。这样的机会可是千载难逢，不吃就亏啦。都是生的东西，放着就坏了。”胖男子绕到柜台里侧，开始洗手，“小姑娘，肚子饿了吧？寿司喜欢什么样的？”

美保没有回答。荣美子代她说道：“这孩子呀，寿司的话什么都行。对啦，不能放芥末。”

“OK。那么，先从这个开始。”男子把金枪鱼块放到砧板上，用刀灵巧地切好，再麻利地捏好饭团，铺上鱼片，“好啦，完成一个。接下来想吃哪一种？你尽管点吧。”

“功夫不错嘛。”

听了冬树的表扬，胖男子嘿嘿笑起来。“我在超市的厨房打过工，想方设法把不怎么样的料做成很好吃的样子，但在这里就没那种麻烦事啦。来，不用客气，吃吧。”男子快乐地做着寿司。

“你请用吧。”冬树对荣美子说，“像他说的，不吃就白白腐烂掉了。”

“好的。”荣美子点点头，把女儿搁在柜台的椅子上，自己坐在旁边。她吃了一口男子做的寿司，嘀咕道：“味道真好。”美保见状，也伸手去拿金枪鱼寿司。

冬树环顾店内。现在还不必担心发生火灾，电力和自来水也应该没有问题。一个大水槽位于桌席旁，看来是鱼缸，但没有鱼。对了，在来这里的途中，不单是人，连野猫、乌鸦也没看见。

莫非……他想道。

“附近有宠物商店吗？”

“宠物商店？不知道。”胖男子摇摇头。

“百货商场里面有。”荣美子说道，“中央大道对面的百货商场。”

冬树点点头。“我出去一下。”

“你要去哪里？”

“就是宠物商店。我要弄清是否只有人类消失了。”

冬树出了寿司店，直奔百货商场。周围情况没有什么变化，只是感觉冒烟的建筑物增加了，也许是餐饮店发生了小规模火灾。

百货商场几乎完好无损，滚梯也运转正常。冬树搭乘滚梯，前往宠物商店所在的五楼。

宠物商店一片寂静，一排排玻璃饲养柜全部空空如也。但小碟子上放有饲料，柜中也有排泄物，柜子上方还贴有标签“美式短毛（雌性）”。

冬树确信了。不仅仅是人类，动物也消失了。

离开宠物商店、走向滚梯的途中，他忽有所悟，转向家电卖场。他觉得要趁现在获取可移动的照明工具。不知道电力会何时停止供应，如果恰逢晚上，恐怕就移动不了了。

不是普通的手电筒，而是要找照明度尽量高的东西。他挑选的是带把手的灯。这种灯带收音机，专为发生灾害时使用。他将两盏灯、两把普通手电筒和几节干电池放进袋子，离开商场。

回到寿司店，那男子还在捏寿司，但不见母女俩的身影。

“回来啦。”男子嘴里塞着寿司，说道，“情况如何？”

“宠物也消失了。”

“果然……究竟怎么回事啊？”

“不知道。哎，母女俩呢？”

“女孩就在那儿。吃撑了，想睡了吧。”男子用下巴示意桌席那边。美保躺在一排椅子上，身上盖的毛线开衫是荣美子的。

“她妈妈呢？”

“出去啦，说是找找看有没有其他食材。她说光是生鱼片营养不全面。这种时候，我觉得不考虑什么营养均衡也行啦。”男子舀了一勺咸鲑鱼子，倒进嘴里。

冬树见碟子上摆了许多寿司，也坐下来，伸手去拿。的确，比迄今吃过的寿司都要美味。他一边吃，一边装配拿回来的灯和手电筒。他按下灯内收音机的电源，但怎么调波长，都只听见杂音。

“人没有了，也就没有人做广播节目了吧？”男子说道。

“我只是想，万一有呢？”冬树把收音机放在旁边的桌子上。

“还算好，还有其他人在。之前我都不知如何是好，老实说，都要哭出来了。”

“你一边想哭，一边吃寿司啊？”

“就因为想哭才吃寿司嘛。吃了好东西，不就可以忘记烦恼了吗？所以才吃啊。”

男子自称叫新藤太一。原先因为太胖看不出年龄，原来比冬树小两岁。他是静冈人，因上大学来到东京，但三年级时退学，一直辗转打工，一个人住在葛饰的公寓。

“跟其他人联系过吗？”

“手机打遍了，但一个也不通，发信息也没有回音。”

似乎跟冬树的遭遇一样。

看着太一把甜虾放进嘴里，冬树想起了一件事。鱼缸里的鱼消失了，但作为寿司材料的鱼还在。两者的区别是什么？不用说，作为寿司材料的是死的。

这时，荣美子回来了。她抱着一个纸箱。“上面是家意式餐厅，我拿了蔬菜和调味料。”

“白木太太，葡萄酒怎么样？”太一问道，“有很多吗？”

“好像不少。”

“那玩意儿好。吃寿司得喝白葡萄酒。这家店没什么像样的酒。”太一走出柜台，直接往外走，看来是去取葡萄酒。

荣美子取而代之，走进柜台里侧，开始洗从纸箱中取出的蔬菜，有西红柿和黄瓜之类的。也许是听见了妈妈的声音，美保爬了起来。

“睡醒啦？你稍等一下，现在给你做最喜欢的西红柿色拉。”荣美子和蔼地说着。

美保依然不做声，看着桌子上带收音机的灯。

冬树打量着荣美子搁在灶台上的蔬菜，又找到了新的疑问。他的视线投向马铃薯。买回来的马铃薯若搁置不管，会长出芽。这显示它作为植物还活着。

冬树想起了路旁的树。植物应该算生物。然而，活着的动物没有了，活着的植物却存在。这种差异来自何方？

就在冬树抱着胳膊思考的时候，美保摆弄着的灯忽然传出了人声似的响声。美保慌忙关掉电源，大概以为自己弄坏了什么东西。

“刚才是怎么回事？”冬树从椅子上站起来。

“像是人的声音。”荣美子也开口了，“应该是个女人……”

冬树拿过灯，打开收音机电源，调大音量，慢慢转动调谐器。

太一从外面回来了。“真没办法，尽是甜的。好歹找来了适合吃寿司时喝的。”

“别吵！”冬树语气坚决。

“怎么啦？”

“刚才听见了人声。”荣美子向太一解释。

“哦，真的？这可是大事。”太一两手提着葡萄酒，走到冬树身边。

收音机里又传来人声，这回比刚才清晰：“有生存者吗？听见广播的人，请来东京站八重洲地下中央出口。有生存者吗？听见广播的人……”

“是女人的声音。”太一说道，“但感觉不是播音员。”

“也许是发生灾害时的广播。大概是在使用官方的广播设备，说话人是没有受过训练的女人。”

“就是说，除了我们以外，还有其他生存者。”荣美子两眼生辉。

“是东京站……吗？我去看看情况，你们就待在这里。”

“你一个人行吗？”太一问道。

“从这里到东京站距离不短呢。跟我去也行，但可能还要原路返回。”

太一闻言，摇晃着胖脸颊点点头。“我们等你。她们就交给我吧。”

冬树说声“拜托”，走出寿司店。他找了一辆自行车，翻身上车，直奔东京站。周围已黑下来，但路灯亮着，这帮了大忙。看来路灯是定时开灯的。

冬树一阵猛蹬，冲开混浊的空气，没多久便抵达东京站。他顺台阶走到地下，地下街的照明此刻也没有问题。

来到八重洲地下中央出口，但看不到人。他走过检票口，环顾四周，还是没见人的踪影。“有人吗？”他试探着喊道，但没有回音。

他来到著名的约会地点“银铃”，这里也没有人。

广播究竟是怎么回事？就在他这么想的时候，后背顶上了一个东西。

“别动。”响起一个女人的声音。

6

根据背部的触感，冬树明白是一把枪。他举起双手。“你是什么人？”他问道。

“问别人名字的时候，要先报自己的姓名。学校里没教过吗？”女人的声音很年轻，可能还不到二十岁，跟刚才在收音机里听到的略有不同。

“我姓久我。”

“你就只有姓吗？”

“冬树。我叫久我冬树。可以了吧？”

“先别动。带着枪吧？”

冬树吓了一跳。他的确带着枪。听说搜查一科要去逮捕嫌疑人，他便带着枪走出警局。可是这女人是怎么知道的？

“那种东西，我没带。”他先试着说道。

“撒谎没用，我知道的。”

“……你怎么会知道？”

“因为我能透视。”

“真的？”他说着要转身。

“不许动！”响起一声断喝，“告诉你，我拿枪可是头一回。你要是乱动，我就真开枪了。”

“拜托你千万别乱来。”冬树叹了口气。

“小峰！”女人在喊人，“把这个人的手枪下了，大概在上衣里。”

传来一阵脚步声，一名男子出现在冬树背后。是一个穿西服的小个子，戴着眼镜，有点胆怯的样子。

“你是叫小峰吗？”冬树问道。

“嗯，是的。”

“拜托你小心一点。虽然枪上有保险，但弄来弄去也会打开的。”

小峰更显得惶恐了。他战战兢兢翻开冬树的上衣，以令人不安的动作把装在皮套里的枪取了下来。

“OK，好了。慢慢转过来。”身后的女人说道。

冬树放下手，向后转身。眼前站着一个年轻姑娘，身穿深蓝色西服和方格裙，怎么看都是个高中生。

“这课外学习还挺有难度呢。”冬树调侃道。他毫不紧张，觉得无论任何情况，自己都可以跟人打交道。

“再胡扯，我真开枪了。”女高中生用猫一样的眼神瞪着他。她手上的似乎是真枪，与警用手枪同一类型。冬树想，莫非是从警察手上偷来的？

“我听了广播，才赶到这里。你们这种欢迎方式也太过分了吧？”

“你一个人？”

“来这里的就我一个。”

“你是说另外还有人？”

“有，但在你们说明情况以前，我不能说出详情。”

“哦，”女高中生一副陷入思考的样子，“算了，跟我来。”

“去哪儿？”

“很近，你来就明白了。”女高中生别有意味地笑道，“小峰，你先走。我要走在他身后。”

小峰迈开步子。冬树连忙跟上，女高中生也尾随而来。

“问一个问题行吗？”冬树说道。

“什么？”

“怎么会变成这样？知道的话请告诉我。”

冬树听见她在叹气。

“关于这一点，谁也不知道。但现在不是考虑这种事情的时候吧。”

“什么意思？”

“哦，你马上就会明白的。”

小峰出了检票口，进入旁边一家咖啡馆。冬树跟在他身后。

里面有一个穿高级西装、仪表堂堂的男子，和一对像是夫妇的老人，还有一个看上去年近三十的女人。两位老人在桌旁相对而坐，其余两人则各坐一处。

“介绍新来的人，”女高中生说道，“久我冬树。像头儿说的那样，他带着手枪。不过已经没收。”

“头儿？”

“在不知道有什么人的地方，绝不能单独进入。不得不进入时，要背靠墙壁小心前进。这么浅显的东西，前辈们没有教你吗？”

从咖啡馆深处传来说话声，是冬树熟悉的声音。随即，诚哉出现了。

“哥……不，管理官。”

诚哉摇摇头。“叫哥哥就行。这里已经不存在什么警察了。”他从小峰手里接过冬树的手枪，退出子弹，把枪还给冬树，“在这里的所有人都不带武器，所以不能只有你带着手枪。”

“可她也有手枪。”冬树看看女高中生。

“我的枪在她手里，但没有子弹。”

女高中生一边晃动手枪一边笑。“哈哈，真有意思。我早就想试试这种事了。”

冬树再次转向诚哉。“没想到哥哥还活着。”

“彼此彼此。我不知道发生了什么事情，清醒过来时，街上就我一个人，正在追捕的嫌疑人和同事都消失了。身边接连发生事故，老实说，我以为自己疯了。”

"我也是。"

"看样子只能说是发生了超自然现象。那，你之前在干什么？"

"到处转啊。上过东京塔，又骑车到六本木。正因如此才遇上了三个人。"冬树介绍了在银座寿司店的三人。

"还是带来这里好。这种情况下孤零零的，是活不下去的。"

"我随后就带他们过来。对了，广播是哥哥你安排的？"

诚哉点点头。"我想总之先喊人，就骑摩托去电台。到了正在使用的演播室，一看既没有工作人员，也没有主持人，就制作了那个循环带子，让它一直播放。"

"可那是女人的声音。"

"就是她。"诚哉看看坐在里头的年轻女子，"去电台途中偶然遇到的。我请她一起去，录了音。我觉得女人的声音会让听见的人安心。"

"之后呢？"

"来了这里。是我呼吁人家到这里来，这里没有人可不行。我就在这家店里等找来的人。"

咖啡馆的一部分是玻璃墙，能看见检票口，所以才能看见冬树来了。

"为什么把集中地点定在东京站？"

"是经过种种考虑的。首先，对多数人而言，容易明白位置。即便不知道怎么走，顺着山手线也能走到。选择地下是因为这里可以避免遭遇交通事故，食物和生活必需品也不用愁。万一停电，还可以启动店家备用的发电装置。"

"列车事故没有发生吗？"

"拜 ATC 装置[①]所赐，新干线没有发生重大事故，但我想肯定还是发生了不少撞车事故。普通列车虽然也采用了 ATC，但在停车的时候，ATC 是关闭的，驾驶员通常手动停车。如果驾驶员不在，列车当然就会

---

① Automatic Train Control 的缩写，列车自动控制系统。

一直开，直到相撞为止。”

“这些你挺清楚嘛。”

“他告诉我的。”诚哉指指小峰，“似乎是搞技术的。”

“偶然知道了而已，跟搞技术没关系。”小峰挠挠头。

“大家也是听到广播聚集过来的吗？”冬树环顾众人。

“嗯，可我们一开始就在一起。”女高中生答道。

“一开始？”

“对。我在中野的人行道上走，突然间周围就开始撞车，吓我一跳。那对夫妇当时就在我身边。”她说着，指了指那对老夫妻。

老年男子使劲点着头，说道：“就是这姑娘说的那样。我们只是在走路，差一点就被卷入车祸了。”

“哪辆车上都没乘客，可更让人吃惊的是，只有一辆车上有人，就是小峰的车。”

冬树闻言看向小峰。“当时你在开车吗？”

“对。我跟专务董事两个人，当时正去拜访客户。”

“那专务呢？”

“是我。”仪表堂堂的男子低声说道。他喝着咖啡，抽着烟，把茶托当成烟灰缸。

“大叔，这里禁烟。”女高中生抗议道。

“谁规定的？”中年男子用茶托遮住贴在桌子上的禁烟标志。

“在你之前听到广播过来的就他们几个。”诚哉说道，“也许还有其他生存者，但没法得知。”

“那个通知会播放到什么时候？”

“不知道。有电的话会一直放吧。”

“好吧，我先去银座带他们三个过来。”

冬树出了东京站，跨上自行车，返回银座。看见他，太一和荣美子浮现出放心的表情。他迟迟不回来，他们都担心他出了事。

听说了诚哉等人的情况，二人的表情一下子轻松了许多。

“太好啦，不仅仅是我们啊。”

“美保，听见了吗？除了我们，还有人呢。”荣美子向女儿说话，但美保还是一副毫无情感的样子。

“跟那边的人聊一聊，也许会有眉目。”

对于充满期待的太一，冬树露出疑虑的表情。

“那可说不好。但跟他们会合比较好，这一点肯定没错。虽然大家都累了，还是出发吧。”

到了外面，冬树背起美保，荣美子还用一根绳子把二人绑在一起。这期间，太一找来了两辆自行车。

三人正要蹬车，上方响起了低沉的爆炸声。冬树抬头一看，对面大楼的窗户喷出火焰。碎玻璃四溅，一直飞到他们跟前。

“煤气浓度增高后爆炸了。再待下去会有危险，赶快走！”冬树说着蹬起自行车。这时，凉凉的东西打在脸颊上。

“真不走运，还要下雨。”太一哀叹道。

四人抵达东京站时，雨真下起来了。他们逃难似的进入地下一层，直奔集合地点。

到了刚才的咖啡馆，所有人又重新自我介绍一番。搞技术的上班族叫小峰义之，在大型建筑公司工作。专务董事户田正胜五十八岁，说原本今天要签一笔大生意。

“那笔生意顺利的话，我们公司肯定能翻身。”

女高中生中原明日香听了户田的话，不禁噗的一声笑了出来。“事到如今，还惦记着公司啊。”

户田闻言，沉着脸不吭声。

老夫妇自报姓名，分别是山西繁雄和山西春子，自家房子在杉并区，很牵挂不知怎么样了。

“确认能安全移动后，就去看看你们的房子吧。”诚哉对老夫妇说道。

诚哉最先遇到的女子名叫富田菜菜美，是帝都医院的护士。她的黑色毛线开衫下是白色工作服。

“我去附近的便利店买午饭，在返回时遇上的。我清醒过来时，发现自己躺在路边。跟大家一样，我根本不知道发生了什么事。”

“啊，你是在工地旁边？”太一问道。

“对。”菜菜美点头。

“那跟我一样，我也是在那里。我完全没注意到旁边还躺着人，再仔细找一找就好了。”太一高兴地说着，也许是因为跟他情况相同的人是个美女的缘故吧。

诚哉看了大家一眼。“看来，在这里的人都曾经跟其他人待在相同或相近的地点，除此以外就找不到共同点了。不过，总会发现一致的地方的。大家来想一想吧。”

就在此时，整个咖啡馆摇晃起来。

7

摇晃转瞬即止。冬树刚才在桌旁猛地猫下腰，此时他慢慢地抬起脸。其他人也都降低了姿势。

诚哉打开门，窥看外面的情况。“似乎没有出现大的破坏。但有可能出现余震。暂且就这样不动吧。”

“这究竟是怎么啦。”太一高声说道，“都这样了，还要来地震吗？莫非是地球末日？”

谁也没有答话。冬树觉得，大家不是无视太一的说法，而是不能接受这样一个恶劣的玩笑。冬树自己就是这样。

“我去看看地面上的情况。”诚哉说道，“冬树，这里拜托了。注意余震。”

冬树说了声“明白”，诚哉出门而去。

冬树在旁边的椅子上坐下，叹了一口气。

“有他在太好啦。要光是我们，真不知该怎么办啊。”山西春子对丈夫说道。

山西繁雄使劲点头。“一点不错。我们只会瞎闯而已。”

春子和蔼的目光落在了冬树身上。“听说二位是亲兄弟？你也是警察？”

“对。但我哥是警视厅的，我只是辖区警察。”

春子摇头，意思是说那种细节无所谓。“虽然不知道发生了什么，但有两位警察在，真是太幸运了。我们老人碍手碍脚的，请多多关照。”

“哪里哪里，我也要请你们多关照。”冬树低头致意。

小峰在角落里的桌子上摆弄手提电脑。冬树走近他。“你在干什么？”

“嗯？啊啊……上网。我想看看有没有关于刚才地震的信息。”

“找到了吗？”

小峰依然盯着屏幕，摇了摇头。“什么也没有。不仅如此，所有信息都没有更新。我在各种留言板上写了东西，但没有任何反应。上网的人似乎都消失无踪了。”

“不就是消失了吗？”说话的是明日香，“从交通工具上也好、从市面也好，人类都消失了。认为上网的人没消失，那才怪呢。”

“可没消失的人的确有，像我和你。”冬树说道，“这样的人会像小峰那样尝试上网吧。”

“应该有人在尝试网上联系。”小峰一边继续打开各种网页，一边说道，“但人数恐怕极少。所以他们发现我的踪迹，或我发现他们的存在的几率就极低了，也许比两个人迷失在亚马逊丛林、要在漆黑的夜里相遇还困难呢。”

“老说发生灾害时，上网很有效……”冬树咕哝道。

“总而言之，形成网络的不是电脑，而是人。若参与的人多，全世界的人就可以共享信息，但若没有人参加，则不过是电缆连成的网络而已。”

“你还是继续试试吧。”

“你不说我也会的。又没有什么事情可做。”小峰说道，带着一种绝望的腔调。

山西繁雄站起来，向门口走去。

“您去哪里？”冬树问道。

“我上厕所。哦，是在哪边呢？”

“在检票口前面，左边。”

老人说声“谢谢”，走出店门。他的步伐让人有点不放心。

“那个……”富田菜菜美怯生生地开口说，“各位也在担心家里人吧？你们觉得消失的人究竟去了哪里？”

这疑问与其说是问某人，毋宁说是对所有人提出的。

“知道的话还愁什么呀。”嘟囔这么一句的是户田，“明明连自己身处的状况都不清楚，怎可能知道别人的情况？”

“……说得也是。不好意思。”菜菜美小声说道，低下了头。

“也没必要道歉吧？担心家人是理所当然的啊。”明日香撅着嘴。

就在尴尬的气氛中，山西繁雄回来了。“还有自来水，也算放心啦。”

就在此时，猛烈的摇晃再次袭来，比刚才的幅度大。桌上东西落地的声音传来，有人发出惊叫。

冬树抱住身边的柱子，仰望天花板。灯具摇晃着。

这种状态持续了十秒钟左右。摇晃停止后，冬树身体的平衡感也乱了。他离开柱子，晃晃头，脚下有些踉跄。

“哎呀，不得了……”叫起来的是荣美子。冬树一看，山西繁雄倒在店里一角，荣美子蹲在他身边。

“老伴儿！”山西春子说着站了起来。冬树也急忙冲过去。

山西繁雄脸孔扭曲，裤子的右膝处被鲜血染红。他脚下有一台落地灯，玻璃灯罩碎了。看来他是倒在了落地灯上面，玻璃碎片扎进了他的膝部。

“脱下裤子！”冬树说道。

冬树和春子一起帮繁雄脱下裤子时，身后传来一个声音：“你们在干什么？”冬树不回头也知道说话的是谁。

“有人受伤。山西先生受伤了。”

“什么？”诚哉凑过来，“怎么会这样？”

“不好意思。刚才晃动的时候，我没站稳。”山西繁雄仰脸尴尬地望着诚哉，“没事的，情况不严重。”

“伤得挺深呢，不好好处理可不行。”诚哉说着，喊了一声“富田小姐”，说道：“该你出马啦。全靠你了。”

哥哥这句话让冬树想起富田菜菜美是个护士。

菜菜美站了起来，走近山西繁雄。“我手上什么都没有啊。好歹有些消毒药……”

“旁边就有一家药店，”明日香说道，“还需要什么？我去拿。”

“先拿些纱布和绷带，还有镊子……吧。”菜菜美说着站起来，“我去吧，这样快。”

“有劳你了。我们该做点什么？”诚哉问道。

“最好别乱动，也别碰伤口。”

“明白了。”

“我也去。”太一追着菜菜美去了。

诚哉目送二人离去后，皱着眉头看冬树。“说了这里拜托你吧？也说了要注意余震。你都干了什么？”

“我能说‘别上厕所’吗？”

“摇晃的时候你做什么了？看到他站着，你提醒他了吗？”

“那……没提醒。我也没想到会这样。”

诚哉哼了一声。“总是想着下一步的危险，这可是避险的基本常识。”

冬树无言以对，沉默不语。

“你是久我先生吧？请别责备你弟弟，是我不好。”山西繁雄疼得龇牙咧嘴，“我已经不是小孩了，应该想到会有余震之类的。我是自作自受。”

“是呀。所以兄弟赶紧和好吧。”山西春子也露出笑脸。

菜菜美回来了。她仔细从伤口中取出玻璃碎片，消过毒，涂了防止化脓的软膏，用纱布和绷带包扎好。

“这样应该没问题了。”

“哎呀，救死扶伤，太感谢啦。有护士在真是太好了。”山西繁雄高兴得眯着眼睛。

“那胖小子呢？”诚哉问菜菜美。

“他说去找些食物……”

“那家伙又饿了？”冬树不禁嘀咕起来。

太一回来了。他满脸是汗，气喘吁吁，好像是跑回来的。

“不得了，冒烟了。”

“什么地方？”诚哉问道。

“在那边！”太一指着。冬树见诚哉出门，也跟了上去。

出了店门，按照太一的指点望去，地下街的深处果然烟雾弥漫，还飘荡着一丝异臭。

“糟糕，好像发生火灾了。”诚哉说道，“也许消防系统坏了。”

“得趁早灭火。”冬树要往前迈步，被诚哉拉住。

“等等！不知道火灾的规模，别盲目接近。”

“可是不理它的话，也许会蔓延过来。”

“确保所有人安全是第一位的。在这里被烟包围前离开。”诚哉向咖啡馆里面的人喊话：“我们离开地下街，快！”

户田和小峰一下子冲了出来，白木母女紧跟其后。山西繁雄在菜菜美和明日香的搀扶下走出来。

“真是的，大叔们都不管别人的生死。”明日香瞪了户田等人一眼。

“我来吧。”冬树替下明日香，让老人扶着肩头。

“啊，不要紧，我能走。”

“要赶快，就别客气了。”诚哉背起美保，说道，“各位，向日本桥方向走吧。千万别耽搁。”

十一人通过地下街向日本桥进发。烟雾的浓度眼看着变高了。

“头儿，食物保障还是有必要吧？”太一大声问。他站在便当店前。小货车上摆满便当，招牌上醒目地写着“全国便当节”。

“不要增加无谓负担，到了地面上会有便利店的。逃命要紧。”

意见被诚哉否决，太一面露失望。“顶级便当不要，去吃便利店的便当啊？”

众人在日本桥一带走出地下街，来到地面。几幢建筑物正在燃烧，将夜晚的街道照得清清楚楚。雨已停，热烘烘的风猛烈吹过。

从中央大道望向银座，只见浓烟滚滚。也许因为餐饮店多，容易发生火灾。

诚哉迈开步子，冬树在身后说话了："打算去哪里？"

"首先找一个大家都能休息的地方。酒店也行，但有公寓楼更好。生活用品齐全。"

有一家面向大街的办公设备展示室，似乎正在进行室内装修，外面蒙了蓝色尼龙布，上面压着梯子。诚哉停住脚步，拾起一件东西。是电钻。他确认电钻能用，便再次迈开步子。

大家一片沉默，每个人无疑都在思考目前的异常状况。然而跟冬树一样，谁也找不到答案，只是不知所措。

走了约二十分钟，诚哉停住脚步，仰望眼前的建筑物。看样子是公寓楼，一层是便利店。

"这附近好像没有发生火灾，也有电，今晚暂且把这里当大本营吧。"

"反正要住，找更豪华的怎么样？又不会因为非法侵入被捕。"说话的是户田。

"豪华公寓可能有复杂的防盗系统，锁也是特殊的，要进入太费劲，刚好有没上锁的房间另当别论。与其找那样的，不如选易于开锁的更合理，对吧？"

户田板着脸，但没有反驳，也许认为诚哉说得对。

果然，诚哉选择的公寓楼没有自动锁，很容易就能到各个房间。考虑到电梯会停止，大家选择了二楼。诚哉用电钻在匙孔下开洞，用弯曲的铁丝开锁。

冬树跟着诚哉踏入房间，是两室一厅。似乎是年轻夫妇居住的。起居室的储物柜上方装饰着婚礼时的照片。小巧的新娘和魁梧的新郎，他们消失到哪里去了？

“这里住十人太挤了，隔壁房间也用上吧。五个人跟我来。”诚哉提起电钻，走出房间，菜菜美、山西夫妇和白木母女跟了上去。

户田在沙发上坐下，随即点上一支烟。太一闪身进了厨房。

“大叔，这里作为禁烟区好吗？”明日香边开阳台的窗户，边向户田抗议。

“你哪来权力这么规定？”

“就你一个人吸烟嘛。少数服从多数。”

户田冷哼了一声，把烟灰弹落在地板上。

“你这是干什么？！”

就在明日香怒目而视时，不知哪里传来了猫叫似的声音。

8

一时间，众人停止了动作，沉默下来。这样的举动让冬树明白自己并不是幻听。可是现在什么也听不见。

“那个……”太一开了腔。

“等一下。”明日香将食指抵住人中。

风声传来，虚弱的哭声混杂其中，传到冬树耳朵里。是猫？不，不是。他和明日香对视了一下。

“是婴儿！”

冬树来到阳台，明日香来到他旁边。二人从栏杆往外张望。

“应该不会太远。”明日香说道。

“对啊……”

二人竖耳倾听，但什么也听不见。

“怎么啦？”右侧传来声音，菜菜美从防火墙后露出脸来。看来他们顺利进入了隔壁房间。

“啊，菜菜美小姐，那边房间如何？”太一从房内伸出脑袋。

“布局大概跟你们那边一样。”

“这样啊。那我也去你那边？”

“安静一下！”明日香话音刚落，又传来了啼哭声。这一次可以清楚地确认方位了，是左边的房间。

冬树挪到阳台一端，从栏杆探出身子，窥探旁边房间的情况。

“怎么样？”明日香问道。

“看不见。进去看看吧。”随后冬树对右边的菜菜美说道：“请告诉我哥，打开那边房间的门，里面有婴儿。”

“啊？”菜菜美瞪大了眼睛。

冬树扑向门口，明日香随后紧跟。刚来到外面，就见邻室门一开，冲出手持电钻的诚哉。“听说有婴儿？”

“我想错不了，就在这个房间。”

诚哉上前，在冬树指示的房门前弓下腰，像先前一样将电钻前端抵住锁孔下方。门一开，明日香首先冲了进去，冬树紧随其后。

房间是一室一厅，与起居室相邻的房间传来啼哭声。明日香打开拉门。

冬树见她呆住了，问道：“怎么啦？”

看向室内，房间正中央铺了厚毛巾，上面躺着一个婴儿。婴儿穿着白色婴儿服，眼睛很大，一哭小脸便红起来。

不知何时，菜菜美来了。她靠近婴儿，检查似的看了周围一遍，然后小心翼翼抱起婴儿。“小宝宝有点瘦，但很健康。大概三个月大。”

“女孩子吗？”明日香问道。

菜菜美打开婴儿服下摆，笑眯眯地说：“不，是男孩。”

诚哉进来了，在看婴儿之前，他打量着房间。“也没有特别的情况啊。怎么只留下了婴儿？”

“想这个问题也是白费工夫。”冬树说道，“我们连自己为何被留下来都搞不清楚。”

诚哉烦闷地皱着眉头，随即略微一点头。“那倒也是。”

不知何时，大家都来了，聚集在房间门口。

“那个……”小峰开了腔，“那小宝宝该怎么办？”

“还能怎么办？”诚哉答道，“难道就这样扔着？”

“不，我不是那个意思。”小峰挠挠头。

婴儿哭闹起来。菜菜美慌忙安抚他，但哭声不停。

“看样子是饿了，”荣美子说，“应该找得到奶粉吧。”说着，她进了厨房。

“这里就交给现役的母亲和护士好了。”诚哉说道，“人太多反而碍事，其他人到别的房间吧。”

这个晚上的安顿地点是二〇三室和二〇四室，婴儿则在二〇二室。菜菜美、荣美子和美保留在二〇二室，其他人都聚集到二〇三室的起居室。

“我希望商量一下我们明天起该怎么办，”诚哉环顾众人，“虽然不知道发生了什么事情，但除我们之外的人都消失了，这点毫无疑问。或者就像隔壁的小宝宝一样，寻找的话，也许还能发现生存者。但我的意见是，与其寻找别人，不如考虑我们怎么活下去，这是先决条件。现在还有电，但我们要有‘很快就没电’的思想准备。煤气和自来水也一样。到那时该怎么办？必须考虑这个问题。”

“电会没的。”明日香仰望着天花板，咕哝道，“不如要问‘为何现在还有电’。供电公司的人应该消失了。”

“因为发电系统和输电系统几乎都是自动的。”小峰回答了女高中生的疑问，“只要不切断燃料，就会供电。但如果发生事故，就不知道会怎么样了。”

“正如大家所知，到处都在发生事故。”诚哉说道，“已经停电的地方也不少。就连这所公寓，也不知道何时会变成那样。对于全面停电，大家还是有思想准备为好。”

“得保证有吃的东西。”太一发言道。

诚哉微露笑容，点了点头。“确保食物来源很重要，至少得掌握什么地方有什么东西。”

“我们要在这里逗留相当长时间吗？”冬树问道。

“是打算这样。”诚哉点头，看看众人，“我不知道这个地方是否最合适。也许还有更好的地方，可我们发现了婴儿，还有伤员，整体转移并不简单。总而言之，眼前最重要的是创造安全的生存环境。”

坐在椅子上的山西繁雄手按受伤的膝盖，垂下充满歉意的视线。

“我问一句可以吗？”户田坐在沙发里，举起一只手。

“请说吧。”

“不管今后如何，我们都必须一起行动吗——按照你的指示？”

诚哉面露苦笑。“是我通过广播召集了大家，我有责任，所以要临时充当决策人。如果有人来做这事，我当然可以交给他。”

“久我先生当头儿不是挺好？有问题吗？”明日香向户田投去责难的目光。

“我没有打算当头儿，”诚哉说道，看着户田，“也没有发布命令的意思。我只是说出自己的意见，再了解各位的看法。如果还有更好的想法，请告诉我。”

“我不知道是不是更好的想法，但我觉得在找吃的之前该做一件事情。”

“什么事？”

“求助。”

“求助……吗？”诚哉困惑地重复着对方的话。

户田点了点头，说道：“我是现实主义者，想尽可能理性地考虑问题。”

“我也是。”

“就像你说的，除了我们，人的确都消失无踪了。但我的想法是：他们并不是单纯不见了，而是存在于某个地方。这么一来，首要任务不是寻找他们吗？”

“光是日本人就超过一亿了。你是说，这么多人一瞬间移动到别的地方了？”

“这比认为他们消失了更现实吧。”

“那倒是。”明日香咕哝道。

狠狠地瞪了她一眼后，户田继续说道：“而且我们对于别的地方不是还一无所知吗？只看到了东京街头的情景，就认准人类消失了。也可能别的地方平安无事，什么事也没有发生。”

“要是那样，政府在做什么？明知如此却袖手旁观？”

“这一点我也不知道。总而言之，我觉得应该寻找有人的地方。其他人肯定在某个地方。”

“具体该怎么找呢？”

“只有分头去找了。公共交通已经瘫痪，只能骑自行车。”

诚哉不置可否，环顾众人。“其他人意见如何？赞成户田先生的意见吗？”

没有人回答。诚哉看着冬树。“你怎么看？”

“我觉得……那种事情做了也徒劳。哥，你也这么看吧？”

“怎么会徒劳？不是还不知道结果吗？”户田嚷嚷起来。

“从目前情况判断，不是显而易见吗？只有我们啊。其他地方哪儿也不会有人。”冬树缓了一口气，再次开口，“虽然不知道发生了什么事情，但只有我们幸存。其他人恐怕已经不在世上，已经都死了。”

所有人表情都僵住了，但看起来并不像是因听到意外的话而愕然。冬树确信，大家心里都明白，只是不去触碰而已。

身后响起东西落地的声音。冬树回头，见菜菜美站在那里，身后是抱着婴儿的白木荣美子和美保。

奶瓶掉在菜菜美脚下。诚哉捡起。“宝宝的情况怎么样？”

见菜菜美没有回答，荣美子便说：“很健康，喝了很多奶。”

“太好啦。知道名字吗？”

“好像是叫勇人。有他三个月的健康检查表，意思是勇敢的人。”

“勇人？好名字啊。”诚哉窥探睡在荣美子臂弯里的婴儿，眯起眼睛，然后再次环顾众人，“之前发生了什么，接下来将要发生什么，我们完全不知道，所以别再断定什么了。我觉得户田先生的意见也有一定道理。明天只要情况允许，咱们出几个人走远一点看看吧，剩下的人就负责生活保障。这样安排如何？”

没有反对意见。户田似乎也满意了。

吃过便利店的便当，今晚该休息了。二〇三室由除山西繁雄以外的男性使用，山西夫妇、明日香和菜菜美四人在二〇四室，白木母女和勇人在二〇二室。

户田不知从哪儿找来了白兰地，跟小峰一小口一小口对饮起来。太一一边嚼炸薯片，一边看从便利店拿来的漫画。

冬树走出起居室，进入相邻房间看了看。房间里有书柜、梳妆台和桌子等，看来是夫妇使用的。梳妆台上放着开了盖的瓶子和刷子等物品，仿佛此刻正有人在使用。

“你在干什么？”背后有人招呼。诚哉站在门口。

“你看这个。”冬树指指梳妆台，“这家的太太正在化妆时消失了。”

诚哉盯着梳妆台看了看，然后轻轻摇头。“刚才不是说了吗，别下什么结论。”

“可是……”

冬树正要反驳，门铃响了。他们走到门口，打开门，外面站着明日香。她换了一身休闲运动装，不知是从哪里找到的。

“怎么啦？”冬树问道。

“菜菜美不见了。一不留神，她就不见了。”

冬树身后的诚哉闻言穿过起居室，来到阳台。冬树紧随其后。

“怎么啦？究竟怎么啦？”户田惊慌地问。

冬树和诚哉一起俯视还处处冒烟的马路，看见一辆自行车在人行道上远去。“在那里，赶紧追。”冬树说道。

“等等，我去。这里就拜托了。”诚哉走向门口。

9

诚哉来到外面，迅速扫视周围。地上倒着几辆自行车，他扶起一辆。还没跨上，他的目光又停留在另一样东西上。数米开外躺着一辆摩托车。

他走过去，小心观察车体，是川崎250cc，似乎不用担心汽油泄漏。车钥匙插着，估计跟其他机动车一样，驾驶员突然间就消失了。幸运的是，摩托车似乎处于等红灯的状态。大概是倒地刹那发动机熄火了，汽油还剩许多。

诚哉扶起摩托车，跨上去，却感觉不对劲。原来车座的一部分没有了，是臀部和大腿接触的部分。那里不像是被削掉或磨去的，倒像是原来就没有。

同样的情况也出现在车把上。诚哉试握了一下，把手的一部分按照手的形状凹陷了下来。车把用久了会有磨损，但这辆车明显不是这样。

诚哉带着疑惑尝试发动车子。虽然坐得不舒服，却没有什么异常情况。他驱车上路。机动车道被事故车堵死了，只能开上菜菜美骑车的人行道。但那也不容易。也许是地震或事故的缘故，人行道上有无数障碍物。不是店铺招牌掉了下来，就是倒着自行车。更有失去了司机的机动车冲上人行道，猛撞在店铺上。

诚哉时而避开障碍物，时而下车搬开东西，就这样追赶菜菜美。他一方面担心这样赶不上菜菜美，一方面也推测菜菜美恐怕同样前进得很艰难。

不久，诚哉便确认他猜对了。摩托车灯照耀的前方出现了菜菜美的背影。她正推着自行车，想要跨越什么东西，但随即停止了动作。摩托车的发动机声似乎传进了她的耳朵。她回望诚哉，无奈地呆立着。

诚哉慢慢上前。旁边的楼房已经毁坏，瓦砾挡住了去路。货车和小轿车连续碰撞，堵死了路，没有可以通过的空隙。

“要骑车翻过那里很难啊。”诚哉下了摩托车，一边走近菜菜美一边说道。

“为什么？”菜菜美眼含泪水问道。

“什么意思？”

“为什么要来追我？别管我就好了。”

“那可不行。你不是也丢不下那小宝宝吗？”

“那事跟我现在不同。我是按照自己的意志行动的。”

“既然这样，总得告诉我们行踪吧。其他人会担心的。”

菜菜美手握车把，低下了头。“我想去看看医院的情况。”

“医院？是你上班的帝都医院吗？”

她点点头。“我很想知道医院怎么样了……有很多住院病人。”

“那些人现在都消失了。我觉得只能这么认为。”

“可是，怎么会遇上这种事……”菜菜美抬起头，狠狠地瞪了瞪诚哉，随即无力地摇摇头，“这连你也不明白吧？对不起。”

“总会找到答案的。可目前最重要的并不是弄明白那些事情，而是生存下来。一个人行动太危险，请和我们待在一起吧。”

然而，菜菜美没有点头。“不用担心我，请让我去医院。”

“可能什么人也没有。即便有像我们这样的生存者，也不会一直待在医院吧。”

“尽管那样……尽管那样，我还是想去。”

“为什么？”

菜菜美咬着嘴唇，再次低下头。“非说不可吗？”

看她沮丧的样子，诚哉后悔一直追问她。他意识到自己无权限制她的行动，也没有正当理由涉足她的隐私。

“明白了。好吧，我也一起去。”他见菜菜美因惊讶而抬起脸，继续说道，“饭田桥不算远，但骑车去够戗。而且你也不熟悉路线。如果熟悉，你就不会在这里磨蹭，早进了障碍物少的岔道了，对吧？”

菜菜美摇摇头。“我不能给你添麻烦。”

“不辞而别才麻烦呢。大家都担心你，还是快去快回吧。”诚哉跨上摩托车，说道，“坐到后面吧。”

菜菜美的嘴唇动了一下，是“可是”的口型。

“来吧，”诚哉向她笑道，“快点！”

菜菜美下了决心似的点点头，双手离开自行车车把，走近摩托车，坐到诚哉身后的座位上。

“请抱紧我。路况不好，恐怕会颠得比较厉害。”

“是。”菜菜美小声回答，两手抱紧诚哉的腰。诚哉见状，发动了车子。

诚哉选择了障碍物少的路向前飞驰。幸运的是，不少地方的路灯都亮着。约二十分钟后，车子已驶入帝都大学校区。医院似乎没有发生太大问题，还有几处房间的窗户内透出灯光。

“简直像什么也没有发生过。”菜菜美下车后说道，“医院晚上通常是这种气氛，只要没有急诊，就很安静。”

“过去看看吧。”诚哉说着，迈步走向大门。

二人穿过正面的玻璃门。门内光线昏暗，但灯亮着，只是候诊室也好，挂号台也好，全都空无一人。咨询台前有一辆轮椅，铺着用旧了的坐垫，靠背上挂着一根拐杖。

“就像刚刚还有人坐着。”菜菜美看着轮椅说道。

“你的部门在什么地方？”诚哉问道。

“是三层的护士值班室。我去看一下好吗？”

“请吧。但最好不要使用电梯。”

“我知道。”菜菜美说着迈步离去。

诚哉环顾四周。无论哪里都像菜菜美说的那样，飘荡着有人曾存在的浓郁气息。挂号台上有一张刚写了开头的挂号单，旁边丢着一支圆珠笔。诚哉拿起笔，思索起来。处处都有些许凹陷，与其说是承受了压力，毋宁说是仅仅那一部分消失了。他尝试着拿起各种各样的东西。不久，他明白了：只有手触摸的部分消失了，跟刚才的摩托车一样。

诚哉走近孤零零丢在那里的轮椅，拿起坐垫。坐垫中央开了个大洞，看得出就是坐下时臀部接触的部分。不仅是坐垫，轮椅靠背也一样，只有后背靠住的地方被干脆地切去了。

看着这些，诚哉忽有所悟。他走向台阶。

二层以上是病房。他踏入走廊，试探着进入附近的病房。这是个六人间，各床由帘子隔开。

诚哉走近一张床。当然是无人的空床，但掀起被子时，明显可见异常情况。床单上有个洞，呈现出一个人躺着的样子。床也凹陷成同样的形状，被子内侧中央部分也没有了。他查了一下其他床，全都有类似情况。只有一张床例外，但上面的被子是掀开的，可以想象床的使用者也许去了洗手间。

诚哉确信：消失的不仅是人和动物，他们触碰的物质也消失了。

为什么会这样，诚哉完全不明白。可以确定的仅仅是其他人毫无疑问都“消失了”，而不是按照自己的意愿去了某个地方。这是突发事件。

不知道这种超常现象发生在多大的范围。难以想象只发生在东京或日本这样的狭小范围内。即便很小的异常气象，影响也会波及世界。这样规模的超常现象不可能只限于局部。

诚哉离开走廊，登上台阶前往三层。

护士站里没有菜菜美的身影。诚哉来到走廊，一间间病房查看。他想起菜菜美牵挂着患者。可她并不在。

也许她去下一层了。诚哉边想边走向台阶，正当此时，他听见了一个微弱的声音。

诚哉一转身，轻轻循声走去。有一扇面向走廊的门开着，里面透出灯光。门牌上写着“医疗咨询室”。他向内探头，看见了菜菜美的背影。她跪在地上，正在啜泣。旁边有一张小桌子，椅子围在桌旁。

“菜菜美小姐。”诚哉招呼道。

菜菜美止住后背的颤抖，微微歪了歪头。

“怎么啦？”诚哉问道。

菜菜美做了几次深呼吸，像要稳住情绪。“没什么。不好意思。”

诚哉发现她手里拿着东西，细看是茶色的凉鞋。

“那凉鞋怎么回事？”诚哉问道。

菜菜美迟疑了一下，小声说道：“是他的。”

“他的……”

“他在解释病情时，有脱掉一只凉鞋的毛病。我提醒过他好几次，这样看起来不严肃，还是改掉为好。”

诚哉进入房间。桌上放着病历。他拿起来看了看，虽然不懂上面的内容，但知道了主治医生叫松崎和彦。诚哉明白是怎么回事了。“那只凉鞋是松崎医生的？”

菜菜美点点头。

看来松崎医生对她而言很特别。诚哉理解她为何想来医院了，她想知道男友怎么样了。

“有一位患者得了胰腺炎，情况很严重，他说必须尽早告诉患者准确的病情。我想，他是正在解释病情吧。”

“正在解释时消失了，对吧？”

“不是消失了，是死了啊。”菜菜美带着哭腔说道，“像你弟弟说的那样。”

“还说不准。因为连发生了什么事情也不知道。”

“可是，哪里都没有这个人了，这一点改变不了吧？这不是跟死了一样吗？”

“这……我也说不好。”

菜菜美把凉鞋抱在胸口。她的后背摇晃着，发出呜咽声。

“我要请你做一件事。”诚哉说道，“既然来到医院，我希望带一套急救医疗器械回去，以防万一。主要是药店里找不到的东西。”

然而，菜菜美缓缓地摇了摇头。“这样做又能怎么样？反正我们是活不下去的，不是吗？”

“为什么活不下去？现在不是还活着吗？”

“现在是，但没有其他人，城市也会变得更糟。这样怎么活下去啊？”

“我也不知道。但重要的是要活下去。这样一来，不知何时就会有活路。”

“什么活路啊……”她哀叹道，“他明明都不在了……”

“求你了。请帮帮忙。”诚哉向她鞠躬，“现在绝望太早。你的男友怎样了，不是还没人知道吗？说不定还能见面。忽然消失，也就可能忽然出现啊。请你千万别抛弃希望。”

“忽然出现……”菜菜美终于转过头来，她双眼红肿，“是吗？”

“我相信。我们只能这么想。”诚哉坚定地说。

10

冬树尝试用手机联系诚哉，但没有打通的迹象。他又试打一一〇，但结果一样。他走出阳台，俯视昏暗的马路。诚哉顺利找到菜菜美了吗?

回到房间里，他准备躺下。正要关掉床头灯时，他无意中往门口扫了一眼，却吓了一跳。门开了约十厘米的缝，缝隙间露出一张脸。是美保。

冬树欠起身，问道："怎么啦？"美保一言不发，面无表情地走进来，爬上床，蒙上毯子，像猫一样蜷起身子。

冬树窥探美保的脸。"出什么事了？"

美保眨了几下眼，大眼睛紧紧闭上了。她的失语症看来很严重。不能勉强，冬树心想，就连大人被置于这种脱离现实的状况时，也几乎会疯掉。孩子敏感的神经不可能完好无损。

冬树留下美保，自己出了房间。走向屋门时，门先开了，荣美子探进苍白的脸，眼睛红红的。

"我正要去你那里。"冬树说道。

"美保……"

"哦，"冬树点点头，"她刚刚来了我房间，现在在床上睡了。"

"这样啊。"荣美子舒了一口气，似乎放下心来。但她没有马上进屋，而是低下头。

“美保有什么事吗？她为什么过来？”

“不，她倒没什么。”荣美子好像有点犹豫。过了一会儿，她抬起头说道：“不好意思，今晚可以让她睡在这边吗？跟很多人在一起也安心。”

“这没问题。那你也来这边吗？”

“不，”她摇摇头，“照顾婴儿还是在隔壁房间方便。我就在隔壁，美保有事的话，喊我好吗？”

“好的。那你不跟她说一声？”

“啊……不，没关系，今晚就不吵她了。请多关照。”荣美子说着走了出去。

冬树有点莫名其妙：这样的情况下，母女分开难道不会不安吗？

他看向起居室。只见户田睡在沙发上，桌子上的白兰地酒瓶和酒杯都没有收拾。小峰在摆弄手提电脑，太一则不见踪影。

“太一去哪儿了？”冬树问道。

小峰抬起脸。“他说肚子饿，出去了。在下面的便利店吧。”

“你在干什么？上网？”

“不，打游戏。已经上不了网了。这么一来，跟其他幸存者联系的手段就没有了，虽然不知道此前是否有人活着。”小峰往杯里倒入白兰地，喝了一口，看向户田，浮现出无力的笑容，“看他睡得多安稳。不知是什么心肠，他不担心家人吗？”

“小峰，你有家人吧？”

“有老婆和儿子。儿子下个月就上小学了，说是今天去买入学典礼的衣服。平时买东西就在附近的购物中心，但今天也许会到新宿一带吧。老婆也肯定想买自己的衣服。”小峰干巴巴的叙述中带着一种再也见不到家人的绝望腔调。

一定还能见面——这句话，冬树欲言又止。他觉得这么说实在太不负责任。

“我去找找太一。”

冬树顺台阶走到一层。便利店的灯亮着，但从外面看不见太一的身影。他走进去，环顾店内，听见角落里有擤鼻涕的声音，是食品货架旁边。于是他走过去。

太一正坐在地上吃便当，边吃边哭。纸巾盒就搁在一旁，他一边用纸巾抹鼻涕和眼泪，一边大口咀嚼。

“你哭什么？”冬树问道。

太一把便当搁在膝头，用纸巾擤了擤鼻涕。“你瞧，这里的食物明天全都到期了。一两天的话，即使过期也还行。可之后怎么办？其他便利店或超市里面的食物也一样要到期了呀。全都腐烂掉后，我们吃什么？”

“你就是哭这个？”

“是啊，不行吗？担心食物不好吗？”太一抬起哭肿的眼睛，看了冬树一眼。

“没什么不好，可现在担心这种问题也没用啊。”

“为什么？食物不是最重要的吗？没有食物就活不下去了。”

“不至于眨眼就没了吧？生的东西固然会腐烂，但也有能保存的食物啊。像罐头、真空包装的食品之类。”

“那些东西也会吃完啊，不是无限的。怎么办哪。”

“这……”

此时，传来了发动机的响声。冬树看向外面，见诚哉正把摩托车停在公寓楼前。车后坐着菜菜美，她提着一个便携式冷藏箱。

诚哉注意到冬树，走进便利店。菜菜美也跟在后面。

“你在干什么？”诚哉问道。

冬树说出跟太一的争论，诚哉点点头，低头看着太一。“食物的确很重要，现在也该考虑这个问题了。”

太一撅着嘴，似乎在说“你瞧瞧”。

“可哭是没用的。”诚哉干脆地说，“人类是有智慧的。只要运用智慧，吃的东西就会有。幸亏暂时不成问题，大家一起好好想办法吧。”

“什么智慧嘛，能填饱肚子吗？”

“总之今晚先休息吧。明天会发生什么事情，现在还不知道，所以要保存体力。”诚哉说完，转身走向门口。

“你也赶紧起来。吃这么多该满意了吧。”冬树抓着太一的胳膊硬拖他起来。

来到出口前，诚哉停住了，仰望天花板。

“怎么了？”冬树问道。

“监控摄像头。”

“哦？”冬树顺着诚哉的视线望去，的确安装了摄像头，“有什么问题吗？便利店一般都安装的。”

“摄录时间是多长？隔多长时间换带子？”

“二十四小时。”回答的是太一，“这种规模的店一般都这样。我在这种地方打过工。”

“这么说，”诚哉转向冬树，“发生超常现象时，它也在录像。”

冬树屏住气息。他明白了哥哥的想法。

“去找录像机和监视器。”

“应该在店后头。”太一似乎也察觉了诚哉的意图，率先走向收银处后面的门。

门里是约四叠半大小的办公室。正中间有桌子，几把折叠椅围绕桌旁。周围杂乱地堆着纸箱。

“是这个。”太一说道。房间一角的柜子上放着一台十四英寸的监视器，黑白画面显示着店内的情景，可以看见站在收银处的菜菜美正不安地看着办公室这边。

“很马虎的摄像头啊，只有一个画面。只盯着收银处就行了吗？”太一说道。

“抢劫一般针对收银处吧。”

太一听到冬树的看法，摇了摇头。“并不是经常有抢劫。这个摄像头是监视店员的。有时会有店员偷拿货款，或朋友来时不收钱。设置在收银处不是为了防盗，而是监视店员，在便利店打工的人都明白。”

“你知道得真清楚。”

“我曾经吞了货款，被炒鱿鱼。”

“原来如此啊。用你的经验把录像机找出来吧。”

“应该在这里面。”太一想打开下面柜子的门，但像是上了锁，打不开，“果然如此，为了不让店员碰而上了锁。”

诚哉环顾四周，拿起一样东西递给冬树。“用这个撬开它。”是一把螺丝刀。

冬树把螺丝刀前端插入门缝，用力一撬，薄薄的金属门一下子就变了形。打开柜门，里面放着一个扁平的装置。

“知道用法吗？”诚哉问太一。

“那还不简单？跟一般的录像机一样。”

太一按下按钮倒带，倒到头之后按下播放键。画面出现了，左下方有时间显示，是上午八点多。之前似乎换了带子。

店内很热闹。来买早餐的顾客在收银处前排队。

“看见其他人的模样，似乎已是很久以前的事情了。”太一咕哝道。

“我也觉得。这画质也太差了。”冬树说道。

“那没办法。使用 VHS 的两小时带子，二十四小时不停拍摄。VHS 带子用三倍速录像的话，图像就很差了，这可是十二倍啊。”

“是这么回事吗？”冬树点头。他想起一种说法：画质之差，很难从监控录像中辨认犯罪嫌疑人。

“可以快进吗？”诚哉问道。

“当然可以。”太一操作录像机。

图像开始高速流动。许多人在收银处交钱离去，显示时间的数字眼看着猛增。当数字最前面的两位数是“13”的时候，所有看着画面的人一齐“啊”地喊了出来，太一随即恢复正常播放速度。

店内的人全部消失了。不仅顾客，连店员也没有了。

“倒带！”诚哉说道。

太一按下倒带键。很快，画面上有了人。

“按格放。”

“明白。”太一说着，开始转动旋钮。三人的目光紧盯着画面。

“就是这里！”诚哉说道。太一停下手，画面静止。

“在这一瞬间，人们消失了……”太一稍微前后转动旋钮。很显然，人们一瞬间消失了。那是十三时十三分。

“就是那时间，没错。”冬树说道。

“怎么回事啊，人真的消失了！怎么会有这种事……”太一脸色苍白。

诚哉伸出手，开始亲自操作旋钮。“仔细看。里面的食品卖场有女顾客站着吧？手里提着篮子。在下一个瞬间……”他旋进一格画面，“女顾客消失，篮子同时掉在地上。这不是录像出了问题。现实就是只有人类消失了！”

太一双手抱头。“怎么回事啊，我要疯了！”

诚哉走出办公室，冬树从后赶上。外面站着一脸不安的菜菜美。“怎么样？拍到了什么？”

诚哉没有回答，径直走到食品卖场，捡起掉在地上的篮子。就是录像画面上女顾客提的篮子。

“你看这个，”他把篮子递给冬树，“把手的部分有手握的痕迹。只有手触及的部分略微凹陷了。”

“为什么要对这种事……”冬树一边看那部分一边说道。

“同样的事情在各处发生。”诚哉说道，“也就是说，在人们消失的瞬间，人们接触的部分也消失了。”

11

天快亮了，清晨的阳光透过蕾丝窗帘射进来。

小峰手持周刊杂志，沉默了一会儿。这本杂志是冬树从便利店带回来的。它掉落在杂志架前，上面有许多小洞，就像被剪过一样。仔细一看，是有人翻开杂志时手指按住的地方。也就是说，站着翻杂志的人消失时，他触摸的部分也消失了。

小峰把杂志放到桌子上，摇摇头说：“怎么回事啊。我可以同意你的意见，人触摸的部分消失了，但……”

“到处都有这样的现象。”诚哉说道，“我调查了几辆路上的车，方向盘或座位的表面都没有了。那些副驾驶座或后座有人的车，座位也都发生了异变。”

小峰绷着脸，嘟囔道：“真不明白。可只有一点是确定的。”

诚哉问是什么。

“衣服没消失。”

“衣服？”冬树和诚哉对视了一下，随即问道，“什么意思？”

“关于人为何一瞬间消失，这一点无从解释。我们没有消失的理由也不知道。可光说不可思议也无济于事，所以我想思考一下规律。什么消失了，什么没有消失，肯定有某种规律存在。”

“说得不错。然后呢？”

“迄今可以弄明白的，是人、猫、狗都不见了，而建筑物和车还在。再抽象一点说的话，就是生物消失了，非生物没有消失，是这样吧？”

“植物也是生物啊。”坐在稍远处倾听对话的太一插嘴说。

小峰点点头。“啊，对啊。消失了的只是动物，植物和非生物还在。”

“寿司店有的是鲜鱼肉，可那是死了的，算是非生物吧。”太一表示赞同。

“我觉得是那么回事。只有动物消失了，其他物质还在，暂且把这当成规律吧。那么，我发现有一点说明不了，那就是衣服。衣服不是动物，只是物质。”

“是这样。”诚哉说道。

“根据规律，应该人去而衣服留下，就像留下来的汽车和摩托车。”

“没错。走在路上的人应该只是肉体消失，穿的西服则留在现场，否则就太奇怪了。路边应该有乱七八糟的西服才对。但哪里都没有那样的情况，所以必须重新思考这个规律。”

“正确地说，就是人触摸的东西也一同消失了吧？”

对于诚哉的说法，小峰并不同意。他紧皱眉头，用指尖推了推眼镜。“我觉得还不够全面。的确，只看这本杂志的话，会让人觉得就是那样。可是触摸的说法有欠具体。例如许多人都在西服里穿了内衣，最外面的外套往往不直接接触皮肤。但因为西服也都消失了，触摸就应该不是绝对条件。”

诚哉手扶额头，说道：“这倒也是……”

“我觉得可能有更为复杂的规律。明白了这一点，说不定就能解释这奇特现象了。”小峰总结似的说道，伸手去拿倒了白兰地的玻璃杯。

玻璃杯忽然发出咔嗒咔嗒的声音，摇晃起来。接下来的瞬间，震动波及了整栋房子。地板激烈地上下晃动，连人也不能轻易站住。

“又是地震！相当大。”诚哉喊道，“不要乱动！保护头部！”

冬树拿过身边的坐垫保护头部。太一钻到了餐桌底下。

储物柜上的东西陆续掉落，厨房也传来餐具落地碎裂的声音。

户田一跃而起。“啊！怎么回事？”

墙壁和柱子发出吱吱声。冬树想看看外面的情况，挪近阳台。

“冬树，别挨近玻璃门！”诚哉的声音传来。

紧接着，冬树眼看玻璃门的外框严重变形，他慌忙后退。随着猛烈的声响，玻璃如同爆炸般碎了，粉末般的碎片甚至溅到了室内。

摇晃很快止住了，可冬树一时动弹不得，还没有恢复平衡感。他慢慢抬起头，环顾周围。

地上散落着各种东西，包括玻璃碎片。墙壁出现明显龟裂，天花板的一部分也已剥落。而且灯全部熄灭，似乎停电了。

户田歪着脸，按住手腕。鲜血从指间流出。

“怎么了？”冬树问他。

“玻璃弄的，崩到我这儿来了。”户田痛苦地答道。

诚哉站起来。“出去吧。别忘了保护头部。”

冬树手拿坐垫，跟着诚哉走出起居室。但走向玄关时，他想起了美保。

打开邻室的门，只见书架倒在床上。“美保！”冬树喊道，慌忙扶起书架。大量书本散落床上，下面鼓起一个小小被褥团。冬树掀开被子，只见美保蜷成一团，一动不动。

“美保！没事吧？”冬树摇了摇她。

美保慢慢睁开眼睛，眨了眨眼。她身体微微颤抖，脸色苍白。

“冬树，怎么样？美保没事吧？”诚哉过来问道。

“好像没事。走吧，美保。”冬树抱起美保，一出房间，就见荣美子抱着婴儿，脸色苍白站在那儿。

“没伤着吧？”诚哉问道。

荣美子默默点头。她看见跟冬树在一起的美保，放心似的长出一口气。

菜菜美和明日香从相邻的房间走了出来。“吓我一跳。还以为公寓楼要垮了。”明日香喘着气说道。

“菜菜美小姐，请看看户田先生的伤势。他被玻璃碎片割伤了。”诚哉说道。

菜菜美脱去户田的上衣，开始处理。她提着的冷藏箱里有各种药品和应急处理器械。

“老人们没事吧？”

在她们回答诚哉的问题前，山西繁雄已在春子的搀扶下出来了。

“能走吗？”诚哉问山西。

“勉强行。因为一直躺着，就不用担心像昨天那样摔倒了。”

诚哉对老人的笑谈报以笑容，然后环顾大家。“大家还好吧，我们暂且离开这栋公寓楼，转移到某个宽敞又安全的地方。”

众人顺着楼梯走到一楼。眼前的情景几乎让冬树眼花起来：地面上到处是凸起和凹陷，尘埃飞舞，浓烟从建筑物中冒出，几乎看不清前方。人行道和马路上满布玻璃碎片，在早晨的阳光照耀下闪闪发亮。

“简直像是战争片。”太一咕哝道。

“比战争片还严重，感觉是地球毁灭。”明日香的声音软弱无力。

“从便利店收集水和食品吧。”诚哉说道，“行李太多移动不便，先准备两三天的分量吧。还有，最低限度的生活用品也带上。”

因为停电，便利店里面显得晦暗。冬树和明日香往购物篮里依次放入饮用水、三明治、饭团和即食食品等。

二人走出店，见诚哉给大家分发了针织帽，那也是便利店的东西。

“请戴上帽子。现在要走一段路，各位不但要注意脚下，还要注意头顶。在阪神淡路大地震中，不少人因为头上掉落东西而死亡。”见大家戴上帽子，诚哉说道：“好，出发。”

跟随诚哉的步伐，十二个人开始移动。除了路不平，还必须避开碎玻璃片，光是走路已经十分辛苦。天空是灰色的，不是天气不好，而是因为浓烟覆盖。肯定是由于刚才的地震，继昨天的火灾之后又发生了火灾。

走了二十多分钟，众人来到一所中学的体育馆前。

“不是非这种地方不可吧？”户田不满地说，“把这种地方当避难所，是因为能收容很多人吧？现在就我们几个，找一处没坏的住宅不是挺好吗？”

“如果能确认没有余震，也不会发生二次灾害，那就可以寻找合适的住处。但现阶段进入住宅是危险的，不知道何时会发生火灾。”

户田显然不能接受诚哉的解释。“为什么？比如那所房子怎么样？”他指着马路另一侧的一座住宅，“看上去好好的，也没有发生火灾的迹象。那样的房子不就行吗？”

诚哉摇摇头，指着远处。“你看那边，在冒烟吧？”

的确，数十米开外的房子里正冒出黑烟，很显然有东西正在燃烧。

“别忘了，我们灭不了火，也不会有消防队来为我们灭火。那火会继续烧，不久就可能引燃旁边的建筑，然后再继续蔓延。另外，其他地方也很可能忽然着火。就现时而言，不存在没有危险的住宅。”

“照你这么说，体育馆不也一样吗？”

“体育馆遭遇二次灾害的危险性极低。因为与周围建筑隔绝，不必担心被波及，而且里头基本是空的，也没有什么东西会掉落或倒下。再加上没有火源，不用担心发生火灾。这种地方并不仅仅是因为大而被用于避难。”

听到诚哉这番解释，户田绷着脸不吭声。他应该仍未接受，只是找不到反驳的理由。

体育馆没有遭受明显破坏。进入馆内，男人们摆好垫子和跳箱之类的东西，腾出大家休息的地方。

明日香向大家分发食物。太一接过三明治，撅起了嘴。“就这么点啊？”

“忍耐一下吧。能够减肥还不好吗？”

太一嘟囔道：“我也就享享口福这点乐趣。”

“问题是照明啊。现在天还亮，但到了黄昏就会很暗。”小峰仰望天花板。四面墙壁接近天花板处设有采光的窗口，此刻光线正从那里射入。

诚哉看了看表。“现在是早上七点，离傍晚还有十个小时以上。”

“那又如何？”

“如果黑下来，什么都看不见，就睡觉好了。晚上本就该这样。”

“哼。”户田嗤之以鼻。

“简直就像原始时代。好歹进化到江户时代吧？使用灯笼也好。没有的话，蜡烛也行。”

“我不会阻止你们使用，但还是习惯不依赖那些东西的生活为好。这些物质迟早会没有的。”

“我担心食物供应。”太一几口就吃完了三明治，幽幽地说。

事态的严峻性似乎每一刻都在增加。冬树在进入洗手间时感受到了这一点。水不流了，也就是说，自来水停止供应了。

“那么如果用掉了现在水箱里的水，洗手间就不能使用了。”诚哉一边沉思，一边说道，“男的不使用洗手间也行，就先让女士们用吧。请女士们也尽量想出节水的办法。”

“就算这么说，我们也……”明日香为难地和菜菜美对视了一眼。

“喂！不得了啦！”眼望门外的太一大喊起来。

过去一看，学校对面的房子被烈焰包围了。正如诚哉说的，刚才的大火没有熄灭，已经蔓延到了周围。

“这样下去，整条街都会烧光的。”

谁都没有接太一的话。

12

余震发生了好几次，其中也有晃得难以走动的。诚哉禁止大家外出，也没有人打算出去。

“地震怎么会这样持续呢？”小峰自言自语道。他正把跳箱当椅子坐。

“只是恰巧吧。”冬树应道。

“是吗？总觉得跟人们消失有某种联系。”

“什么意思？”

“我也还没有清晰的想法。”小峰挠挠头，斜眼看着上方，“刚才太一说，这样下去，整条街都会烧光的。我听到后忽然觉得不止街道，整个世界都要消失了。”

“世界？怎么会。”

“不，世界的说法可能不恰当，应该说是人类世界。”

除了诚哉和太一，其余人都在场。那二人此刻正分头在前门和后门监视风向和附近的火势。稍早前大家说好了，每两个小时换一班。

大家前途茫茫，又无所事事，所以都在听小峰说话。

“一直都有这种说法吧？会有东西不忍目睹人类对环境的破坏，为了恢复地球的美，只有让人类消失。”

小峰身边的户田绝望似的晃动着身体。“因此人类就一瞬间消失了？无聊！”

“我想这也许是地球的报复。”小峰继续说道，“当然，地球是没有意志的。但是否会有一种现象，像是宇宙里的自净作用，以保护一个星球？首先消灭天敌人类，其次毁灭人类建立的文明。我总觉得这些地震是让地球变成一张白纸的步骤之一。”

“怎么可能？那种事情。”户田摇摇头。

“你怎么能断定？”

“很简单。假如有这么一种自净作用，人类怎么可能繁荣至今？在这之前早该发生作用了。”

“有某种限度吧？人类超过了容许范围，一味自以为是，终于招致地球的愤怒。不是吗？”

“对，我也这么看。”山西繁雄发言了。他和妻子春子并排坐在折叠起来的垫子上。“人类迄今太胆大妄为了，终遭天罚也不奇怪。”

春子点点头。“在我乡下老家也是，劈山修路，挖掘隧道，最终大雨引发山崩。我早就觉得，终有一天要发生更加严重的事情。”

户田明显露出很无聊的表情，站起来。“没劲。跟修路联系在一起有什么用处？”他一边掏出香烟和打火机，一边走向出口。

诚哉和太一回到馆内，与户田错身而过。

“外面情况怎么样？”冬树问道。

“附近的火势好像弱下来了。”诚哉答道，“但不是火灭了，而是意味着这一带的房子都烧光了。总之不用担心火星飞溅过来了。太阳也下山了，今晚就这样在这里过吧。”

“在这里打地铺吗？”

“旁边的仓库里保存着好几套毯子和枕头，大概是准备用于紧急避难的。之后还可以从保健室拿来被褥。”

“不能在教室睡吗？这里有点冷。”明日香问道。

诚哉摇头。“教室有危险，不知何时发生余震。这里应该有暖炉，我们用那个凑合一下。”

明日香虽然不满，但还是轻轻点了点头。

“开饭吧。肚子瘪瘪的，快饿死了。”太一说着，开始翻放食物的篮子。

吃过简单的晚饭，已日落西山，体育馆里暗了下来。冬树等人连忙从仓库运来毯子和枕头。诚哉和小峰二人从保健室拿来被褥，决定给美保和婴儿使用。

在体育馆的地板上铺上垫子，再垫上捡来的纸板，人睡在上面。这是山西繁雄的主意。

“简直就是流浪汉哪。”户田不大情愿地说道。

“不过很暖和，好主意。”明日香夸奖道。山西听了，高兴地眯起眼睛。

冬树也同样躺着，用毯子裹紧身体。晚上刚过七点，没有电灯的体育馆一片漆黑。冬树仔细一想，他从昨日起几乎没睡过，脑袋发沉，身体疲倦。可奇怪的是，意识却特别清晰，应该是因为兴奋的状态一直持续。他后悔没从便利店拿酒。

好像不止他一人失眠。周围一直有翻来覆去的动静，众人也许都笼罩在恐惧和不安之中。

寂静中传来了抽泣声。冬树一惊，竖耳倾听。那声音曾听到过。他从毯子里爬出，循声走近。“太一，又来啦。”他小声责备道，“你现在担心吃的东西也没用。”

太一仍旧用毯子蒙头，抽泣道：“不是因为那个。”

“怎么了？”诚哉也起身问道。

冬树的眼睛适应了黑暗，渐渐看清了周围的模样。大家几乎都欠起身，似乎都已经察觉了太一的抽泣声。

“那你哭什么？”冬树问。太一在毯子里说了什么，但是听不清。冬树追问：“你说什么？”

“完蛋了！”传来这么一句话。

“完蛋？什么东西完蛋？”

“我们啊。怎么想都要完蛋了。没电没水，而且谁也不会救我们。这样的环境中，一个人怎么活下去啊！”

“不是一个人呀，不是有我们吗？”

“就是一个人！见不到家人，连朋友也没有，这我可受不了。还有，你们能怎么样？毫无办法吧？死路一条啊！”

“真烦人，这胖子！”身后蹦出明日香的声音，“男子汉哭什么？谁不想哭？我也是，一想到家人朋友就想哭，只是拼命忍住而已。看看环境啊，笨蛋！这时候一有人哭，大家都会受影响。忍忍吧，该忍的就要忍。”

明日香训斥道，可说着说着也变成了哭腔。也许为了掩饰，她钻出被窝，在黑暗中啪嗒啪嗒走开了。

“冬树，”诚哉说话了，“带手电筒过去。”

冬树默默点了点头，伸手去拿枕边的手电筒。

有人走近还在抽泣的太一。是山西春子。“抱歉啊，太一。你为我们搬运行李、站岗观察，我却帮不上你的忙。我觉得跟你这样的人在一起，真是太幸运了。”她说着，隔着毯子抚摸太一的后背。

太一什么也没有说，但抽泣声听不见了。

“是啊，太一还年轻，害怕是当然的。像我们，都这把年纪了，怎么都无所谓。这点心理准备是有的。所以啊，如果有什么事情，我会为你挺身而出，你放心吧。”

“好了，别说了，不用管我。”看得出太一蜷着身体。

看到山西春子回到原来的位置，冬树站起身。他打开手电筒，走向出口。

明日香抱膝坐在体育馆前的操场上。

“坐那里会感冒的。”

“没事。我想一个人待着。”

“那倒没关系，可身体坏了就麻烦了。到那时就要麻烦别人了。”冬树把坏了的椅子搬过来，开始拆卸。

“你这是要干什么？”

“这么冷，没电没煤气，只好这么办。”冬树将报纸插进椅缝，用打火机点燃。火一下子大起来，不一会儿便烧着了木头。火焰发出噼啪声，照得周围红红的。

“好暖和。”明日香嘟囔道，“燃起篝火什么的，好多年没有过了。”

“学校里没搞过？篝火晚会之类。”

“没搞过。学校在市中心，运动场很小，大概禁止搞点火的活动。”

“哦。”冬树点点头。

“刚才不好意思。”明日香注视着篝火，说道，“原想说太一，自己却变得怪怪的，真没用。”

“不必介意。想哭的时候就哭，硬扛着也没必要。”

明日香摇摇头。“我绝不再哭。要哭，也是在摆脱了这次危机以后。那时说不定会高兴得哭起来。”

“危机？的确是危机啊。”

“别看我这样，我是玩室内足球的呢。”

“哦？”冬树看看她的脸，又上下打量一番。乍看很娇柔，但的确肌肉结实。

“我呢，虽然也爱进攻射门，但拼命防守强大对手的攻击感觉也不坏。队里的人都说我是受虐狂，可我是有理由的。防住了猛烈的攻击，对手绝对会陷入沮丧。我就要这种感觉。然后我们再反击破门，那才痛快。所以啊，”她说着伸直了背，像是要转换一下情绪，“我把目前当成最大的危机。只要顶住了，好事情一定在后头。”

明日香的话里蕴含着力量，那种奋发振作的精神也感染了冬树。但反过来，也正说明她有一种被逼入绝境的感觉。

冬树找不到回应的话，默然将目光投向篝火，发现火焰时而猛烈地晃动。“刮起讨厌的风了。”他嘟囔着，四下张望，“该进去了吧。”

第二天早上仍刮着不祥的风。天空覆盖着浓云，仿佛马上就要下雨。

“天气至少别来作对吧。”山西繁雄仰望天空，长叹一声。

户田追问诚哉："我们要在这里待到什么时候？火灾看来已经消除了，该重返正常生活了吧？"

诚哉没有首肯。"请再忍耐一天。首先得弄清周围的状况，因为还不知道哪里是安全的。"

"边走边找安全地点不行吗？像来这里的时候。"

"那时候有这座体育馆作为目标，但现在什么都没有。没有目标就起程是危险的。我们当中还有伤员和婴儿啊。"

"按照抗震标准设计的建筑有的是，我的公司就是。找这样的建筑就行。"

"我是说寻找的过程有危险。我们连道路状况也不知道。求你了，再等一天。"诚哉鞠了一躬。

户田显得不满，但只是夸张地叹息一声，不再说话。

"几个人分头去了解周围情况吧，看哪里有食物、是否有危险、可安顿的地方等等。"诚哉的话主要针对男人们。

最终，大家商定由诚哉、冬树、太一、小峰四人外出查看。因为道路破坏严重，别说摩托车，连自行车也难以使用。四人步行离开了体育馆。

冬树出发不久，后边传来了脚步声。他一回头，见明日香小跑着追上来。"我也去。我这腰腿没问题。"

冬树微笑着点点头，跟她并排走起来。就在此时，远处天空传来轰隆一声雷鸣。

13

诚哉蹬着踏板。这是他离开体育馆后找到的第二辆自行车。第一辆自行车跑了约一公里就扔掉了，因为遇上一大段塌陷的路。他步行走过那一段，又找了一辆自行车。

他对其他人说，为了安全，不要使用自行车或摩托车。但他自己无论如何都要走得更远一些。

他沿晴海大道往西骑行。发生了不可思议的超常现象后，仅仅过了两天，东京已成废墟。烟尘漫天，视野不佳，看来火灾仍在持续。路上撞坏的汽车蒙上了一层灰，应该是粉尘下落堆积所致。

模模糊糊的视界前方出现了熟悉的建筑物。尖顶的宏伟建筑——是国会议事堂。从远处看不出它受地震破坏的程度。

诚哉停住自行车，仰望身边的建筑物。

从外观看，警视厅总部没有遭受破坏。他按平时的路线进入里面。平时站在门旁的警官不见了。

电梯停了，灯也都熄灭了。诚哉打着手电筒走上楼梯。所幸没有发生火灾的迹象。

他首先走向自己的部门——搜查一科的楼层。进门一看，他大吃一惊：原先摆得整整齐齐的桌子都乱七八糟，椅子则东倒西歪，本应放在桌面上的文具和文件散落一地。

诚哉看了看自己的桌子，桌面上没有任何东西。本该有存放未处理文件的文件夹，但已经不见了。看来这栋楼也摇晃得很厉害。

他走向科长的桌子，那张桌子也像风暴扫过一样。看到地上掉着一个手机，他先确认电池还有电，随后便翻看通话记录。手机上显示的是他的手机号码。他回想起动手逮捕嫌疑犯之前，科长曾打来电话。手机留下了当时的记录。他还记得科长的紧急指示，是这样说的："在一点至一点二十分之间，避免采取任何危险行动。即使有必要，也绝对要避开一点十三分前后……"

这项指示似乎来自刑事部长。可按照科长的说法，刑事部长自己也不明白详情。

一点十三分这个时间引起了诚哉的注意。在便利店的监控录像里，录下了人们消失的瞬间，那个时刻确实就是一点十三分。这实在难以想象事出偶然。

那项通知跟超常现象之间存在某种关系，通知恐怕是在预见到这一现象的情况下发布的。也就是说，高层预见到了这一切。

即便那样……

那项指示目的何在？预见到超常现象的政府首脑消失到哪里去了？这超常现象又是怎么回事？诚哉就是为了弄清这些问题才到警视厅总部来的。

他把科长的手机放在桌上，转过身。接下来要去的地方是刑事部长的房间。

一开门，脚边倒着一个奖杯，是部长在高尔夫大赛上夺冠的奖品。他记得是放在靠墙的柜子上的。

书架上的书掉了一地，但除此之外似乎没有很大变化。书架采用了防震设计，桌子也是特别定做的，很沉，不像侦查员使用的铁皮桌子轻易就能移动。

诚哉在真皮椅子上坐下，打开抽屉，目光忽然落在一份文件上，似乎是从警察厅转来的。他一看便不禁皱起眉头。题目是“关于P-13现象的对策”。

诚哉心想：这是怎么回事？不用说，他既没看过，也没听说过P-13现象。

文件内容与科长所说的没有多大差异，要求不要让警察在三月十三日十三时之后的二十分钟里执行危险任务，也不要让工人或技术人员做有危险性的工作。即使在不得已的情况下，也须避开十三时十三分前后。

另一方面，文件要求在人群聚集的场所加强防范恐怖活动的措施，还要求交通部门监视并控制事故发生率高的地点，指定的时间均为十三时之后的二十分钟。

诚哉琢磨起来。很显然，警察厅预料到会发生某种事态，所谓P-13现象应该就是对此的称呼。但P-13现象究竟是怎么回事，文件上没有任何记载。

诚哉想，或许该去警察厅看看。警察厅官员应该知道得多一点。他一边想一边浏览文件，目光在一段话上面停住了。那里这样写道：

“另外，在当日的特定时间内，将在首相官邸设立P-13现象对策总部，发生紧急事态时，可向对策总部咨询应对办法……”

一眼望去，完全看不出这栋建筑原本的模样。它的正门被熏得漆黑，旁边紧挨着通往地下的台阶，烟雾从那里冒出来，也许是地下的餐厅发生了火灾。看了建筑上方的招牌，终于明白这是一家宾馆。

“这里的窗户玻璃完好。”冬树仰望着建筑物，说道，“离体育馆也不太远，紧急情况下来这里住挺好。”

“床铺不用愁了，可淋浴用不了吧？”明日香说道。

“估计用不了。没水，毫无办法。”

“有没有冒水的地方呢？有热水就更棒了。”明日香咬着嘴唇，四下张望，“这么长时间没洗脸，很久都没有过了。还得弄点洗发水。”她把手指插进栗色头发，挠得嘎吱嘎吱响。

“没错，真想泡一回澡。”冬树也嗅嗅自己的衣服。一股汗酸加尘土味。

“啊！”明日香举起一根手指，“台场怎么样？那地方有温泉。”

冬树耸耸肩。“说是温泉，可并不是自己涌出来的，要用水泵之类的机械从地下一千多米的地方抽出来。但机器都停了啊。”

“不去看看，你怎么知道？”

“我们怎么去？连百合鸥[①]都停了。”

“那……就走路去。”

冬树哼了一声。“随你便。即便你洗了温泉很舒服，走回来又满身是汗了。别说没意义的话，继续调查吧。”

不知不觉中，二人来到了银座。街道已完全变了模样，以至于他们一时没有察觉。路面凹凸起伏，行道树和路灯东倒西歪，人行道和马路上到处都是碎玻璃。

“看上去根本就没有安全的地方啊。”明日香边看脚下边说。

“一点不错。一想到要是人没有消失将出现什么情况，就会不寒而栗。这一带可要变成血海了！”

“真的哩。”明日香说完，噗地笑了。

“怎么了？什么事不对劲吗？”

“不久前，我们还因为周围的人都消失了而陷入恐慌，对吧？可现在却觉得人消失了反而更好。”

“哦，”冬树也轻松下来，“说来也是。”

他想，可能大家都渐渐适应了这种异常事态，也可能是太超乎现实的情况一直在持续，大家都已神经麻痹了。

二人在百货商场前停下脚步。所见之处损伤并不严重，但因为没有照明系统，里面漆黑一片。

---

①连接东京市区与台场的轻轨列车。

“不知地下的食品卖场情况怎样，进去看看吧。”冬树说着，走了进去。

一走进入口，冬树不禁嘀咕道：“这么严重！”商品满地都是，几乎没有落脚之处。鞋架上一双鞋也没有，全都掉在地板上。

明日香发出一声低低的惊叫，冬树回过头来。“怎么啦？”

明日香马上吐吐舌头，浮现出不好意思的笑容。“没事没事。看见那个，有点吃惊。”

看到她指的东西，冬树心里也不禁咯噔一下。那边像是倒下了一个人，但其实是展示服装的模特假人。模特的头部已经脱落，滚到了一旁。

“看来人都变得依依相惜了。哎，我去看一眼地下的情况，你呢？”

“我……去那边瞧瞧。我想找找干洗发剂之类的东西。”

“好的。”冬树朝着静止不动的滚梯走去。

到了地下，因为光线进不去，周围显得更加黑暗。冬树用手电筒边照脚下边往前走。空气中飘荡着异味，应该是生鲜食品卖场散发出来的。停电后，不用说冷藏食品，可能连冷冻食品也开始变坏了。

各种小菜和便当一地都是。冬树见状十分焦躁。他回想起前天晚上太一哭泣的情景，心想太一的担心是对的。食物在一分一秒地失去，而且数量庞大。

他寻找罐头、鱼贝类干货和饮料的卖场，一找到就仔细记下种类和数量。

看了一遍地下食品卖场，冬树返回一层，可是没看见明日香的身影，化妆品卖场也没有。他一边思考一边走上二层，那里也是一片漆黑。

就在他打算走上三层、脚踏上滚梯的第一级台阶时，细小的光映入眼中，是从女装卖场深处发出的。他走了过去，看见明日香站在镜子前面。她换上了白色的迷你连衣裙，还戴了昂贵的项链。镜台上放着手电筒，照亮了她的身影。

“时装表演吗？”

冬树话音未落，明日香痉挛似的全身一颤，回头尴尬地嘿嘿一笑。“这套衣服我早就看上了。真好，还没有卖掉。”

冬树上下打量她。鞋子也像是从别处拿来的，是新款。

“这项链要六十万元呢。看，这戒指卖一百二十万元。”明日香张开戴着戒指的手，“总算开心点了。衣服、鞋子和首饰都任我挑啦。”

冬树长叹了一口气，说道：“这么打扮了又能怎样？”

明日香顿时不高兴地撅起嘴。“我管它呢。开心就行。”

“我在问你，现在是做这事的场合吗？生死未卜的时候，香奈儿或者古琦能起什么作用？”

“你别管我。我就是要开心。做这种事情就很幸福。”

“哦，”冬树耸耸肩，“那随你便。”他一下子转过身。

就在冬树要迈步踏上滚梯的时候，背后传来响声。他一回头，见明日香跪在地板上。“喂，怎么啦？”他慌忙跑过去，“不舒服吗？”

“对不起，本已说好了不再哭……”她低声说道。

“怎么回事？”

明日香再次摇摇头。她仰起脸，用指尖擦了擦眼睛下面。“没错，做这种事情没有意义。因为是这种时刻，原想尝试一番迄今得不到的奢侈，使劲打扮，但只是徒劳。因为没有人看啊。再高级的首饰、再时髦的衣服，对活下去都没有任何帮助，跟破烂一样嘛。即便带回去，也只会碍事。”

“所谓奢侈，是活下去有余裕的人干的啊。”

明日香轻轻点头。“这样的破烂，我以前想要得不得了。从心底向往对于生存没有任何作用的东西，很蠢吧。”

“那是因为你曾有过这样的余裕，也就是说，你曾经很幸福。”

明日香抹着眼角站起来。“我去换成便于活动的结实衣服，不是名牌也行。”

“那好。换好衣服就去地下吧。那里躺着一大堆活下去的必需品呢。”

14

诚哉抵达位于永田町的首相官邸时，天空已相当晦暗。这并不是因为日暮黄昏，而是天气情况越发恶化，似乎随时都可能下大雨。

平时，警视厅警备部的机动队和官邸警备队都守卫在官邸四周和内部，但此刻空无一人。诚哉从西入口进入官邸。

五层的方形建筑巍然屹立。诚哉想到，官邸在建设时，已经充分考虑了地震的可能。地下建立了危机管理中心，在发生大规模灾害时，这里就会成为灾害对策总部。

建筑内亮着灯，意味着这里仍在供电。这里既然设置为灾害对策总部，若对付不了大面积停电，实在不像话。这里应该是采用了独立发电装置，而且是不必担心能源枯竭的太阳能发电或者风力发电系统。

即便这样，诚哉还是避免使用电梯，开始爬楼。听说首相办公室位于顶层，他觉得如果到那里去，或许能够得到解释 P-13 现象的资料。

然而一上到二层，他便停下脚步，从兜里取出一份文件，就是在刑事部长座位上的那份，上面有“在首相官邸设置 P-13 现象对策总部的计划”字样。

他敲敲脑门，开始下楼梯。这可是不得了的超常现象！应该不会把平时的会议室或办公室作为对策总部，肯定要使用地下的中心。

地下室的走廊亮着应急灯，空调似乎也开着。感觉好久没有呼吸到不带焦糊味的空气了。

有扇门上贴了张纸，上面写着“无关者不得入内”。诚哉打开门，首先跃入眼帘的是放在墙边的大屏幕液晶电视。电视开着，正在播放奇怪的图形，还显示出种种数据。这些东西意味着什么，诚哉完全不明白。

会议桌摆成半弧形，方便观看电视。桌上放着资料。诚哉心想，说是对策总部，出席者自己都消失了，早已毫无意义。

他走近正对电视的座位，上面放着一张表示席位的纸，写着“首相”。他没有亲眼见过大月首相，只在电视上见过。他的评价是：大月首相成功地给人以雄辩、积极进取的印象，但只是长于作宣传、赶潮流而已。

大月的座位上也有资料。诚哉拿起来。制作资料的是宇宙科学研究总部负责高能天文学的研究骨干。

资料上印着诚哉不懂的难解语句。黑洞、虫洞、超弦理论——诚哉都听说过，但不能用来解释事情。恐怕出席这个会议的人也一样。不过，资料的制作者看起来明白听者是门外汉，在后半部分加上了极为易懂的说明。诚哉的视线掠过这一部分。

说明的确简明易懂，但诚哉还是反复阅读。因为内容太超乎现实，凭感觉难以理解。

资料的最后一项是“预测 P-13 现象引发的问题”。诚哉的目光在文章上推进，然后停在一个地方。很快，他感觉体温上升了。

他手拿资料蹲了下去，随后双膝跪地，双手抱头。

眼看要抵达体育馆的时候，响起了雷鸣。冬树和明日香相互对视，大颗的雨滴随即打在二人脸上。

冬树咂咂嘴，加快脚步。他背着一个登山背囊，是从休闲用品卖场弄到手的。“就差这么两步路啊。”

“我早说了要赶紧啊。你这也要那也要，都塞进背囊，才这么晚的。”

“是你搞了无聊的时装表演才耽搁的。”

冬树这么一说，明日香不走了。她撅起嘴，翻白眼瞪着他。

“抱歉，我不再提了。”他道歉，“要淋雨了，赶紧走。”

明日香默默指了指他的背后。他回过头，面前是一所就要倒塌的民居，大门全坏了。

“那房子怎么了？”

明日香把背囊放在地上，无言地走向那里。冬树连忙追上去。“你要干什么？危险。”

但明日香没有止步，从坏了的大门进入屋内。她很快就出来了，两手各拿着一把雨伞。“给。”她把其中一把递给冬树，“真笨，下雨的话打伞不就行了？也不用买伞，哪里都有。”

“的确如此。”冬树撑开伞，是一把大黑伞。

返回体育馆，看见有稀薄的烟，冬树吓了一跳，以为是火灾，其实不是。大家围坐一圈，烟正从中间升起。

“啊，你们回来啦。”太一发现了冬树二人，立刻打招呼。

“你们在干什么？”

“嘿嘿嘿，”太一抹着鼻子下方，“我去查看倒塌的屋子，遇上了烤肉店，而且还是炭烧肉的店。所以就拿回箅子和炭火，垒石块摆了个烧烤的灶。”

“哦？真好玩！”明日香两眼放光。

山西春子和白木荣美子正在烤肉和蔬菜。“过来吃吧。都累坏了吧？”荣美子递给二人碟子。

“食材也是从烤肉店偷的吗？”冬树问太一。

“很遗憾，那家店的食材都压在建筑物下面，吃不了了。现在烤的是从其他超市拿回来的。”太一说着，脸色阴沉下来，“因为那次地震，食物受损严重。一停电，冰箱和冰柜里的东西就全都要腐烂了。”

“百货商场的食品卖场就是这种情况。我主要弄来了罐头、干货之类能放些日子的东西。”冬树看了看自己的背囊。

“有可以生活的地方吗？”菜菜美问道。

“去银座途中有酒店，看上去受损不太严重。只是睡觉的话，足够了。”

“但淋浴可能用不了。”明日香从旁说道，“我弄来了干洗发剂，需要的人说一声。”

冬树点了一下人数，还差一个。“我哥还没有回来吗？”他问菜菜美。

“对，他还没有回来。”

“哦。”冬树心生疑惑：他到多远的地方去了？

冬树和明日香也开始吃饭。走了许多路，吃起饭来味道就不一样。而且冬树发现，他已经很久没吃到热饭菜了。

“哎，这个，没了吗？”户田对身边的小峰说道。他把跳箱当椅子坐，手里拿着一罐啤酒。

“还有呢。我觉得凉一点好，搁在外头了。”

“那，拿两罐来吧。”户田说着，把空罐捏扁放在一边，开始吃碟子里的肉。

小峰看着户田，欲言又止。

“怎么了？我脸上粘了东西吗？”户田说道。

“不，没有。我去拿啤酒。”小峰放下碟子，站了起来。

冬树和明日香面面相觑。明日香不快地皱着眉头，冬树也撅了撅嘴唇。

吃完饭，诚哉还没有回来。众人开始收拾碗碟。冬树见山西繁雄拖着一条腿搬东西，就冲了过去。“我来，您休息吧。”

山西连连摆手。“这点事就让我干吧。我年纪大，还把腿弄伤了，给大家添了麻烦。不帮点忙实在过意不去。”

“可是伤了腰就麻烦了。”

“我会很注意，不会再有麻烦的。”山西笑着继续干活。

“你适可而止吧。”忽然响起了明日香的声音。

冬树一看，只见她站在户田面前。户田依旧坐在跳箱上，手里仍握着罐装啤酒。

“大家都在干活，你也得帮忙。”

“你这种口气是什么意思？这是对年长者的态度吗？”户田瞪着她。

“明日香小姐，算了吧。”小峰在一旁劝道。

冬树走近三人。“怎么回事？”

“这位大爷动也不动，我在提醒他。”明日香答道。

户田站了起来。“你在对谁说话？”

“就是你。我请你去清洗箅子，可你呢，却让小峰先生去干这事。什么意思？”

“因为我看他没事干。”

“你不也没事干吗？啤酒什么时候喝不行呢？还是你干活的时候总是喝酒？你可真有派头啊！”

户田气歪了脸。“你敢不识好歹！”他猛推了明日香肩头一把。

“好疼！你这是干什么？”

冬树拉住了要扑上去的明日香，看着户田说道：“对女性使用暴力可不好。”

“因为这女孩侮辱了我。”

“是吗？我一点也听不出来。侮辱人的反倒是你吧？”

“你说什么？”

“这种时候要先说明白，我们之间已经没有任何上下级关系了，全体都是平等的。也就是说，做什么事情都必须公平。也许小峰先生曾是你的部下，也许你的地位在公司里很高，但那种情况不存在了。小峰先生不是你的部下，你也不再是谁的上司。这一点请记住了。”

“这……我早知道。”

“不，你不知道。所以麻烦的事情你还是推给小峰先生，让他拿啤酒什么的。这些人里，只有你还没有接受现实，不再有名誉地位的现实。”

户田的脸红了，不像是酒精的作用。

“怎么样？还有什么意见？”明日香说道。

户田一脸懊恼之色，悻悻地拿起放在一旁的箅子。

“啊，我来我来。”小峰慌忙说道。

“就你啰唆！”户田拨开小峰的手，拿着箅子走向出口。

明日香看着冬树，吐吐舌头：“不会有点过头吧？”

“怕什么？往后可能变得更加严峻。不让他认识现状就更不好办了。”冬树说着，转向小峰，说道：“也许不容易做到，但还是请你不要给他特别待遇。已经不存在上下级关系了。”

小峰表情复杂。

“怎么啦？我是说没必要处处小心了。有什么问题吗？”

小峰闻言抬起脸，舔舔嘴唇，说道：“但也有可能重返当初吧？”

“什么意思？”

“除了我们，其他人原因不明地消失了，对吧？因此可能会发生相反的情况。我觉得某一天忽然回到当初的状态也是可以想象的。要是那样，原先的人际关系便复活了。如果现在的现象是暂时的，我不想破坏人际关系。”

菜菜美走了过来，听见了小峰的话。“你觉得消失了的人会回来吗？”她问小峰。

“因为，”小峰摩挲着脸，“不这样想的话，我们不都得疯掉吗？”

15

天黑了，诚哉还没有回来。

“会出事吗？”菜菜美边点亮白铁皮做的灯笼，边说道。

“我哥吗？应该没问题的……”

“你哥去哪儿了呢？”

“不清楚。”冬树也说不准，“一起走了一段路，然后我跟小明日香就去了银座。”

“别带‘小’字好不好？”明日香在一旁说道，“把我当小孩子，我不喜欢。直接叫明日香就行了。”

“啊，是吗？那就这么办。”

“那，你是小弟吧。”

“小弟？”

“称久我先生的话，不知道是哪一位，说头儿或小弟就明白了。”

“我叫久我冬树。嫌麻烦的话，就叫冬树。”

冬树说话的时候，太一拿着手电筒从外面走了进来。“哎，那位大叔不见了。”

“大叔？”

“那位公司高层呀。我在外面转了一圈，只看见这个。”太一递上来的是烤肉用的箅子，“好像用清洁剂和刷子洗过，中途扔下的。”

明日香咂了咂嘴："真没办法，那个大叔。"

"哪儿都没看见？"冬树问太一。

"周围大致看了看，但没有。"

"肯定缩在某个地方，由他去好了。"明日香说道。

小峰默默走向出口，冬树见状也跟了上去。外面的雨变得很大，路旁排水沟的水也势头凶猛。清洁剂和刷子就放在出口内侧，应该是用来洗箅子的。小峰环顾四周，捡起掉在地上的一张纸。

"那是什么？"冬树问道。

"是周边的地图。专务董事刚才从办公室拿来看的。"

"他为什么要看这个？"

小峰沉默不语。过了一会儿，他像想到了什么似的抬起脸，说道："说不定……"

"怎么样？"

小峰眨眨眼，欲言又止。"我去一下就回来。"他说着拿起放在出口旁的一把伞。

"等一下。你去哪里？你猜到他去哪里了吗？"

"也许不对，所以我一个人去看看。"

小峰迈步要走，被冬树拉住手腕。"雨这么大，你打算一个人去？风可能还会更大，单独行动有危险。"

"不要紧，不是很远。"

"你究竟要去哪里？你不说，我不能放你走。"

小峰叹了口气，难受地扭曲着脸说："回公司。"

"公司？你们公司？"

小峰轻轻点头。"公司在茅场町，从这里可以步行过去。"

"等一等。为什么户田先生这时候还要回公司？"

"这一点我也不清楚，但感觉他是回公司了。"

小峰低着头，冬树注视着他的侧脸，然后回过头。太一和明日香站在他身后。

冬树挠挠头，拿起一把伞。“我也去。”他对小峰说道，随即又转向明日香和太一。“这里交给你们了。”

明日香向前迈了一步。“我也要去。是我最先向他抗议的。”

“你没有错。我呢，也不是因为自己不对才去的，只是觉得小峰先生一个人去有危险。大风可能会吹下什么东西来，道路的状况也不清楚。但人多了又反而碍事。你就在这里吧。”

明日香撅起嘴，但还是点头道：“我知道了。”

“好，走吧。”

冬树跟小峰一起出发了。不出意外，风势越来越大。二人全力撑伞前进，但雨伞几乎散架。

不一会儿，眼前出现了派出所，没有倒塌。冬树大声说：“去那里一下！”

“为什么？”

“应该有警察用的防雨斗篷。用那个东西！”

二人冲进派出所，打开里面的门，那里有一个小客厅，物品一片狼藉。二人找出尼龙防雨斗篷穿上，再戴上头盔，走出派出所。风似乎更猛了。

“别慌，慢慢走。”

因地震垮塌的建筑物碎片时而在空中飞舞，快要掉下来的广告牌砰砰作响。若被这些东西击中，伤势绝不会轻。

道路到处出现龟裂，雨水沿着这些缝隙流淌。冬树心想，这哪是东京啊。他用手电筒照照手表，离开体育馆已超过三十分钟。

“没走错路吧？”

“应该没错。马上就到了。”

可能是雨水的影响，周围已经没有燃烧的建筑物，烟雾和粉尘也没有了。

“就是那幢楼。”小峰指着前方。昏暗中矗立着一幢细长的大楼，让人联想到巨大的墓碑。

二人一边照亮脚下一边小心地接近。玻璃碎片很有可能落下，但幸运的是，破裂的窗户玻璃似乎并不多。

“下雨脚下容易滑，要小心！”小峰说着，走在前面。

大楼看上去没怎么遭受地震的破坏。冬树想起小峰说过，公司的防震设计很周全。

二人从正门进入大楼。里面一片漆黑。停电后，应急灯应该也亮了一段时间，但现在已经熄灭了。楼里没有发生过火灾的迹象。

“户田先生的办公室在哪里？”冬树问道。

“在三楼。是高层人员办公室。”

二人走楼梯到了三楼。在二楼走廊，看样子是原先堆在墙边的纸箱塌了下来。

“这幢大楼似乎也摇晃得很厉害。”小峰说道，“大楼的地基安装了巨型轴承，能吸收震动。这是我们公司引以为豪的产品，尽管如此还是晃成这样，一般建筑物肯定承受不了。”

沿楼梯再往上，二人抵达三楼。冬树照了照脚下，停住了。走廊里有湿漉漉的鞋印。

“是专务。”小峰也看着鞋印，说道，“他果然来这里了。”

“办公室在前面吗？”

“对。”小峰说着迈开步子。

走廊前方出现一扇开着的门，鞋印就在门口消失了。冬树跟着小峰往房间里窥探。宽大的窗户前有一个黑色的人影，似乎正坐在椅子上，面朝窗户。

“专务。”小峰招呼道。人影剧烈摇晃了一下。冬树用手电筒照过去，户田的后背呈现在光亮中。

“专务……您怎么来这里了？”小峰边上前边问道。

“该我问你们才是，来这里干什么？”

“当然是来找你！”冬树说道，语气不觉带了点粗鲁，“随意玩失踪，我们可麻烦了。”

“没了我，你们也不会有何不便。你们别管我，我想一个人待着。”

“干吗要畏缩？回到这样的地方也没有任何作用吧？对你唯命是从的部下或漂亮秘书一个也没有了。要活下去，只有跟我们一起努力。为什么还不明白呢？”

“像你——”户田大声说了半句，便颓然垂下肩膀，“像你这样的毛头小子知道什么？你想想，我是如何艰苦奋斗，才有了今天的地位？却这样被夺走了一切……你这种人怎么会懂得我的心情？”

“辛勤工作的人可谓多如繁星，不是人人都有回报的。辛苦一场却一无所得，这种事常有。你已经当上专务了，辛苦已经有了回报。既然如此，不就好了吗？有什么可不满的？还想到处摆架子吗？”

户田转脸瞪着冬树。

“怎么？还有什么要说的吗？”

户田什么也没有说，重新转向窗户，两只手紧握着椅子扶手。

“还很娇气嘛。”冬树不屑地说。

“专务，回去吧。一个人在这里有危险。”

“我说了别管我。你们自己走吧。”

“那怎么行呢？求您了。”小峰恳求的口气让冬树心里越发烦躁。

“这么不通情理，已经给别人带来麻烦了。再说不走，只能动手拖你回去。”

冬树向户田走去，右手忽然被人从身后抓住了。他吃了一惊，回头一看，只见诚哉神色严峻地站在面前。诚哉一身登山服，头上戴着有灯的头盔。

“哥，你怎么会在这里？”

“我听明日香他们说了。我想你大概会是这个样子，就过来看看。”

“什么意思？”

“你有敬重长辈之心吗？”

冬树回望哥哥，不解地眉头紧蹙。“长辈？你说什么啊。你说这种老古董一样的话有什么用？现在什么情况？还论长辈晚辈、年龄大年龄小吗？”

诚哉闻言，愕然叹了口气。“你以为，人们一消失，就一切都抹平了重来吗？”

“不是吗？学校、公司、组织、政府都没有了啊。只有上下级还存在，很奇怪吧？”

“那我问你，你没有历史吗？你这个人，如果跟谁都无关，也没得到别人的帮助，那还有现在的你吗？不可能吧？你不是在各种人的帮助下长大的吗？”

“的确是。但跟这位大叔无关。”

“那么，你没有接受过任何行政服务吗？没有使用过文明的利器吗？没有享受过文化娱乐吗？比你先出生、先进入社会的人支付了税金，为科学文化的发展作出了贡献，才有你这个人存在于这里。不是吗？还是说因为这一切已经消失，就不必感觉这份恩义了？”

诚哉气势汹汹，冬树不禁后退一步。他无言以对。诚哉的思考方式他迄今从未有过。父母老师所说的“尊重长辈”一直只被他看成道德要求之一。

诚哉走近户田。“我们待在其他房间，请你理清心绪后出来吧。我带来了一份饭菜，放在这里。”他从背囊里拿出一个塑料袋，放在桌上，“外面天气很吓人，就算返回，也最好等到明天早上。”

随后，他转向小峰说：“那我们出去吧。”

小峰不安地看看户田，然后轻轻点头。

“走啦。”诚哉也向冬树招呼一声，然后开门走了出去。冬树追了上去。

旁边有间小会议室。冬树进来后，穿着防雨斗篷就坐下了。

“人依赖各种不同的东西活着。有人依赖家人，也有人依赖公司，那也不奇怪。”诚哉一边脱登山服，一边说道，“人会因为何种事物而产生丧失感，因人而异，谁也不能粗暴地一脚踩进去。那是不允许的。”

“我已经……明白了。”冬树说道。

雨打窗户的声音越来越大，仿佛喷水车在洒水。风声凌厉，仿佛大地在鸣叫。

“这种状况下，如果再有地震……可就麻烦了。”诚哉嘟囔道。

17

老人话一出口，众人顿时寂静无声，只听见劲吹的风声，令人很不舒服。

冬树向前迈了一步。“您说什么呢？那种事情不能做啊。”

山西缓缓地转过脸，朝着冬树。冬树看见他的表情，心头一怔。老人眼里透着冷澈的光。“你是说没有办法？还是在道德上不可行？”

“当然是后者。”

“既然这样，我来问你：所谓道德是什么？”

冬树倒退一步，感到山西身上正散发出一种无形的压力。他征求意见似的看向诚哉，但诚哉低着头。

“你不明白你哥提议的真正意思。”山西说道。

冬树诧异地望向哥哥。“不是我说的那样？”

诚哉没有回答，只是扭过脸。

“你哥总是设想最坏的情况。”山西继续说，“他觉得，不能为一个没有希望救活的人，再搭上哪怕一个人的性命。春子迟早会咽气，这我也明白。但究竟何时咽气，谁也不知道。你哥当然也不知道。假如还能活整整一天，怎么办？其间有人一直陪伴是非常危险的，不知什么时候就有地震、风暴。也就是说，就这样把春子放下，全体出发，恐怕是最正确的选择。”

“山西先生……”

“可是做起来很难，大家心里会难过。像你就生气了。所以你哥就想自己留下来，缓和大家良心上的折磨。但就像刚才说的，真要等到春子咽气很危险。那么，怎么办呢？只有两个选择：留下活着的春子，离开这里，或者强行使她咽气之后，离开这里。不管是哪一种选择，你哥都会向我们报告：山西春子在大家离开后，没过多久便去世了。”

冬树听了老人的话，感觉全身发热。“怎么可能……”

“我觉得，你哥打算采取后一种方法。春子虽说没有意识，但并未死亡，把她一个人撇下实在太可怜。所以刚才我对你哥说了，那样的事情不能劳他动手，那是我该干的。”

冬树看着诚哉。“是这样吗，哥？你打算杀了山西太太？”

诚哉没有回答，但这意味着肯定。

“不能说是杀。”山西说道，“既然救不活，对春子而言，只能选择最好的办法。在我们以前居住的世界，关于安乐死是赞成和反对各半，但此刻在这里，已经没有理由反对了吧。”

“可是……”冬树只说到这里，就接不下去了。

他感到迄今自己绝对相信的东西接二连三地崩溃了。“任何情况下都不能见死不救”、“即使是没有希望救活的人，也不能由别人决定他的生死”——这些信条，他一次也没想过是错的。不，也许并没有错。它们是对的，到现在也没变。可这样的正确想法也有实践不了的时候。既然被排除在选择之外，就不能断定除此之外的道路错了。

寂静之中，建筑物吱吱地发出响声，地板随即轻轻晃了晃。虽然马上停止了，但已经足以令人揪心。

“不妙啊。”小峰嘟囔道。

“真得早点离开这里。”户田也说道。

山西又看向菜菜美。“有药吗？能让春子舒服的药。”

不止山西，所有人都看着菜菜美，冬树也不例外。

当时实在来不及，所以由大家抱过来了。”

冬树也盯着春子的脸。像是有呼吸，但一动不动。不懂医学的冬树也能明白春子处于危险状态。

“在这样的情况下，医院会怎么处理呢？”诚哉问道。

“首先当然是拍片，确认伤情后再采取适当的治疗……现在这样子，恐怕得动手术。”

诚哉眉头紧皱，嘟囔一声：“手术吗？”

所有人都沉默了。菜菜美只是护士，不可能做手术。但是不这样做，山西春子就没有恢复的希望。

“哥哥，怎么办？”冬树看着诚哉。

诚哉叹了一口气，开口道：“我其实想让大家迁往首相官邸避难。”

“去官邸？”

“对。我昨天去看了，几乎没有损坏。发电设备完好，还有食物储备。作为今后的生活据点，是绝好的地方。”

“我们怎么去？”

“当然只能走路过去。”

“在这种状态下？光是从户田他们公司回来，已经这么艰难了。”

“我们花时间共同努力，应该能成功。”

“老婆婆怎么办？用担架抬吗？”

诚哉没有回答冬树的问题，移开视线，脸上满是沉痛的神色。一瞬间，冬树明白了哥哥的想法。“丢下？你还算个人吗？”

“不是丢下。但搬运是不可行的。”

“还不是一样？这种状态下丢下不管，绝对没救。”

诚哉转向菜菜美。“如果我们能把山西夫人运往首相官邸，获救的希望如何？”

菜菜美低下头，默默地摇了摇头。

冬树瞪着诚哉。“反正活不了，所以就丢下吗？这怎么可能？你忘了昨晚对我说的话吗？要敬重长辈，对吧？”

诚哉锐利的目光转向冬树。“你知道通往官邸的路吧？你带领大家过去。”

“那你怎么办？”

“我留在这里，守候到山西夫人咽气。既不能治疗，也不能动手术，只好这样了。”

冬树倒退一步，一时无言以对。

“久我先生，那可不行。”山西繁雄沉稳地说，“这样的事不能让你干。这是我该干的。”

“不，我明白您的心情，但不能把您一个人留在这里。”

“大家都留下呢？”说话的是明日香，“就这么办吧。我们至今都是一起熬过来的。”

“我也觉得这样好。”冬树看着诚哉。

诚哉咬着嘴唇，陷入苦思。此时，户田发言了：“我说几句好吗？我和小峰检查了这栋楼，结论是情况相当危险。如果再来大地震，我觉得它撑不住。明白地说，有倒塌的危险。”

“也就是说，必须尽早转移？”

听到诚哉的提问，户田答道：“正是。”

“大叔啊，你别因为自己不想留下，就吹毛求疵好吗？”明日香皱着眉头说道。

“我不是挑剔。好歹我有建筑师执照。这栋楼很危险。”

在冬树看来，户田并非信口胡说。诚哉似乎也这么看，双眉深锁。

山西繁雄欠起身，紧握春子的右手，深情注视着老妻的脸。“手还温暖，也有呼吸。看上去只是睡着了。”他转向菜菜美说道：“你带着许多药品吧，全都是只能用于治疗的吗？”

菜菜美不解，问道：“什么意思？”

“我是说，”山西繁雄接着说，“有安乐死的药吗？”

“我明白，那我们回去吧。出发前，大家先找一个能当拐杖的东西，要边探路边走。泥浆覆盖，看不清路况。”

冬树环顾四周，但没有看见能充当拐杖的东西。

“等我一下，有正好合适的东西。”户田说着返回楼内。

他很快就回来了，手里拿着一个高尔夫球袋。“这种情况下，它可是最没用的典型，但我给它找到了用途。”

大家每人拿一根高尔夫球杆，踏入泥水中。走出去没多久，大家就明白了手上有拐杖真是明智。因为泥水下时而有瓦砾，时而有凹陷，若一不留神踏上去，甚至有可能受重伤。

“你哥哥实在很厉害。”走在冬树身边的小峰说道，“他总是很冷静，也有行动力，对突发情况的判断力也很棒。最重要的是他体贴别人的态度，这让我很佩服。老实说，我也认为到了这个地步，就没有什么上下级关系了。但我之所以没有表现出来，是考虑到恢复原来状态后的情况。真不好意思。”

冬树默默听着。他已经习惯了别人赞扬诚哉，甚至可以说已经听腻了。

诚哉停下脚步，招呼了一声：“停！走别的路吧，往前有危险。”

冬树来到诚哉身边，向前望去，不禁愕然。道路发生了大面积塌陷，大量泥水灌入地面裂口，浊水横流。

“真不觉得是在东京啊。”

“东京已经死了。”户田对小峰的嘀咕作了回答，“如果死了的只是东京，那还好……”

四人绕过塌陷的路，继续前进。在泥水中移动甚为艰难，水流时而浸没至膝。每前进数十米，四人便停下休息，这样多次重复后，终于能看见体育馆了。这时，距离出发已经过去了三个小时。

体育馆周围也浸了水，充满了污水的腥臭味。

“这边这么严重……”冬树窥探体育馆里面，嘀咕道。地板的木条翘起，不少都折断了，看来浸了水。

“女士们去哪里了？”小峰环顾四周。

冬树出了体育馆，向校舍走去。

“喂——”一声喊叫传来。冬树抬头一看，是明日香在二楼窗户挥手。

“在那边。”冬树告诉诚哉他们。

四人走向校舍入口，但户田走到跟前却止了步。“小峰，这校舍你怎么看？”

“挺旧的。而且混凝土有龟裂，是最近地震的影响吧。”

“看样子会有问题吗？”诚哉问道。

小峰神色凝重地思考着。“情况不大好。虽然不知道龟裂是何时产生的，但昨夜的大雨使墙壁内部渗入很多水，钢筋应该已经生锈了。”

“有道理。”诚哉神色严峻地点点头。

进入校舍，内侧墙壁也有几道裂纹，还有渗水的地方。四人走上台阶，来到二层。明日香在写着“二年三班”的教室前等着。

“太好了，看来都平安无事。”明日香打着招呼。

“你们怎么样？看来你们从体育馆转移了。”冬树问道。

“看到地板要浸水，我们就慌忙转移过来了。但老婆婆受了伤。”

“老婆婆……是山西先生的太太吗？”

众人进入教室一看，桌子都推到了后面，山西春子躺在地板上铺的床垫上，远远就能看出她脸色苍白。春子身旁是菜菜美和山西繁雄。白木荣美子抱着小宝宝勇人，和美保、太一一起坐在稍远的椅子上。

“发生了什么事？”诚哉问菜菜美。

她向诚哉投来悲伤的眼神。“逃出体育馆的时候，她摔倒撞到了头部，一直昏迷不醒……”

“头部的什么地方？”

“后脑。没有外伤。这样才叫人担心。”

“你是说里面有损伤？”

菜菜美点点头。“其实是不能动的。即使要运送，也必须固定好。但

16

感觉身体被摇晃，冬树醒了过来。诚哉在他身边。“天亮了，该出发了。”

冬树站起身。他一直躺在会议室的地板上。小峰背靠墙壁，一副心不在焉的样子。

诚哉从背囊中取出方形盒子和罐头，放在冬树跟前。是曲奇形状的应急食品和乌龙茶。

“这是补充营养的，接下来很需要体力。”

虽然没有食欲，冬树还是打开盒子，吃了起来。食物不难吃，但很干，没有乌龙茶的话难以下咽。

“以后就只能吃这样的东西了吧。”小峰仿佛心思相通，说道。

“该有思想准备了。”冬树回应道，“新鲜的东西都没有了。但我觉得罐头和袋装熟食这类东西以后还是能吃上的。”

看着窗外的诚哉回过头来。“应急食品和可保存食品是有限度的，还是考虑得更长远为好。”

“更长远？”

“我是说，要找出保证食物供应稳定的方法。”

“有这样的方法吗？”冬树思索起来。

“那你说，吃完了熟食和方便面，就束手待毙吗？”

“那倒不至于……”

冬树吃完应急食品时，门开了。户田有点尴尬地站在门外。

“专务。”小峰打招呼。

“嗯，对不起，给各位添了许多麻烦，是我不好。”

“睡好了吗？如果没合眼，就稍微打个盹，我们等你。”

“不，没事。迷迷糊糊睡了两个小时。而且我也不想再耽搁大家了。天气也略好一点了，尽早出发为好。”

的确，窗外亮起来了，也听不见雨声。

“好！”诚哉环顾三人，说道，“出发！”

四人出了会议室，走向楼梯。途中，冬树叫住户田。“我昨晚说了失礼的话，非常抱歉。”他低头致歉。

“哪里，是我对不住你们。今后我会尽力配合。”

走在前面的小峰也站住了。户田看看他。“你也是，不用跟我太客气。没有什么上司和部下了。”

小峰浮现出笑容，点了点头。

“好，走吧。”诚哉招呼大家。

然而，一出建筑物，四人都呆住了。大量泥水流淌在龟裂的道路上。

“道路的排水系统不行了……”户田嘟囔道。

“这样返回体育馆就很难了。而且我想专务也很疲劳。稍微等等吗？”小峰对诚哉说道。

“不，走吧。不用担心我。”户田语气坚决，“我更担心的是体育馆的情况。那边男人少。而且不知道什么时候天气会变坏，对吧？看这模样，不像马上要晴朗起来的样子。”

冬树仰望天空。跟户田说的一样，雨是停了，但浓云依旧覆盖天空。暖暖的风吹来，也让人觉得不对劲。

“真的没问题？”诚哉向户田确认。

“没事。别看我这样，对自己的腰腿还是有自信的。”

诚哉环顾周围的建筑物。“以户田先生你们的眼光看，有看起来安全的建筑吗？”

户田和小峰闻言，开始打量周围。二人商谈了一下，户田对诚哉说道：“从这里看不出来。我们过去看看。”

“拜托了。不好意思，这么累了。”

“想到会在这里露宿，疲劳就不算什么了。”

目送二人出发后，诚哉转向冬树说道：“安排一个能坐下来的地方吧。这样子休息都不行。”

“对啊。”

周围有几棵倒下的树。冬树和诚哉把它们搬过来。

“对不起，我已经动不了了。”太一很抱歉地说。

“好好休息吧，稍后要搬行李呢。”

听到冬树轻松的口吻，太一显得很不好意思。

众人在横着的树干上坐下。山西连屈膝都很痛苦。

“还行吗？”冬树问山西。

“现在还行。可是真对不起大家。没有我的话，大家早就到达首相官邸了吧。”

“哪有的事，其他人也都累了。”

“再怎么说，我也觉得很抱歉。以前从没觉得老了是耻辱，可现在却变得这么没用。”老人摇着头，“说什么高龄化社会，那都是瞎说的，都是蒙人的。已经违反了自然法则。”

冬树默然，他不知道老人想要说什么。老人接着说：“自然的土地上哪来什么无障碍化？既没有滚梯也没有电梯，无论什么地方，你都得靠自己的双腿跨过去。可是社会沉溺在所谓的文明里，即使腿脚不管用的老人，也可以轻松外出。这让人得出一个错觉，以为凭自己的腿，哪里都可以去。不，应该说是被迫产生错觉了。人们被那样的文明控制，很快就成了这副模样。”

“我觉得，高龄者增多了，社会就要调整到让他们也能愉快生活的样子，国家就应该这么做。”

山西对冬树的话颇为首肯。“对。虽然一般认为，日本的福利政策没有大作为，但也做了各种事情。我们也一直向政府提出要求，这里要安个扶手，那里要弄平整。可是，当这一切都没有了的时候，就谁也不负责任了。所以在出现地震或台风时，老人首先要死掉。没有办法——这是国家的考虑方式。”

“那怎么做才好呢？”冬树问道。

山西长出一口气。“我现在好歹来到这里了。年老体衰，加上受了伤。尽管这样还是做到了。原因没有别的，都是大家在帮忙。没有大家搀着、拉着，我终究还是不行。所以我就想，真正的老人福利并不是安个扶手之类的无障碍化。腿脚不便的老人需要的，并不是那样的东西，而是施以援手的人。如果是家人，那最理想，邻居也行。然而现在这国家建设得让一家人不得不住得四分五裂，社会风气也倾向于不跟他人来往。结果独居老人增加，国家便用文明的利器来应对。老人开始依赖这样的东西，并由此产生错觉，以为一个人也能活下去。我也是产生了错觉的人。”说着，他看着诚哉。“内人的事，有劳你作了安排。”

“哪里。”诚哉简短地答道，脸上带有困惑。冬树也同样不知山西为何此时说到妻子。

“对春子所做的事，我一点也不后悔。我觉得这只是顺从自然法则。在此意义上，对于我，也希望各位不要犹豫不决。”

“这是什么意思？”诚哉问道。

“像刚才说的，多亏大家帮助，我才能来到这里。正因为如此，我绝对不希望变成累赘，千万不可因为我而有人牺牲。在关键时刻，请一定要作出决断。这是我个人的请求，也是所谓的自然法则。”

冬树无言以对。山西是说在自己动不了的时候，就请丢下。

就连诚哉也不知如何回答。他低着头，咬着嘴唇。其他人也都听见面随即开始猛烈起伏。

“大家趴下！保护头部！”诚哉喊道。

即使不喊趴下，摇晃也使人站立困难。冬树趴在一块尚未浸水的地面上。

紧接着，猛烈撞击的声音袭来。冬树抬起脸，只见刚才他们待的校舍像被什么东西按倒一样垮塌了。

甚至连发出惊呼的余裕也没有。

18

东京已经没有道路可言。曾经的道路已经扭曲、开裂或被隔断。就在这样的路上，坏车与瓦砾堆叠，泥水横流。

冬树一行的目标是首相官邸，距离约十公里。若走一条完好的路，大概三个小时可以抵达。但是出发了一个小时后，冬树简直要绝望了。路上的惊险超乎想象，就像行走在原始森林中，而且几乎没有平坦之处，不时要使用绳索牵拉体力不佳的人，遇上路面有巨大裂口时，还不得不进行大迂回。跟原始森林的不同之处仅仅是没有野兽袭击，但取而代之的，是必须防范上方掉落东西。

走过从前的锻冶桥大道，来到日比谷公园附近，已花费六个小时。此前有过几次短暂休息，但大家的体力已达极限。尤其是脚部有伤的山西繁雄，已经一步也走不动了。

“哥，休息吧。”冬树向走在前头的诚哉说道。

背着美保的诚哉回头看了看众人疲惫不堪的样子，又看了一眼手表，然后仰望天空，遗憾似的咬着嘴唇，但还是点了点头。“是啊，没办法。今晚就在这里过吧。”他对大家说道。

“在这里露营吗？”户田环顾四周。他说得并不过分。如果是往常绿草如茵的日比谷公园，就过一个晚上也许不是痛苦的事情。但现在公园的状况可谓惨不忍睹。大雨之后，地面湿漉漉的。

他缓缓举起了手。众人的抽泣声更大了。

“决定了。请放下手。”诚哉的话像是挤出来的，但清晰无误。他做了个深呼吸，看着山西，说道：“那么，怎么办呢？”

“哦。”山西点点头，向菜菜美微微低头致意。“可以麻烦你实施刚才说的过程吗？”

“明白了。”菜菜美小声答道。

“不好意思，”山西看着诚哉，“可以就我们两个人在这里吗？我不想让人看见。”

“但是……”

“没关系。”老人露出笑容，“我没想过要一起死。这一点不用担心。”

诚哉轻轻点头。“明白了。可能这样更好。好吧，大家到隔壁教室去。”

冬树等人留下山西和菜菜美，转移到隔壁教室。好几个人在被震乱了的椅子上坐下。冬树和诚哉仍旧站着。

“那种药还有吗？”户田小声嘀咕道，“是叫琥珀胆碱吧，应该还有。”

“怎么这么说？”小峰问道。

“你瞧，今后还会有这种事情。现在这种状况，不能说不会出现伤员或病人吧？当明白不治疗就没救时，我觉得还会得出这次的结论。”户田寻求意见似的望向诚哉。

注视着窗外的诚哉摇摇头。“得出何种结论，应该到时再去讨论。在这之前，我们要尽最大努力，不让伤员和病人出现。”

“那倒是……”户田说着沉默下来，因为菜菜美进来了。

“结束了吗？”诚哉问道。

“我把针扎进去了，之后就交给山西先生了。我走出房间的时候，他还没有注射。”

“哦。”诚哉叹了口气。

冬树脑海里出现了山西手持注射器的身影。眼看扎进妻子身体的针和要夺去她生命的药，他究竟在想什么？可能会回顾共同走过的漫长人生吧；也可能向妻子道歉，因为没能拯救她的生命。

户田的话言犹在耳。今后发生同样事情的可能性颇高，没有任何人可以保证遭遇事故和病魔侵袭的情况不会发生在冬树自己身上。在此之前，这种情况都不成问题，只要去医院就行。但今后不一样了。为了其他人活下去，自己也许必须选择死。这么一想，冬树感觉如同跋涉在没有尽头的漫长隧道中。

门开了，山西繁雄站在门口，一副早上打招呼般的沉稳表情，只是脸像白瓷一样没有血色。

“做完了。所以，那个，可以出发了。”

轻松的口吻让冬树感觉山西想要表达“不是什么大不了的事情”。冬树想不出回应的话。

“哦。”诚哉应道，“可以瞻仰您太太的遗容吗？”

“哦，没问题……”山西垂下视线。

诚哉大步走出去，冬树跟着他。

山西春子脸上蒙着白被单，两只手交叉在胸前，大概是山西先生做的。

诚哉跪下，双手合十。冬树见状也依样而为，并闭上了眼睛。

大家似乎也都做了一样的动作，抽泣声传入耳中。

“告别仪式到此为止吧。”听见诚哉的声音，冬树睁开眼睛。诚哉已经手提双肩背囊。

“各自拿上行李，马上离开这里。”

众人默默地开始收拾，动作比平时更利索。冬树也把心思集中在手头。

“好吧，出发。”诚哉招呼了一声，走出教室。其他人纷纷跟上。

山西在门口停了下来，回过头，眨了眨眼，摇了摇头，但仅此而已，没有说话便去追赶走在前面的人了。

离开校舍，刚走了数十米远，一个低沉的声音仿佛在体内响起，地菜菜美站起来，打开放在身边的冷藏箱。她取出来的，是注射器和小小的安瓿。

“这药叫琥珀胆碱，手术时全身麻醉用的。”

“注射了这药，春子就舒服了吧？”

尽管面露犹豫，菜菜美还是点点头。“这是所谓的肌肉松弛药。厚生劳动省指定为毒药。”

“会难受吗？”

“应该不会。兽医会用它给宠物实施安乐死。”

“不错。”山西露出满意的神色，转向冬树，说道：“怎么样？就用这药让春子舒服了吧？”

老人一再使用“让她舒服”的表达方式。

冬树无从回答。他想寻找别的选项，但完全想不出。无奈，他把目光转向诚哉。诚哉长叹一口气，眼神像是作出了决定。“投票吧。除了小美保和婴儿，以及山西春子，由其余的九人来决定。只要有一个人反对，就一票否决。但反对者要提出代替方案。做不到这一点，就没有资格反对。这样行吧？”

没有人提出异议。冬树也默然。

不知不觉中，白木荣美子和太一也来到旁边。大家围着山西春子站定。

“那么，现在投票。”诚哉说话了，“赞成山西春子安乐死的人，请举手。”他话音一落，便举起了手。

山西繁雄马上举起手。接着是明日香，然后太一也跟着举了手。

犹犹豫豫的小峰、表情沉痛的户田和眼含泪水的荣美子也都举起了手。美保不明白大人们在说什么，奇怪地望着大家的脸。

菜菜美看着诚哉，说道：“我可以问一个问题吗？”

“什么问题？”

“注射的人是谁？”

问题一出，大家浮现出吃了一惊的表情。必须决定的不仅有是否实施安乐死，还有谁来实施。

“怎么样，山西先生？”诚哉举着手，问道。

山西繁雄向菜菜美微笑。“没关系，我来做。应该说，我不想让其他人来做。”

“但也不是那么简单的。”

“或者这么说吧，直到把针扎进去都劳你驾，然后我接过来，行吗？那药是一扎就死的剧毒吗？”

“不是，光扎针什么事也没有。”

“那么，就麻烦你这样做。不好意思，麻烦你了。”

菜菜美低下了头，随后她默默地举起了手。

剩下的就是冬树了。他低着头，但能感觉到大家的视线。真是噩梦般的时间。

“反对的话，说说代替方案。”诚哉语气冷静。

冬树咬紧嘴唇。他祈求春子能奇迹般地醒过来，但春子只是安静地沉睡。

“我要说，在这里的每个人，都没有责备你没举手。”诚哉说道，“谁也不愿意决定这样的事情。如果要我代表大家说点什么，那就是大家都期待着你。希望你不是举手，而是拿出一个代替方案。大家是因为自己想不出办法，才作出苦涩的决定举起手的。就算是我，也不愿意这样。我也期待着你，虽然这话很无奈。”

听着诚哉颤抖的声音，冬树抬起头。他看向哥哥的脸，心中一怔。哥哥眼睛通红，泪水盈眶。

冬树又看了看周围，其他人也在流泪，一边哭泣一边举着手。

冬树意识到自己的道德观太浅薄，被局限于“要做好事”的思维中。可其他人不同。大家从心底因与山西春子的告别而悲伤，并因必须选择这条路而绝望。

自己只是不想受伤而已——冬树不得不承认这一点。

“因为是黑社会，就断定是坏人，这很奇怪嘛。”

“请别说幼稚的话。不是坏人就不会进黑社会。”

被人说成“幼稚”，明日香生气地瞪起了眼睛。“那种事不能断定呀。也有人不得已才加入黑社会。后来后悔并认真改过的人，社会上有的是。我初中的学长原先是暴走族，后来反省自新，当了老师呢。”

小峰耸耸肩。“不要把暴走族跟黑社会放在一起说。不反省年轻时干过的坏事的人才会进黑社会。那种人即便想改正，也没有普通人的道德，还是会留恋过去的。而且那家伙文了身，那就是陷入黑社会的证据。我实在不觉得他会跟我们好好相处。”

“我觉得那是你的主观臆断，”明日香撅着嘴瞪着小峰，“那你说怎么办？见死不救吗？”

“我没那么说。我是说不赞成他加入我们。”

“那不一样吗？那样丢下根本就是死路一条嘛，那个人。”

“我觉得……”山西慢条斯理地说，“那是没办法的。”

“爷爷……”明日香显得无可奈何。

“不、不，”老人摆摆手说道，“我不是说因为那人有文身，就死了也无所谓。那是另外一个问题。比起这一点，我更重视他可能感染了流感这件事。只是感冒的话，丢下他，他也不会死。要死人，那还得是致命的病。让那样的人待在身边，等于给我们所有人的生命带来危险。我是说要避免这样的情况。”

淡淡的口吻带出的话出自数小时前让妻子安乐死的山西之口，沉重得令人憋闷。

小峰和明日香都沉默了。

太阳一落，四周迅速暗下来。诚哉点亮预备好的蜡烛。文身男子仍在昏睡。菜菜美坐在离他几米远的地方，手指按着眼角。

“累了吧？你也回到大家那里去吧。”

“没关系。”

“但勉强撑着可不好。疲劳时容易感染流感，对吧？”

“真的不要紧。而且，说实话，跟大家一起有点不好受。”

“有什么不愉快的事情吗？”

“不是那方面。眼看着大家一点点衰弱下去，感觉不好受。也没能救山西太太，一想到这种事情还会有，就很难受……所以，这种时候我想稍微离开一点。”

诚哉默默点头，感觉能理解菜菜美的心情。他自身也几乎被一种无力感压垮。

“久我先生才是累了吧？”菜菜美问道。

“不，没问题。我对我的体力有自信。”

菜菜美不可思议地看着他，目光里混杂着怜悯和羡慕。“你怎么会那么坚强呢？你从没有放弃或者遇到挫折吗？”

诚哉闻言苦笑起来。“没这回事。我是很弱的人。为了掩饰这一点，我才稍微张扬一些而已。”

菜菜美摇头。“一点也看不出来。我一直在想，毕竟是警察，果然不同啊。”

“警察也有各种各样的。做坏事的警察也不是没有。”

“也许吧……你弟弟也是警察，他一定很崇拜你。”

“不，那不同。”诚哉恢复了认真的表情，“我们的父亲也是警察。是父亲的影响。”

“原来是这样。那你父亲一定很开心。”

“很遗憾，他已经去世了。”

“哦……对不起。”菜菜美缩起肩，低下头。

“不用道歉。已经很多年了。”诚哉用烛光照照手表，快到六点了，“轮流休息吧，没必要两个人守通宵。你先去休息，两个小时后我叫醒你。”

“不，我是……”

在众人的注视下，三人抬起男子。男子昏迷不醒，但脸痛苦地歪着。要下楼梯时，抬着男子腿部的太一手一滑，大叫一声："哎哟，不好！"

托着男子后背的冬树猛地伸出一只手托住臀部，稳住了男子，但男子因此侧转过来，衬衣掀到背部。

一瞬间，冬树屏住了气息：男子的背部有鲜艳的文身。

他和诚哉对视一眼，其他人似乎也看到了，气氛顿时紧张起来。诚哉一言不发。

"小心抬。受伤了就更麻烦了。"只有太一说了这么一句。

男子被抬到休息室的三人沙发上。菜菜美马上在他腋下放入体温计，随后又打开冷藏箱，开始查看里面的药品。

"感冒了吧？"诚哉俯视着男子。

"是那样就好了……"菜菜美语焉不详。

"有情况？"

菜菜美迟疑着说道："可能是流行性感冒。刚才那房间里有呕吐的痕迹。"

冬树顿时后退了一步。不止是他，荣美子也抱着美保移到了远一些的沙发上。

"能够检查吗？"诚哉问道。

菜菜美摇头。"没有带检查的设备来。因为没想到会有这样的事情。"

"那么，治疗药……"

"达菲很有效，但没有。"

"退烧药呢？"

"有，但只是应对病毒性感冒的，反而可能会有相反效果，再看看情况为好。"

诚哉叹了口气，伸出手指插进头发里挠了挠，姿势不变地环顾众人。"在病症明确以前，请大家不要靠近。菜菜美小姐也要离开。"

"可是，也许情况会恶化……"

"我待在他旁边。当然，我会保持距离，防止被感染。"

“既然这样，我跟你一起。”菜菜美很干脆地说。

“明白——冬树，大家就拜托你了。”

冬树点点头，准备带大家到远一些的地方。然而无需他开口，其余人已经开始移动了。

除了诚哉和菜菜美的九个人聚集在先前的餐厅。太一和明日香从厨房找来罐头和袋装熟食，和餐具一起摆开。

“说是酒店的餐厅，也是用这样的东西啊，真令人失望。”明日香一边打开罐头，一边说道。

“什么东西都分为外表和本质。还好能够填饱肚子，不就挺好的吗？”山西沉稳地说。

“即便这样，不能用火还是挺难受的。”户田说着，把叉子插进熟食袋子，直接将食物叉出送进嘴里，边吃边皱眉头，“简直是太空食物。”

“这种肝酱凉着吃也很美味呢，抹在咸饼干上吃最棒了。除此之外还有鱼子酱。”太一一边嚼一边说。

“难得奢侈，就大吃一顿——那家伙的心情我很明白呢。”户田向休息室那边晃晃叉子。

“那件事情，你哥打算怎么处理？”小峰皱着眉头，转向冬树说道。

“什么事情？”

“那个男人。你也看见了吧？那家伙是黑社会啊。”小峰此言一出，大家都停下手，脸上都流露出紧张的神色。

“的确是。”冬树答道，“那又怎么样？”

小峰很烦躁地摇晃着脑袋。“我明白不能丢下病人。另外，在目前的情况下，多一个伙伴心里也踏实一点，这也是事实。但前提必须是他得是一个普通人。那家伙不是。”

冬树没说话。他很理解小峰说的话。

这时，明日香插话了：“你怎么能断定呢？他是什么人还不清楚吧？”

小峰稍微往后一仰，说道：“是黑社会嘛。没看见文身吗？”

当时酒店已经没有人了。”

“有人这么吃东西，是在下午一点十三分以后，也就是说，除了我们还有幸存者。”

听完冬树的陈述，诚哉予以首肯。“只能那么想了。”

一瞬间，冬树感到后背一凛。除了自己这群人之外还有幸存者，这是很有可能的，但不知不觉中，他们产生了一种感觉，仿佛世界上已经别无他人。所以对于不明身份的幸存者，他产生了莫名的不祥之感。

感觉有人走近，冬树浑身一颤，回头看去，见荣美子神色不安地站在一旁。“请问……看到美保了吗？”

“小美保？不见了？”冬树问道。

“我让小宝宝睡下的时候，她不知跑哪儿去了。我觉得应该没有跑出门……”

“这可不妙。”诚哉嘀咕道，“东西乱七八糟的，还有已经受损的地方。如果因为乱跑受了伤可不得了。快找找。”随后，他又对冬树和太一小声说道：“幸存者的事情以后再说。”

冬树瞥了一眼地板上的香槟酒瓶，轻轻点点头。

众人开始寻找之后不久，不知从哪里传来了哨声。冬树听过那种哨声。“是美保的哨子！”他喊道。

哨声似乎来自上方。冬树冲向一旁的楼梯。二楼有好几个宴会厅，其中一扇门开着。此时，哨声再次从开着门的宴会厅中传来。冬树进了门，里面一片漆黑，什么也看不清。

“美保？”他一边喊，一边慢慢向前走。昏暗之中，他看见一团黑糊糊的东西，于是打开了手电筒。

美保趴在地上，大眼睛里透出恐惧的神色，哨子衔在嘴里。在她脚旁躺着一个男子，正抓着她的脚。

19

冬树身后传来杂乱的脚步声。他一回头，见诚哉等人跑了进来。

看见倒在地上的男子，明日香发出低声惊叫。

“是谁，这个人？”户田问道。当然，没有人回答。

“美保！”荣美子说着就要上前，被诚哉制止了。

冬树小心地接近。那男子闭着眼，看起来还有呼吸。美保将脸转向冬树，一脸惊慌。

冬树把男子的手从美保脚上拉开。男子似乎昏过去了，手上已经没有力气。脱身的美保径直冲向妈妈。荣美子紧紧抱住她。

“是什么人？”不知何时来到旁边的诚哉说道。

“不知道。我来的时候就是这样。”

男子脸上脏兮兮的，看不清楚，但估计三十多岁或四十出头。短发，胡子拉碴，衬衣上也沾了泥污。

“脸真红……”诚哉转向围观的人，“菜菜美小姐，能诊断一下吗？”

菜菜美惴惴不安地走上前来，蹲下身，按住男子的脖子，脸色随即严峻起来。“发高烧。我觉得有三十九度以上。”

诚哉脸色一变。“这可不妙。把他抬到亮的地方去，在这里没法处理。”

“抬到一楼休息室吗？”冬树问道。

“那里比较好。太一，帮个忙。”

了，但只有沉默以对。

此时，户田和小峰回来了。

“有一家新开张的酒店，破坏不大，而且耐震设备不错，过一个晚上应该没问题。”户田说道。

“哦，很好。”诚哉站起来，“我们再加把劲，到那家酒店去。”最后，他又对山西招呼道：“走吧。”

山西点点头，嘿哟一声站了起来。

那家酒店建在离主干道稍远的地方，因此并未遭到撞车之类的破坏，附近也没有发生火灾。大门口散布着瓦砾碎片，但似乎不是酒店的，而是别处飞来的。

玄关处镶有玻璃，因此虽然停了电，大堂也还比较亮堂。但可以预料到这里日落后也是黑糊糊的。

“好久没坐这样的椅子了啊。”明日香身子沉进皮沙发里，发出一声欢呼。

“荣美子小姐，请找一个让小宝宝休息的地方。太一，该你出马啦。找一下有没有食物。”

听到诚哉的指示，太一响亮地应了一声“明白”，随即向楼梯走去。

山西也坐在沙发上，仰望宽大的天花板。“上一次来酒店还是参加亲戚的结婚仪式呢。我也想住住这样的地方啊。”

诚哉闻言，浮现出为难的笑容。“虽然难得来，但还是请忍耐一下，就在大堂休息吧。如果发生地震，跑不出来就麻烦了。”

“啊，我明白，我明白。我是说，享受一下这里的气氛也很好。”山西笑道。

太一回来了，有点闷闷不乐的样子。“那个，请过来一下。”

“怎么了？找到食物了吗？”冬树问道。

“罐头之类的有不少，真是帮大忙了。但我想说的是，有个奇怪的现象。”

“奇怪的现象？”

“总之过来看看吧。”

太一带冬树去的地方，是位于一层的开放式餐厅。餐厅内摆着铺有白色桌布的桌子，摆放有些凌乱，应该是地震造成的。落在地板上的盐瓶和胡椒瓶原来也应该是在桌面上的。

“有什么奇怪？”冬树问太一。

“这个呀。你看这里。”太一指向地板，但从冬树的位置看不见，被桌子挡住了。

冬树走上前，见地板上散落着碟子、刀叉和破碎的玻璃杯，还有一瓶高级香槟掉在一旁。

“这有什么不对劲吗？是有人吃东西的痕迹嘛。”冬树说道。

“这我知道，但你不觉得奇怪吗？”

“怎么了？”

太一蹲下来，捡起一个东西。像是个空罐子。“这是鱼子酱。”

“看来是，怎么了？这样的酒店应该有鱼子酱。”

“这个没问题。但为什么这里会有空罐？点了鱼子酱，却端上来罐头，这种酒店哪里也不会有吧？”

“啊！”冬树不禁喊了一声。的确如此。

太一指着破了的玻璃杯说道：“还有，有香槟酒瓶，却没有香槟酒杯。这个杯子，说实在的，就是普通杯子嘛。”

这一点太一说得也很在理。冬树略一思考，猛然醒悟。能解释这种情况的只有一个答案，但冬树没有勇气说出口。太一似乎也是，他沉默着。

“怎么了？”诚哉走了过来，“有什么情况吗？”

太一重复了刚才的说明，诚哉的表情眼看着变得严峻起来。

“人们消失的时间是下午一点十三分，这家餐厅应该也在正常营业。”诚哉说道，“中午吃鱼子酱、喝香槟的顾客也会有的。”

“可是连罐头一起上，还用普通杯子喝香槟，没有顾客会这样。”太一接着说，“这样做是要被轰出酒店的。这人之所以没有被轰出去，说明

“冬树，你怎么想？”诚哉问道。

冬树舔舔嘴唇。他一直在努力思考，但还是没形成能自信地表达出来的意见。尽管如此，他还是开口道：“不跟他本人谈谈就没法判断吧？”

“跟他谈什么？”户田的质问随之而来。

“我们需要问他：打算跟我们一起行动吗？一起行动时，能跟大家协调吗？我们还不知道他是什么人，要判断他能否加入，我觉得为时过早。”

“这么问，他肯定说好听的。”小峰认真地说道，“要认真做事啦、能跟大家协调好啦，只是应付而已。那种话信不得。”

“所以我觉得要辨别这一点。如果感觉他在撒谎，那时再来商量，怎么样？”

“辨别人的好坏很难啊。”说话的是山西，“即使有人生经验也没有太大作用。证据就是被诈骗转账的大都是老人。而且做坏事的人玩这一手最绝了。”

户田和小峰一起点头，深以为然。

冬树无从辩驳，陷入沉默。他的意见背后并没有坚定的信念。

“久我先生，啊，不是说弟弟，是说哥哥。”户田转向诚哉，“我想听听你的意见。你前几天说过类似这样的话：即便世界从头再来，也并不意味着以前的生活方式就不存在了。老实说，我很佩服，但照此想法，我们就不能对那个黑社会的过去视而不见。当然，他有怎样的过去，目前还详情不明，但至少不是一种正当的生活，这一点确定无疑。你对此怎么看？”

诚哉没有回避户田的目光，他站起来，长舒了一口气。“在说出我的意见之前，我有一个提案，关系到今后的生活方式。”

“什么？”户田问道。

“规则。”诚哉说道，“今后会发生什么事情完全不可预测，但就此时此刻来说，我们只能靠自己活下去，这就是事实。既然这样，有必要制订大家都必须遵守的规则。迄今的法律都不能通用。甚至事物的善恶好坏，也必须由我们自己决定。如果只凭当时的情绪来解决重大问题，以后必定产生偏差。”

“你说的我明白，但是，所谓善恶好坏，我觉得在任何情况下都不会变化。”

“是吗？据我的记忆，在以前的世界，安乐死还没有被认可，在法律上是恶。但现在不一样了。我们全体一致选择它为最善的手段。我们已经开始建立新的规则。也就是说，”诚哉接着说道，“现在处于睡梦中的那个人，他曾做过的事情即使在以前的世界被视为恶，但此时此地，并不能这么判定。”

“我们是来商量这件事情的。大家方便谈谈吗？”

诚哉一招呼，所有人都聚拢过来。诚哉一下子慌了，抬手制止大家。“别太靠近我们。这是以防万一。”

“什么万一？”

听到冬树的问题，诚哉略微迟疑后说道：“他患上流感的可能性很大。我们看护了他一个晚上，也有感染的可能。菜菜美小姐说，所幸今天湿度高，抑制了病毒的活动。现在大家很疲劳，又没有药，得尽量降低传染的危险性。”

“说得对。”户田说道。他挪到稍远的地方，在椅子上坐下。其他人也照做了。抱着婴儿的荣美子跟美保一起坐得最远。

“他现在睡着了，但昨晚醒过一次。”诚哉看看众人，说道，“看到我们在，他好像有了精神。照这样静养，供他充分的水和营养，大概两三天就可康复。所以，我想谈谈今后的安排。”

“我说说可以吗？”山西举起手。

“请吧。”

“听了刚才的话，我觉得可以理解为到那人康复为止，我们都留在这里。是吗？”

“包括这一点，”诚哉说道，“我想让大家来决定今后怎么办。”

“对不起，我反对。”小峰马上作出反应，“我们是普通人，迄今一起熬过来了。如果那个非同一般的人加入，肯定会散伙。至少我不想跟他一起行动。”

他身边的户田也轻轻点头。“我也这么看。适应不了正常社会的人才加入黑社会，对吧？那种人在这么特殊的环境里不可能跟别人协调。”

诚哉的表情没有变化。这样的回答多少在他预料中。

“其他人的意见呢？”诚哉看着荣美子，“你怎么看？”

忽然被点名，荣美子眨了眨眼睛。“我听从大家的意见……”

“这样说可不好，太太。”户田说道，“要把自己的意见说出来。如果在这里不说，以后又发牢骚，谁也不会理你的。”

冬树觉得，户田虽然口无遮拦，但说得合乎情理。现状事关生死，不能把命运决定权交出去。

“没有必要考虑别人怎么想，说出自己的希望吧。”诚哉再次对荣美子说道。

她为难似的低下头，但不一会儿便拿定主意般地抬起脸。“老实说，我觉得害怕。我不希望跟他打交道。”

“就是嘛。”户田说道，“跟那种人在一起，不知会遇上什么麻烦。”

“但是，”荣美子接着说道，“如果他本人自愿跟上来，那怎么办？不能说不行吧？”

“说就说嘛。就说‘别跟着我们’。”

“这么说，他事后会不会恨我呢？”

这时，小峰扭过身来，面对着她。“恨就恨吧，没什么大不了。”

“可是……”

“要说在以前的世界，还是会担心的，因为那些家伙马上就会来报复。可现在已经没有必要害怕了。那些家伙之所以横行霸道，是因为背后有人，光他一个人什么也做不到。不用怕。而且凭他现在那副样子，就算我们出发了，他也肯定跟不上来。”

“你是说要丢下他？”

“我只是说不一起行动。他要自己想办法。既然躺两三天就康复，用不着担心。”

“那个……”菜菜美开了腔，“我是说，如果好好摄取水分和营养就行。光是躺着，康复会慢，也有可能变得严重……”

小峰烦躁地摇摇头，说道：“想要活命的话，他自己也得想办法啊。这里有水有食物。总而言之，那人是黑社会，没必要同情。”

听到强硬的意见，荣美子还是不能释然，说了一句“请让我再考虑一下”，又低下了头。

我还以为我的脑袋出问题了……"

"这是正常的反应。我们也曾是这样。"

男子吐着热乎乎的气息。"你们是夫妻？"

诚哉不禁与菜菜美对视。菜菜美不好意思地低下头。

"不是。"诚哉苦笑着说，"我们是为数不多的幸存者，大家一起行动。在别的房间里还有九个人，你抓住了脚的女孩也在其中。"

"哦，还有这么多啊。那太好了。我还以为人类灭亡了呢。"

男子浅浅一笑，承受不住似的闭上了眼睛。恐怕脑子还是昏昏沉沉的。

"在你睡着之前，请回答我的问题。"

"……什么问题？"

"你身边最近有人患流感吗？"

"流感？啊，说起来，阿哲那小子是这么说的。"

"阿哲？是你身边的人吗？"

"接电话的。发烧，休息了。冬天明明都结束了……"

"是什么时候？"

但这个问题没有得到回答。男子已经开始打鼾。

菜菜美抽出体温计看了看，皱起眉头。

"怎么样？"诚哉问道。

"三十九度三，完全没下降。"

诚哉离开男子，坐到沙发上。"你也离远点为好。你听见了吧？流感的可能性很大。"

"看来是。"菜菜美提起冷藏箱，来到诚哉旁边。

"真倒霉。"诚哉不禁嘀咕道，"如果不用药，自然康复需要多长时间？"

菜菜美想了想，说道："从发病算起，四五天吧。据说用了药也只是缩短一天而已。当然，这是说体力充沛的人。"

"这家伙体力倒是有。"

“我也这么想。就这样静养休息，大概两三天就能恢复。”

“问题是，大家会等待他康复吗？”诚哉看看熟睡的男子，回想起他背部的文身。

冬树睁开眼，见明日香正在旁边用毛巾擦干濡湿的头发，脸上很清爽的样子。

“你洗澡了？”冬树起身问道。已经确认酒店的水管能出水，恐怕是水罐剩下的。

“我才不会那么浪费呢。水是留着洗手间用的。往后还不知道能用几次有水的洗手间呢。”

“那你在哪里洗的？”

“在外面。”明日香嫣然一笑。

“外面？”

“对。瓢泼大雨。我洗了个痛快的天然淋浴，太舒服啦。”

冬树站起来，察觉自己出了一身汗。天气暖和得不像是三月份，甚至可以说是闷热。他进了厨房，继续往里走。昨天看过，那里有一扇后门。

接近后门的时候，他听见了雨声。打开门，他立刻目瞪口呆。停车场上水流如注，持续的暴雨发出哗啦哗啦的声音。

他关上门，返回餐厅。好几个人都醒了。

“雨很大吧？”明日香问他。

冬树点点头。“不像是日本的气候，简直是东南亚。”

“那一瞬间可能发生了某些变化。”说话的是小峰，“就是人们消失的瞬间。地壳变动加上气候异常，一想到接下来会发生什么事情，就让人害怕。”

这时，诚哉和菜菜美进来了。两人都一脸疲态。

“那个人怎么样？”

“是为了应付关键时刻才让你休息的。拜托了。”

菜菜美有点迟疑，但很快便接受了，点点头。“那我休息一会儿。”她说着在沙发上躺下。

看来是相当疲倦了，菜菜美很快进入梦乡。诚哉听着她的鼻息，注视着烛光。他的脑海全被在首相官邸发现的 P-13 现象报告占据。无论做什么事，那件事都不曾稍离。

要对大家说吗？这个问题困扰着他。他明白终归得说，可在生存都有困难的现在，还是难以说出口。毕竟是那么令人绝望的内容。

蜡烛变短了。正要更换，一直纹丝不动的男子发出了呻吟声，还睁开了眼睛，这在昏暗中也能看清。男子跟注视着他的诚哉目光相接。

沉默片刻，男子呻吟般说道：“吓我一跳……”

“你醒了。”

“梦见遇上小女孩了，可没想到真能见到人。”

“你不是做梦，那女孩是跟我们一起的。你抓住了她的脚，就昏迷不醒了。”诚哉从冷藏箱里取出一瓶矿泉水，走近男子，“喝吗？”

男子眼神里透出戒备，但还是伸出了手。诚哉把塑料瓶递到他手上。

男子默默地喝水。看来他相当渴，一口气喝掉了半瓶。长吁一口气后，他看着诚哉。“请告诉我，究竟发生了什么事情？”

“人消失了。现在能说的就这一点。”

男子嘴巴一歪。“别骗我。人没理由消失。”他说着想要起身，但紧接着便失去平衡倒下了。

20

男子没有失去意识。诚哉让他躺回沙发上。他显得很虚弱，但仍睁着眼睛。“……你，是谁？”

“这以后再说。不如先说你的身体情况吧。”

“不好。忽然发烧，而且关节疼痛。”

菜菜美醒过来了。她面露不安，但还是走上前来，用毛巾拭去男子的汗。

在她要把体温计夹入男子腋下时，男子抓住了她的手腕。“干什么？”

她低声惊叫，手上的体温计掉在地上。

诚哉捡起体温计，把男子的手拉开。“你怕什么？只是测量体温啊。她是护士。”

“护士……哦。”男子脸上戒备的神色消失了。

“可以量体温吗？”

“可以。应该相当高吧。”

男子盯着菜菜美为他夹好体温计，然后目光转向诚哉。“我完全弄不清是怎么回事。究竟怎么了？”

“我们也不明白，只知道其他人忽然消失了，仅此而已。这一点你也知道吧？”

“我在办公室里，眼前一下子没人了，就连正和我下象棋的家伙也是

21

“我也明白你说的，但不是有点极端吗？”小峰说道。

“极端？”诚哉一边的眉毛跳了一下。

“的确，善恶根据状况会有所变化。但是以我们的安全为优先的前提应该是不可动摇的。我觉得这是先于规则的。”

“不，我觉得在任何情况下，都得先建立规则。例如，以后可能还会遇上其他人，如果不事先确定什么人可接纳，什么人要排除，就有引起混乱的可能。因为到那时，可能就没有讨论的余地了。”

“那样的话也简单。只接受能跟我们协调的人，不就行了？”户田说道。

诚哉摇摇头，还是不能完全认可。“就刚才的接触，我大致能断定他是不能跟我们协调的人。”

“对吧。他可是以暴力威胁他人的家伙啊。或者说，是那种人的同伙。”

“就是这一点。那种人也有伙伴。由于职业关系，我以为自己比起各位，对那种人知道得多一点。他们凝聚力强、等级森严、不允许背叛，这些都是很独特的。那环境并不是没有协调性的人待的。”

“因为他们是黑社会同伙啊。我们又不是黑社会。”

“那么，黑社会同伙为何能够聚在一起？”

“那是……”

“是因为利害关系一致吧。”小峰从旁说道，接替哑口无言的户田，“而且，他们谋求的方向一致。他们要从普通人身上掠夺金钱，进行分配。地位越高分得越多，所以要往上爬。是这么回事吧？”

“正是这样。”诚哉满意地点头，“跟一般企业一样，区别只在于获得金钱的手段是否正当。”

“是啊。”小峰若有所思。

诚哉继续说：“我也同意利害关系和目标一致是凝聚力之源这一点。比如说，我们现在这样一起行动，也是因为彼此合力容易解决问题，更重要的是生存下去的目标一致。”

“我帮不上任何忙，大家是因为好心才让我同行吧。”

听到山西有点自虐的说法，诚哉报以微笑。“贡献并不只是看得见的，也有精神上的。跟很多人在一起，心里才踏实。”

“在这个意义上，那家伙情况相反。”户田说道，“你听到刚才白木女士的话了吧？显然她很怕那个人。这就是说，在一起心里踏实的好处没有了。不但如此，甚至带来了坏处。”

“我也明白白木女士的心情。但是，害不害怕纯属个人印象，我觉得这样的感觉不能用于规则。在这个问题上，有几点可以推测是有利的。也许他带着我们不知道的某些信息，而且看上去挺棒的身体也有利用价值。大家觉得如何？”

户田和小峰闻言，没有做声。山西说话了：“简而言之，你的意思是，在断定他是有害的之前，不要排除他。”

“‘有害’也需要定义。”

“的确是这样，我想那就是‘威胁我们的安全’吧。我们共同努力要活下去，妨碍这一点的人显然是有害的，危害到我们的人也一样，对吗？”

诚哉用力点头。“正是这样。”

“可是，也有假装老实的吧。”小峰说道，“刚才山西先生也说了，那种家伙很会表演。”

“他要想装就让他装，对吧，警察先生？”

听山西这么说，诚哉严肃起来，摆摆手。“请别叫警察，跟职业已经没有关系了。但就是这么回事。表演就表演，不要紧。他让我们看到的不必是他真实的脸。”

“能那么简单定论吗？”户田嘀咕道。

山西低声笑道：“不用担心。不如说此时担心这一点挺滑稽的。因为在这里的所有人也并不都以真面目出现。你们大概都认为我就是个老人，但说不准原先是黑社会呢？或者是个小偷？但大家都接受了。理由是后背没有文身吧。”

老人的话让两个前公司职员沉默了，连冬树也找不到反驳的话语。

“重要的是，这个规则也适用于我们自身。”诚哉环顾众人，“威胁我们安全的、危害我们中间某个人的，这种人要即刻排除。从现在起，请大家牢记，这是我们的规则。”

文身男子再次醒来已是下午。菜菜美要给他测体温时，他身体一抖，同时睁开了眼睛。菜菜美吃惊地后退一步，或许想起了昨晚被他抓住手腕的事。

“醒了吗？”诚哉俯视男子。

男子转过茫然的视线，停了几秒后轻轻点头。“太好了！不是做梦啊，还有人在。”

“你昨晚也说这样的话。”

“是吗？啊，可能是吧。毕竟一直是一个人嘛。”男子用右手揉揉双眼，“我问过你是哪一位吗？”

“没有，我还没说呢。我姓久我。”

“久我先生吗？我——”男子把按着眼睛的手放到胸口，露出浅笑，“驾照、名片都没啦。”

“那些东西现在都没用了。只是不知道名字不方便而已。”

“我是 KAWASE。”

“KAWASE……KAWA 是三竖的川吗？”

“是三点水的河。”

“SE 呢？”

“是濑户内的濑。这些要紧吗？”[1]

“不，想知道你的头脑清晰到什么程度而已。”

“还是比较清醒的。那位美女的姓名还没问呢。”河濑向菜菜美扭过头，“如果刚才不是做梦，应该就是护士小姐了。”

“我姓富田。”菜菜美小声说道。

“富田小姐吗？那，我就赶紧问一句：我的情况怎么样？有好转吗？”

“我正要给你量体温。”

“哦。量体温我还能自己来，给我体温计。”

菜菜美递上体温计，河濑把它夹在腋下。“口干得很，真想喝点啤酒。”

“别喝啤酒为好。有水。”诚哉拿过一旁的塑料瓶。

“我想喝啤酒。”

“我是为你好。你不想早点痊愈吗？而且不凉的啤酒没什么好喝的。”

河濑呼出一口气，神色缓和下来。“也许吧。不凉的唐培里侬香槟也不行。”他接过诚哉递上的塑料瓶，咕嘟咕嘟地喝水，喉结上下蠕动。

“你说周围的人消失时，你正在堂口办公室。地址是哪里？”

“在九段下。”河濑说着，摸摸衬衣领子，咧开嘴，“哦，我的身份暴露了？我记得没说过‘堂口’这词吧？”

“你以前干什么，现在已经无关紧要。你背上的夸张装饰也没有任何力量了。你首先要明白这一点。”

河濑喝干了水，定神仰望诚哉。“你是什么人？你目光那么沉着，不只是普通的正经人吧？”

---

① “KAWA”在日语中可写为“川”或“河”，“SE”可写为“濑”。

“别说得那么奇怪，我就是个普通人。不如说再没有什么正经人或黑社会了，我也好、你也好，除了是一个人，什么也不是。我想问你，离开办公室后到今天为止，你在什么地方？做了什么？”

“东奔西跑。跟哪里都联系不上，谁都不在。而且到处发生爆炸，还有地震、暴风雨，简直不是人过的。然后就逃进了这个地方。”

“什么时候开始发烧？”

“不清楚。来到这里吃喝一顿后，忽然不舒服了……后面就记不清了。”

河濑一副思索的样子，从腋下拔出体温计，递向菜菜美。她接过来看了看刻度。

“怎么样？”诚哉问道。

“三十八度九……退了一点，但往后可能还会高起来。”

“真是的，这种时候感冒了。”河濑一脸难受地摸了摸脖颈，大概是咽喉疼痛。

太一端着放有餐具的托盘走过来。“白木女士熬了粥。”

“能用火了？”菜菜美瞪圆了眼睛。

“有钢瓶式的煤气炉，是我找到的。还有梅干。”

“明白了。传染了不好，你把托盘放在那里，赶快回去吧。”

听到诚哉的指示，太一点点头，把托盘放在桌子上，返回餐厅。

“新面孔啊。”河濑说道。

“等你病好了，我会一一介绍。如果你愿意接受我们的条件的话。”诚哉说着，把托盘拿到河濑旁边的桌子上。

河濑懒懒地欠起身，问道：“你说‘条件’？”

“我昨晚跟你说过，我们活下来的人正在共同努力生活。如果你愿意加入，我们不拒绝，这些粥你也尽管吃就是。但是，你必须遵守我们决定的规则。”

“是要交会费吗？”

“不要钱，但是需要出力，还有你的智慧之类的。”

“出点坏主意还是有自信的。”

“只要对活下去有用就大大欢迎。但如果无法合作，或者有行动威胁大家的安全，我们会即刻清除你。然后你就得一个人活在这个无聊的世界。”

诚哉说完，河濑认真起来了。他点点头，目光锐利。“明白。我放心了，你的说法很认真。我以为有更苛刻的条件呢。你们当中谁最大？是你吧？”

“我们之间没有等级，任何事情都是尊重全体的意见作出决定。如果你要一起行动，也会尊重你。相对地，你也得尊重大家。不用说，大多数人对你没有好印象，之所以还接受你，是对你的人性有期待。有问题吗？”

河濑缩缩脖子，说道：“没啦。”

“只要保证遵守我们的规则，就可以一起行动。怎么样？”

“这种情况，一个人活不下去啊。我跟你们吧。”

“规则方面能保证吧？”

“啊，我保证。”

“好的，”诚哉把托盘推到河濑跟前，“欢迎你。这份饭是我们的心意。”

“很感谢，可没有什么食欲。我就心领了。”

“勉强也得吃。既然跟我们一起走，不能尽早康复就麻烦了。我们有目的地，之所以延期出发，停留在这里，是因为你在沉睡。请别忘了你在拖我们后腿。”

河濑欲言又止，最终默默拿起勺子，舀了粥送进嘴里。“喂，三月十三日是什么特别的日子吗？”他问道。

“是其他人消失无踪的日子。”

“这我知道。我想问的是，要发生这样的事情，是否有一部分人早就知道？”

“这话什么意思？”

“流传着一个说法，说三月十三日不宜外出，所以高层的人取消了打高尔夫的计划。有各种各样的说法，什么大地震、掉陨石，详情谁也不知道。我没当回事，结果成了这个样子，所以挺在意的。”

诚哉听着，不禁握紧了拳头。P-13 现象的事在黑社会里流传，而诚哉他们却一无所知。

结果，他们如今就在这里……

22

暴雨持续下了一整天。冬树隔着餐厅玻璃窗看向外面，不住摇头。天空始终阴沉，没有晴朗的迹象。

明日香走过来，同样看向窗外。冬树听见她的叹息。“就像是水中的酒店。”

“没错。”

酒店周围完全泡在水中，没有看得见地面的地方，令人感到水涨上来只是时间问题。

“雨会这样下个没完没了吗？雨云不会消失吗？”

“雨云形成于海上。只要海不干涸，雨云就不会完。”

“这样啊。跟大海作对就没办法了。”明日香把手里的东西递给冬树，“这个，给你。”

是一罐番茄汁。“谢谢。”冬树说着，接了过来，“不知多少年没喝番茄汁了。”他晃着罐子说道。

“我也是。说实话，我不太喜欢番茄汁。”

“尽管这样还是想喝吗？”

“再不喝的话，就一点也摄取不到蔬菜了。”明日香拉开拉环，咕嘟一口尝了味道，表情确实不太美妙。

据她说，番茄汁是从酒店客房的冰箱里拿的。除了番茄汁，还有啤酒、罐装咖啡、矿泉水等等。

冬树也喝了番茄汁，完全没有冷藏过的感觉，但舌头感受到蔬菜特有的青涩，觉得很新鲜。不用明日香说，他也觉得蔬菜摄入不足，光吃熟食和罐头是不够的。

“何时能吃到新鲜蔬菜啊。还有生鱼片之类。”

“植物还在生长，有些地方肯定能找到蔬菜。”

“生鱼片呢？”

“生鱼片……也许不行吧。”冬树的目光落在罐子上。

明日香在旁边的椅子坐下，摇摇头。“像人类和动物从地面消失一样，鱼也从海里消失了吧。”

“寿司店鱼槽的鱼都消失了。”

“难以置信。”明日香喝了口番茄汁，注视着罐子，“就跟我喝这罐番茄汁一样难以置信。”

冬树在她身边坐下，心想，她还真能在这种时候开玩笑。“我们会怎样呢？食物会没有的，也没有住的地方，转移的手段也没有。怎么想都令人绝望。”

“我还没有绝望，”明日香说道，“虽然人都消失了，但并非死了，肯定是在别的什么地方，而且正在寻找我们。”

“是那样就好了。”

“别那么消沉呀。我想提高紧张度，努力向前看。”明日香绷着脸，“以前也说过吧？在最大的危机后必有最大的机会到来。我等待着。”

冬树点点头，表情缓和下来。“是啊，只能往好的方面想了。”他让番茄汁流过咽喉，心想自己真没用，还要让一个女高中生来激励。

“那边的两位没关系吧？”明日香问道。

“两位？”

“你哥和菜菜美小姐啊。流感没发作吧？”

诚哉和菜菜美现在仍在休息室，似乎在看护那男子，但详情不明。

太一送去食物，但诚哉让他赶紧离开。

“如果染病，他们会说的。他们应该会留意。”

“是啊。”明日香说着，撩起刘海，“你哥……这人了不起呀。”

“是吗？”冬树应道，心想，又是对哥哥的赞扬。

“他说自己不是头儿，但没他在的话，我们可能已经死在哪儿了。说不准就没有这一番相遇了。”

“那也说不定……”

“这种时候，必须有带领大家走的人。有他真是太好了。众说纷纭决定不了任何事，气氛也会恶化。好在有他，我们好歹生存下来了。这样的人要是我的老师就太好了。”

“你跟他本人说说看吧，他会说自己不是老师那块料。”

“他毕竟是警官啊。”明日香皱起鼻子，“即使这样，他也是个地位相当高的……怎么说呢……挺伟大的人。”

“警视厅搜查一科的管理官，职衔是警视。”

也不知明日香是否明白，她叹道：“真厉害！”又思索着问道：“冬树你是什么职衔？”

“巡查。”冬树没好气地回答，“普通的辖区警察。”

明日香无所顾忌地大笑。“原来是这样。要到诚哉先生的级别，那可相当遥远啊。”

“不可能到的。他们是可晋升的精英，我不是晋升序列的，起点就不同。”

“咦，怎么不同？什么是可晋升和不可晋升？”

“通过国家公务员考试被警察厅录用的人是可晋升的，而只通过地方政府警察录用考试的人不可晋升。简单说来，哥哥是国家公务员，我们是地方公务员。按我的起点，即便发展顺利，要到哥哥现在的级别，就已接近退休年龄了。”

“哟，这么大区别呀。既然那样，你也以可晋升为目标不就行了？”

“别说得这么简单。国家公务员考试有很多种，必须参加最高级的考试才行。参加的都是东大毕业生之类的。”

“那诚哉先生也是东京大学毕业？”

“是啊。”

“不得了！”明日香惊呼，“还有人上了东大，却把目标定在当警察上！头一次听说。”

“不算稀奇啊。而且哥哥当警察是父母的计划。我们的父亲是警察，希望子承父业。我哥聪明，目标自然是国家公务员。他一直很努力学习。”

“哦。可你就没他那么上心了。”

“我啊……”冬树欲言又止，最终还是开了口，“原先并不想当警察，上大学时也没这想法。我有自己的目标。”

“那你想干什么？”

“那个……算了吧。”

“什么啊。虽然不痛快，但好歹都已经说到这份上，就全说了吧。快说快说。”明日香催促着。

冬树绷着脸，手指在鼻尖下摩擦。

“当老师。体育老师。”

“哎，学校的老师？哎……”明日香的表情显出她完全没想到。

“不好意思啊。不是我哥，而是我想当老师。”冬树把空果汁罐往桌上一丢。

“只是觉得意外，吃惊而已。哦，是这样呀。嗯，你当老师没准行。可是为什么改变计划？崇拜哥哥？”

“才不是。别人要求的。”

“谁？你爸爸？”

“是我妈。”冬树答道，“说实话，我跟哥哥是同父异母。哥哥的母亲年轻时去世了，我妈是继室。当然，并没有因此受到任何不当待遇。我爸对我妈很好，对我哥和我也没有厚此薄彼。可我觉得我妈感到自卑。”

“为什么？因为是继室吗？”

“更多是因为我素质不佳吧。”冬树挠挠头，“哥哥很优秀，并不是因为父母多花了钱。他靠自己的能力考上东大，又一下子就通过了国家考试。要父母照顾的反而是我。我考大学落榜，父母便花钱供我去上学费昂贵的二流大学，而且大三还留级了。我感觉我妈脸上无光。前妻的孩子前程无量，继承自己血脉的次子却是个笨蛋，无地自容啊。”

“可这也太在乎了吧？我觉得别人不这么想。”

“确实不知道别人怎么想，但当事人就是在乎，像我妈，还有我。有一次，我妈对我说，你呀，没打算当警察吗？我明白她的心情。我爸希望我也当警察，所以她希望我好歹满足爸爸的心愿。我当场就回答：‘行，我当警察。’”

“哦。”明日香感叹后笑了笑，“你挺不赖呀。”

冬树绷着脸。“没什么。我跟哥哥差距太大，这一点还是没有变化。无聊的故事说了这么长，请你忘掉吧。”

“不无聊啊，很有意思。我挺理解的。我瞧你们兄弟俩别别扭扭，气氛很不对劲，还担心你们俩会吵起来呢。”

“一直都这样。”

“还是不吵为好，会让周围的人也不高兴的。”

明日香喝掉番茄汁，站了起来。她把视线投向远方，“咦”了一声，嘀咕道：“是小美保。”

冬树也回头看。美保在餐厅一角抱膝而坐。

“那孩子说不了话，挺可怜的。”明日香说道，“这也不奇怪，连我们都快疯了。”

“话是这么说，可你不觉得那母女俩有点怪吗？”

“我也这么想过。你们兄弟俩怪，她们母女俩更怪。美保不大待在荣美子身边吧？荣美子也像在担心什么，我怀疑她们不是亲母女。”

“怎么会？她们可长得很像。”

“虽然我也这么觉得……”

这时，太一从厨房走出。“请过来一下。”

“怎么了？”

“得商量一下食物的情况。”

“又是食物吗？你净操心这个。”

冬树跟太一进了厨房，只见巨大的烹饪台上堆放着罐头和真空包装的食品。荣美子站在一旁。

“我找遍了酒店，只收集了这些东西。我觉得能吃的东西就这些。”太一说道，“我想不用说了吧，冰箱里的东西全完了。”

冬树看着堆起来的东西，数量几乎够开一家小干货店了。可是，作为十二个人的饭菜又会怎样呢？

“靠这些能维持几天？”冬树并未特意问谁。

“即使能忍受老吃蟹肉罐头或鱼子酱，可就着蓝莓酱咽不下饭吧。”太一露出苦相。

“只要有米饭，我估计能顶一个星期。”荣美子嘟囔道。

“饭？没有米吗？”

“有米，但没办法煮饭。”太一答道，“我们依靠的钢瓶煤气炉只剩下三个。煮饭和做菜每次用一个的话，往后只够吃三次热饭了。”

“煮不了饭很成问题。面包呢？”

太一身体往后一仰，说道：“这么闷热，早发霉啦。”

“哦。”冬树抱起胳膊，“只能用其他方法生火了。烧东西之类的。”

“也就是说，必须再搭一个烧烤台。而且我们也没有像那时一样便于烧烤的木炭。”

“收集木材吧。拆掉家具什么的，让其他人也帮忙。对了，没看见小峰和户田先生呢。”

“他们俩在后面制作收集雨水的器具。”

“雨水？”

“水再多也不够用啊。要煮饭，先得淘米吧？”

“是啊……”

这话使人意识到自己正置身于无人岛上，而且是一个没有清流淌过、没有树木结果的岛。钓不了鱼，也没有野兔。

“哎，不得了了！”明日香冲进来。

“又怎么了？”

“小美保……”她只说了半句就停下了。

荣美子不做声地出了厨房，冬树等人跟在身后。

美保还待在原地。她抱膝坐着，似乎要把头埋在两膝之间。

“美保！”荣美子冲上前，托起女儿的头。冬树也能看出美保精疲力竭。荣美子伸手去摸她的额头。

“怎么样？”冬树问道。

“高……高烧。”

23

“只是发烧？其他症状呢？”诚哉从休息室里扯着嗓子高声问道。

“不时咳嗽，肠胃好像也不好，有呕吐痕迹。”冬树答道，“其他详情不明。她说不了话，而且精疲力竭，对呼喊她的声音好不容易才作出反应。”

诚哉和菜菜美交谈后，走近冬树等人，但在距离三米处停了下来。“明白了。马上送来这里。”

“这里？”

“你以为我们在这里干什么？小美保待在你们那里，有可能传染给其他人。”

“你是说美保也由你们看护？”

“没错。有意见吗？”

“不是有意见。可是看护的工作轮换一下比较好，我觉得菜菜美小姐也累了。”

然而诚哉摇摇头。“你们中的某个人来这里看护，是在我或菜菜美小姐发病之时。在那之前，谁也不要靠近。”

“可是——”

“冷静点吧。”诚哉打断冬树，继续说道，“现在必须首先考虑的是不让发病者增加。如果轮流看护，全体都会有感染的危险。的确，我也好，菜菜美也好，都已经很疲劳了，但你们应该也一样。理性地考虑吧。”

冬树沉默了。他觉得诚哉说的是正确的，同时也感到烦躁：为什么总这样一而再再而三地驳回我的意见呢？他又回想起刚才跟明日香的理论。

“如果能接受，就回餐厅去吧。小美保现在怎么样了？”

“让她躺下了。荣美子应该正在看护她。”

诚哉脸色阴沉起来。“怎么会这样？马上让荣美子也离开小美保！她要是倒下可就是大麻烦了。别说准备饭菜，照顾小宝宝只有她行。这点事情都不明白？”

“说是这么说，可她是小美保的妈妈啊。”

“对于我们来说，她也是最重要的女士。赶紧回去！一分钟后我会去餐厅。此前让小美保一个人待着，谁也不要接近。明白了吗？”

“明白了。”冬树转身离开。

冬树一回到餐厅，只见不光荣美子，明日香、太一、小峰和户田都围在美保身边。坐得远的只有抱着婴儿的山西。

这样确实危险，冬树心想。他向大家传达了诚哉的指示。本以为会出现反对意见，但所有人都接受并走开了，甚至荣美子也没说什么。他深感大家完全信赖诚哉。

不一会儿，诚哉进来了。在众人注视下，他抱起美保，走向荣美子，说：“小美保就交给我们吧。我们会寸步不离的。”

“麻烦你了。”荣美子鞠躬致谢。

诚哉抱着美保走向门口，但要离开前又折回来。“冬树，从酒店客房收集干净的毛巾和毯子。多准备点。”

“明白。”冬树答道。

“还有，”诚哉环顾大家，说道，“只要感觉身体有一点异常，就马上说出来，千万别硬挺。这不仅是为了自己，也是为了保护大家。”

大家都向诚哉点头。他满意地颔首，走出餐厅。

冬树带着明日香和太一去收集客房的毛巾和毯子。电梯不能用，只能走紧急通道的楼梯。客房在五层以上。

“真费劲啊。这家酒店有几层？”太一苦着脸。

“介绍上说客房到十八层为止。”明日香答道。

“太过分了！我实在爬不动了。”

“现在不是说这话的时候。如果储存的饮料没有了，只能从客房的冰箱里回收。”冬树说道。

“在那之前好歹离开这里吧。我想尽早去首相官邸。”

听着太一的牢骚，冬树感到不安。真的去了首相官邸，事态就比现在好吗？一切无人知晓。说是有食物储备，但不知道有多少，发电设备是否正常也难说。在他看来，轻易出动可能要吃苦头，这里至少活下去的必要条件齐备。

可是用手电筒照着走不完的楼梯时，他又觉得那是错觉。的确，现在是衣食住无忧，但不可能永远延续，终有耗完一切食物的时候。即便上五层也为难的太一，最后也会上到第十八层。

冬树回想起以前在电视上看过一部关于集体生活的北美驯鹿的纪录片。北美驯鹿在春秋两季寻找食物时要长距离移动，到达草叶茂盛的地方后便停留一段时间，都吃完之后又开始移动。

他想，我们跟北美驯鹿一样。不，吃掉的草经岁月流逝又会长出来，但吃掉的罐头和方便面是不会再有的。可见眼前情况比北美驯鹿的生存环境还严酷。

即使到达首相官邸，而且那里有丰富的食物，也绝不是终点。那些食物也终有吃完之时。到那时怎么办？为求食物继续周游？

做到那一步又有什么意义？冬树心想。在日本不停移动，也许能找到吃的，也许能活好多年。但这样活着会得到什么？那就是以活着为目的的人生了。

他想要寻找目标。如果活下去是为了得到某个东西，他想知道那是什么。

下午过了六点，大家开始准备就寝。所有人都明白了，日出而作、日落而息是最为节省能源的生活方式。

冬树在餐厅地板上铺了毯子，躺在上面。他已经习惯了睡觉不更衣和硬地板，但至少鞋子要脱。现在，睡眠是最大的享受了。

然而这个晚上，他一直不能入睡。今后将会怎样？这样的不安搅动他的思绪，他想象了各种各样不祥的事情。迄今他没有考虑这种问题的余裕，也没有剩下不断思考的体力。正因为停留在同一个地方，才有余地遐想。

在他辗转反侧时，微弱的声音传入耳中，是拖拽什么东西的声音。他睁开眼睛，看见有人打着钢笔手电筒在黑暗中走动。

他想，是上厕所吧。可那人却走向相反方向。

冬树觉得奇怪，站了起来。他身边并排睡了两个男人——小峰和户田。因为昏暗，不清楚其他人睡在哪里。

冬树穿上鞋，拿过放在一旁的手电筒。他怕一亮手电筒会弄醒小峰他们，便没有打开开关，摸索着桌椅往前走。

拿钢笔手电筒的人仍旧拖着腿向前。冬树依靠那脚步声和电筒光亮跟在后面。那人似乎正走向紧急出口。冬树见对方跨出门要往外走，便亮起手电。出现在光线中的是山西的背影。

山西吃惊地回头看，畏光地皱着脸，眯着眼睛。

“您怎么了？”冬树将光线照向脚下，走上前去。

“是你呀……你没睡着？”

“您要去哪里？雨像是停了，但水没退。”

“嗯，我知道。只是有点……想出去。你别在意，去睡吧。”山西脸上浮现笑容，但那表情令人感到有点不自然。

“可外面危险。大家不是决定了，晚上不一个人行动吗？”

“别那么说，就当老人家脾气古怪，能别理我吗？”

“但是……”冬树欲言又止，因为他看到山西在颤抖，“您怎么了？

冷吗？”冬树要走近他。

“别过来。”山西声音粗了起来，随即黯然低下头，“不，那个，总之别管我。”

冬树不顾他的话，走到他面前，抓住他的手。不出所料，他的手热得不同寻常。“您感染流感了，为什么还……”

“冬树，求求你，让我自己处理吧！不要管我，没关系的。我不想麻烦大家。”

“我们不可能这样做啊。总之先进来吧。待在这里只会让病情恶化。”

冬树想要拉他，但被甩开了。“求你了，不要靠近我。传染你就不得了了。”

“您为什么不进来？到外面又想怎么样？”

就在山西被冬树问得沉默不语的时候，身后响起了一个声音：“你们在干什么？”是明日香。

冬树一回头，她再次问道：“你们怎么了？”

“山西先生感染了流感。”

“啊！”明日香瞪圆了眼睛，“那，为什么待在这里？”

冬树摇摇头。“不知道。我见山西先生要外出，就来问他。”

“求求二位，别理我了。我不想麻烦别人。”山西说着，似乎再也支撑不住，蹲了下来。

冬树和明日香慌忙冲过去抱起他。

“别挨近我，别这样。”山西激烈抵抗，拨开二人的手，又坐在地上，弓着背抽泣起来。

“怎么了？”明日香嘀咕道。

“这个冬天，一个老朋友死了，他跟我同年。他是患了流感后变成肺炎死的。今年的流感很可怕。老人染上了就没救了。”

“这种事情说不准啊。”

“我知道的。我明白，转眼间情况就会恶化……”老人说到这里，猛烈地咳嗽起来。

“你走开，我来。”冬树对明日香说道，同时抓住山西的手腕。他将山西的胳膊搭在自己肩膀上，扶起山西。山西这次没有抵抗。

一返回屋内，冬树就让山西躺下。

“得通知诚哉。”明日香说道。

“等一下。”山西软弱无力地说，“他们已经在看护两个病人了，我不想再增加他们的负担。”

“您还说这个！这样下去，老爷爷您怎么会好呢？”

“我无所谓。救活了我也没什么用处，干脆……”山西说到这里沉默下来，但嘴还张着，像喘气一样呼吸。像他说的一样，病情眼看着恶化了。

冬树领悟到老人的真正意思。他意识到自己感染了流感，想到留在酒店里会传染大家，便决定到外面去。不用说，他作了病情恶化并死去的思想准备。

“喂，怎么办？”明日香问冬树。

“我先去拿毯子来，不能就这样不管。你看着。”

“好的。”

冬树将山西交给明日香，自己前往餐厅。他收集多余的毯子，再次返回。

“老爷爷睡着了，但好像很难受，体温好像比刚才还高。”明日香急得要哭了。

冬树给山西盖上毯子，思索起来。是否要跟诚哉商量？但诚哉也救不了山西。照此下去，山西很可能会没命。

冬树站起来，试探着来到室外。他用手电筒照向周围。虽然还有浸水的地方，但看来不至于出不去。

返回屋内，他对明日香说道：“我要出去一下。”

明日香瞪圆了眼睛。“真的？你要干什么？”

“我去弄治疗流感的药。这样下去大家都会完蛋。”

24

“治疗的药在哪里？药店里卖的？”明日香问道。

“我想不会在一般的药店里，必须去医院，或者提供处方药的药店。好像是叫达菲？”

“我听说过。但学校告诉我们尽量不要服用。”

“理由是十多岁的人服用后有可能引发暂时性精神错乱吧？因为发生过多起跳楼事件。但现在不是谈那个的时候了。”冬树走向紧急出口。

“等一下，”明日香追上来，“我也去。”

冬树摇着头说：“别胡闹。”

“彼此彼此吧？你忘记了‘晚上不可单独行动’的规定吗？”

“因时因地而异。不能保证可以一下子找到医院或者药店。外头到处浸水，不知道能不能走。”

“正因为这样才不能一个人去。如果你一人外出，掉进洞里，那就完了。可我在的话，虽然可能救不出你，但可以回来求救。我说得不对吗？”

“这我也明白……”

“你不带我去的话，我也不让你去。我现在就去告诉你哥。”

冬树一脸无奈。诚哉肯定更反对他出去。

“你会浑身湿透的。”

“不要紧，我这个防水。”明日香扯了扯身上的运动裤。裤子是尼龙材料的，看样子可以防水。

“明白了，走吧。”

“等我一下。”

明日香进屋拿来两个头盔，还换上了橡胶长靴。“遇到灾害时戴头盔，这可是常识。”她说着递给冬树一个。

“Thank you。”他道谢后戴上头盔。

“然后是这个。”明日香从怀里掏出一个薄本子，是小地图册，“配合得很棒吧？”

“的确是。刮目相看哪。”

两人用手电筒照向地图，首先寻找医院。然而在日比谷周围没有一家大医院，最近的一家位于筑地，距离约五公里。

“筑地……”冬树咕哝道，“挺远的。”

“药店呢？”

“这张地图无法确认药店。没目标到处找可很难。”

明日香响亮地咂了一下舌头。“能用手机的话，一下子就可以找到。”

“现在说那种话也没用啊。”

“那，怎么办？”

“暂且以筑地为目标吧。处方药店大多在医院周围，说不定在路上能看到。”

二人离开了酒店。雨停了，但他们带上伞作为拐杖。他们用手电照射前方，用雨伞探脚下的路。地面龟裂，有些地方隆起数十厘米，也有地方恰恰相反，凹陷很深。曾被称为晴海大道的马路此刻也笼罩在黑暗中，荆棘满途。

感觉到人的动静，诚哉醒了过来。钢笔手电筒的光在动。菜菜美在美保身边坐下，正在看体温计的数字。美保睡在沙发上。

“怎么样？”诚哉一边走过去一边问。

“三十九度多一点，比刚才又稍稍高了一点。”菜菜美摸摸美保额头上的毛巾，“已经干成这样了。”

她把毛巾浸到身旁洗脸盆的水里，稍微一拧，又放回美保额头上。“有冰块就好了……哪怕能够降一点温，也会舒服许多。”

美保闭着眼睛，显得很难受，半开的嘴中传出微弱的气息。

“我去找一下。”诚哉站起来。

“找？你找什么？”

“降温的东西。这里是酒店，应该会有处理客人忽然发烧的东西。例如冷敷用的垫子、明胶之类。”

菜菜美点点头。“有那种东西的话，也许会好得多。河濑先生也还是高烧。”

“我去找找看。”诚哉拿起手电筒，走出休息室。他走到大堂，打开柜台后的门，用手电筒一照，看见摆着桌子和柜子。他逐个翻看桌子抽屉和柜子，在一个柜子里找到了写有“医疗用品”的箱子。箱内放有急救箱、口罩、纱布、绷带、一次性保暖贴、保冷剂等等，但没有至关重要的冷敷垫。急救箱里也只有市面出售的感冒药和肠胃药。

诚哉摇头叹息，再次用手电照射室内。后面有扇门，打开一看，外面是走廊，附近就有紧急出口。看来这扇门是为员工可不通过大堂就出入办公室而设置的。

诚哉不经意地照向馆内，结果看见有人倒在地上。他吃了一惊，连忙跑上前。

是山西。诚哉发现山西不是摔倒，而是睡着了，他身上盖着毯子便是证明。但他不明白为何会这样。

诚哉扳起山西的肩头轻轻摇晃，喊道：“山西先生！”但山西没有睁开眼睛。想再次呼唤时，诚哉感觉山西的肩膀很热。他不禁注视着自己的双手。

他站起来，走向餐厅，进去后用手电照向睡着的人。

太一露出肚皮躺着，诚哉轻轻踢他的脚。太一蠕动几下之后，终于睁开了眼睛。“啊……已经早上了？”

“还是晚上。我问你，冬树在哪里？”

“冬树先生？哦，不知道。”太一睡眼惺忪地答道。

诚哉转身离开了餐厅。他返回山西躺的地方，再次摇晃他的身体，比刚才用劲了一点。“山西先生！山西先生！”

满是皱纹的脸动了。眨了几下之后，老人微微睁开眼。

“山西先生，您还好吗？”

山西只是轻轻点头，仿佛连说话的力气也没有了。

“找不到冬树和明日香，他们去哪里了？”

山西没有回答，只是低声呻吟。

诚哉走向紧急出口，站到玻璃门外，用手电查看周围。酒店周围浸了水，到处是泥浆，上面清晰地留下了鞋印。

“真是混账……”诚哉向黑暗中骂了一句。

手电往上照，显示出筑地四丁目的标志。冬树停住脚步，舒了口气。“终于来到这里了。还有一点点。”

走在后面的明日香简短地“嗯”了一声，声音疲惫不堪。这是很自然的，走到这里几乎用了三个小时。他们拼命走，不让泥浆吸住鞋子。

“休息一下？”

明日香摇摇头。“一休息就动不了了。”

“明白，那就一口气走过去。真的只剩一点路了。”冬树又迈开步子。

晴海大道是横贯银座的主干道，道路笔直延伸。这样一走，就知道东京市街破坏成什么样子了。数寄屋桥的随意穿行路口[①]被撞成废铁的车辆堵塞，通过都很难。繁华的商业街变成了瓦砾和残垣的幽灵城市，歌

①指车辆通行信号每隔一定时间全部显示为停止，行人可向任意方向通行的路口。

舞伎剧场也已垮塌。

所谓大都会，如果没有人就会坏掉。如果这里是人丁稀少的乡下，这样的变化也许不会发生。冬树再次痛切感受到，这个城市是由许多人在微妙的平衡中支撑着的。

两人在下一个交叉路口左转，脚下响着嘎啦嘎啦的玻璃碎裂声。

“小心点，大楼的玻璃窗会掉下来。”

“嗯。”明日香答道。

再往前走，两人照亮前方，可以看见一幢灰色建筑，一辆急救车停在那里，正是医院。他们从急救入口进入。建筑很坚固，几乎看不到地震造成的破坏。

药剂部在一楼。冬树走进去，做了个深呼吸。眼前是一排排柜子，要找的药在哪里？完全无从下手。

“只能从一头找起了，有你一起来太好了。我一个人实在不行。”

明日香报以微笑。“没错吧。”

“达菲的拼写是 T、A、M、I、F、L 吗？”

“大概吧。我记得是黄白色的胶囊。”

“真的？”

“嗯。学校指导学习流感的内容时，让我们看了药的照片。”

“太有用了。”冬树走近药柜。

然而，药品似乎不是单纯按照字母顺序排列的。柜子上有记号，恐怕是医院的人可轻易理解的，但冬树完全不懂。他只能以黄白色胶囊为线索一一查看。

“手电的光很难办啊。很难辨别药品是什么颜色。”冬树愁眉苦脸地说。

明日香没有回应。冬树感觉奇怪，扭头一看，见她蹲在地上。“你怎么了？”

“嗯……没什么。”她似乎连站起来也很难。

“喂，你莫非……”冬树冲过去，要摸她的额头。

“我说了没什么嘛。”明日香拨开他的手，“只是有点累。”

“撒谎！”冬树强行摸上她的额头。跟预料一样，相当严重的高烧。

他沉默了，看着明日香的眼睛。她一脸想哭的表情。“我没什么……”

“不可能。什么时候开始不舒服的？”

“就要抵达医院的时候。但我觉得没事，别放在心上。”

冬树摇头，拉起她的手腕。“先躺下。”他推着她来到外面。那里有长椅，他让她躺下。“我必须尽早找到达菲。”他揪着头发说道，“我去病房给你拿被子来。”

“没事，我不冷。不如赶紧找药吧。”

冬树咬着嘴唇。“看来只有这样了。”

“对不起，我还是不该来。没想到会这样麻烦你。因为离开酒店时还没有任何感觉……”明日香流下了眼泪。

“现在说这个也没用啊，而且我也有发病的可能。如果我一个人的时候出现这种情况，那才要命。”

所以不该离开酒店，这点冬树也明白。但眼看着病人一个个出现而无所作为，是冬树不可忍受的。

冬树返回药剂部，重新开始找达菲。他想，一找到首先给明日香服下。也许会引发精神错乱，但到时尽全力按住她就行。

约一个小时后，冬树找到了达菲。它放在另外的保管库里，跟此前查找的那些柜子不在一起。正确的拼法是 TAMIFLU。

“找到啦！”冬树走到外面呼唤明日香。

她眼神虚幻，但嘴角仍浮现笑容，蠕动的口型是说“太好了”。

“我找到了瓶装蒸馏水，马上服用。”冬树递上达菲胶囊。明日香欠起上身，将胶囊放进嘴里和水一起咽下，随即又躺下了。

“先等一下看看情况。虽然哥哥他们会担心，但没有办法。”

明日香缓缓地摇头。“那不行。好不容易找到了，得尽快带回去。”

“可是，你的身体不行。”

“嗯。带上我的话，不行，所以，你一个人，回去。”

“你说什么呀？我做不到！”

“别担心我。我想服了药，在这里躺一会儿就会好转的。好了的话，我自己回去。我认识路嘛。”

“这种做法……”

“求你了……”明日香闭上眼睛，说梦话似的重复着，“求你了。”

25

听见婴儿的啼哭声，诚哉睁开了眼睛，但此前他并未睡着。

荣美子抱着婴儿站在酒店大门口前。能看得清楚，是因为天色已亮。诚哉看看表，早上六点多了。

他站起来走近她，但停在几米外的地方。他认为自己有感染流感的可能，但这样的用心可能已没有意义。既然美保和山西发病了，就有可能所有人都已感染了。

“真早啊。”他招呼道，荣美子吓了一跳，回过头来。

“啊……早上好。是被小宝宝的声音吵醒的吗？”荣美子轻轻拍着婴儿的后背，说道。

“不，我刚才就醒了。你睡得好吗？”

荣美子微微一笑，摇摇头说：“不太……”

“哦。身体感觉怎么样？”

“现在没事。对了，没看见明日香小姐呢。”

诚哉咧了咧嘴。“我知道。她可能跟我弟弟在一起。”

“你弟弟也不在？”

“似乎是夜里出去了。”

“为什么？”

“这个啊，说来话长。”

诚哉正在想该怎么说，菜菜美过来了。“冬树他们回来了吗？”

“还没有。现在正跟荣美子女士谈呢。”

“究竟发生了什么事？”荣美子交替看着诚哉和菜菜美。

“事实上，山西先生发病了。”诚哉答道，“流感。”

荣美子屏住呼吸，伤感地垂下眼帘，问道：“他还好吗？”

“他躺在紧急出口旁，我跟菜菜美小姐把他抬到沙发上了。病情挺重。”

“连山西先生也……”荣美子低下头，又抬眼看着菜菜美，“那个，美保的情况怎么样？”

“体温还是高。小美保有什么慢性病吗？”

“应该没有。”

“这样就全看她自己的抵抗力了。我会给她补充水分。”

荣美子皱起眉头。“菜菜美小姐也累了吧？我来替换也行。”

“我明白你的心情，但不能让你也病倒。”诚哉插嘴道。

“但我觉得自己不会感染。”

“为什么？”

“我去年得过，应该有抗体。”

“哦。”诚哉点点头，“这是好事，但也不能绝对肯定。说到流感，也是有各种类型的。”

“可是完全丢给你和菜菜美小姐，我心里不是滋味。美保是我的女儿呀。”

“谁和谁是一家人，现在已经没有意义了。这个世界上只有我们了，没有家人也没有外人。我们应该考虑的只有大家怎样才能生存下去。”

不知是否接受了诚哉的话，荣美子低头沉默不语。她继续轻拍婴儿后背。婴儿看起来很安心，停止啼哭，睡着了。

“谢谢你，荣美子。”菜菜美说道，“不过我没事。我接受过预防接种，应该比其他人难传染。”

“还有，”诚哉接着说，“你照顾勇人是很重要的事情。在这方面，菜菜美小姐虽是护士，恐怕不如你。因为只有你有做母亲的经验。”

然而荣美子摇了摇低垂的头。“请别给我戴高帽子。我根本不是个好妈妈。”

“为什么？”

“因为……”荣美子抬起脸，但随即又垂下视线，“没什么。”

“总而言之，这里的事情就交给我们了。”

荣美子轻轻点点头，抬起脸。“明日香小姐和你弟弟去哪里了？”

“不清楚。我想他们是去找医院或者药店了。躺倒的山西先生身上盖了毯子，也许是他们做的。大概因为山西先生发病，他们就孤注一掷了。”

“孤注一掷？”

“找药。”诚哉说道，“我想他们是出去寻找治疗流感的药，恐怕是我弟弟提出的。真是个轻率的家伙。”

“可是，如果有达菲，就帮大忙了。”菜菜美说道，“大概山西先生是被美保传染的。所以完全可以认为，其他人也都在潜伏期。”

“我明白，但半夜出去不可取，怎么说也该等到早上啊。”诚哉咬着嘴唇，“带明日香出去也有问题。要去他一个人去就行。”

“可我们规定夜里不能一个人出去。”

“即便是两个人，走远了也不行。原先的意思是不得已要走出建筑物时，不能一个人行动。”

“他们大概考虑两个人总比一个人安全。”

菜菜美竭力为冬树辩解，诚哉双手抱在胸前。“这种时候是相反的。如果是碰运气，也该弟弟一个人去。”

“为什么？”

“预测危机的时候就该这样。像你说的，他们两个人也可能已经感染，无法保证在找药途中不发病。”

菜菜美和荣美子同时“啊”了一声，张口结舌。

“任一方发病，都会拖累另一人行动，实际上会寸步难行。这样一来就找不了药，即使找到了，也送不回来。不久另外一人也可能染病。两个人去，发生这种事态的可能性就高一倍。”

两名女子看来从没这样想过，愣住了。“可是，一个人去，不是更加危险吗？”菜菜美反驳道，“因为没人帮忙，动也动不了。”

“那也只有一个人。”

“什么意思？”

“我们失去的人数。两个人去，危险性翻倍，失去的人也翻倍。哪种更好，想一想就知道。”

“失去……”菜菜美不快地低下头。

“为救别人豁出命也行。但不先考虑最坏的局面就行动，那不过是逞英雄。弟弟应该自己去冒险，即使发生最坏的情况，也可尽量减少剩下的人的损失。不这样想，冒险就没有意义了。”

在两名女子陷入沉默的时候，诚哉视野的角落里有东西在动。一看，小峰站在那里。

“怎么了？”诚哉问道。

小峰定睛看着诚哉，咳了一声，随即嘴一歪，蹲了下去。

“小峰先生！”

小峰伸出手，制止要冲过来的菜菜美。“不要靠近为好。我中招了。”他喘息般说道。

他身上发生了什么显而易见。诚哉被绝望的念头侵袭，但仍缓缓走上前。“烧得厉害吗？”

“啊……大概挺高的。”小峰想就地躺下。

“不能躺在那种地方，起码要在沙发……”

小峰由菜菜美搀着，挪到旁边的沙发上。坐下后，他瞪着诚哉。“我就说嘛，就因为那黑社会瞎搅和，成了这个样子。真是从天而降的瘟神。这样下去全都完蛋。怎么办？”

“对不起，小峰先生。”荣美子道歉，“传染给你的大概是美保。即使不救那个文身的人，我觉得最终也会这样。不是久我先生的问题。”

小峰嘴角扭曲。“是谁传染给小美保的呢？就是那黑社会吧？久我先生，你说过要排除威胁我们生存的人吧？既然这样，不是一开始就得排除那家伙吗？”

“可疾病是没有办法的吧？”菜菜美调解道。

“大家都挺同情那个黑社会嘛。”

“也不是……”菜菜美说着，目光转到诚哉身后。

诚哉回过头，见身后站着河濑。“还好吗？”诚哉问道。

“舒服点了。口干，想喝点东西。”

“哦，那我去拿茶过来。”荣美子抱着婴儿向餐厅走去。

河濑看着小峰。小峰移开视线。河濑哼了一声。

“冬树他们出去找药了。”菜菜美对小峰说道，“弄到药的话，情况就会马上好转。在这之前得忍耐一下。”

小峰默默地摇头，在沙发上躺下。此时，荣美子拿着瓶装日本茶回来了。

“我来递，还是别靠近他为好。”诚哉接过塑料瓶，拿给河濑。“喝了马上休息。”

河濑握着塑料瓶，看着荣美子。“有婴儿啊，而且老爷爷也躺下了。”

“原先没有任何关联的人现在正互相帮助活下去。”

“嗯。”河濑说着，打开瓶盖喝茶。

“你要负责管好那个瓶子，”诚哉说道，“注意千万别让其他人喝。”

“啊，我明白。”河濑转身朝休息室里侧走去，但随即止步，回过头来，“如果我不在这里更好，请明白告诉我。我不想跟把我当麻烦的人待在一起。”

诚哉思索片刻后答道：“当然，到了那个时候，我会不客气地说的。”

河濑哼了一声，瞥了一眼小峰，又迈开步子。小峰已经在沙发上入睡。

“那个，我要开始准备早饭了。”

“等一下，我也来帮忙。”

“可是……”

诚哉轻轻晃了晃下巴，说道：“专人看护已经没有意义了。既然餐厅那边都出现了三个病人，就有可能全体发病。只能大家都帮忙煮饭、看护了。菜菜美小姐，这样做行吗？”

“我也觉得这样好。”

“那我们走吧。”诚哉催促荣美子，一起朝餐厅走去。

诚哉把情况告诉了太一和户田等人。二人已经知道小峰发病，很担心接下来就是自己。

“我呢，是在班级停课后的第二天倒下的。以为没事了的时候是最危险的。”太一摩挲着肚皮说道，“我总觉得肚子疼。”

“你弟弟他们什么时候回来？”户田问道。

“不知道。他们去了哪里也不清楚。”

“去找他们不好吗？”太一说。

“那不行。去找的人路上发病怎么办？”

“啊，对呀。”

“真没办法。”户田直挠头。

荣美子开始准备早饭，诚哉也来帮忙。因为病人多，需要熬很多粥。水和米都有，但煤气瓶越来越少。没有患病的人早饭只好吃冷的袋装熟食或罐头。吃完饭，诚哉请太一和户田帮忙，在酒店大门前砌一个简单的灶。能否煮饭已变得生死攸关。

“那两个人去哪里了呢？”太一望着远处，说道，“不会死在什么地方了吧……”话一出口，他连忙捂住嘴。

这时，菜菜美走过来。“那个，久我先生……”

“怎么了？”

“河濑先生不见了，小峰先生的靴子也没了。”

“你说什么？”诚哉咬住嘴唇。

26

诚哉站在紧急出口外俯视地面，那里又增加了新的鞋印。

“我觉得他的体力还没有恢复到可往外跑的地步。”菜菜美在一旁说道。

“待不下去，跑掉了吧。”太一从后面说，“因为他，其他人一个接一个病倒。他觉得有责任，那是当然的。”

户田哼了一声。“品质优秀的人是不会在后背文东西的。他多少康复了，见病人增加闷得慌，就去散步看情形而已，不用担心。要是他不回来，那就再说。我们还是干活吧。不早砌好灶，别说做午饭，可能做晚饭都来不及。”

“哼，我们要是不来这里，就不会遇上这种人啦。”

户田和太一回去了。

“其他病人的情况怎么样？”诚哉问菜菜美。

“还是老样子。”

“山西先生呢？”

菜菜美垂下视线，随即又仰望诚哉。“不大好。咳嗽严重了，体温也还是那么高……给心脏带来了很大负担。我担心出现并发症。”

“哦。抱歉，请继续观察好吗？”

“明白。”

诚哉再次往外张望。这回是看天气。暖风拂面，浓云像脏乎乎的棉花，开始快速移动。

他咂了下嘴。“又要下雨吗？”

灶台砌得很顺利。众人拆毁了不需要的家具当柴火。外面有许多倒塌的房屋材料，但因暴雨不断，那些材料含水太多，不好生火。

“保证能生火是很好，但不能在建筑物里生火，实在麻烦。”太一看着噼啪燃烧的火焰，说道。

“那也没办法。在屋内搞这个，很快就会烟雾弥漫。”户田苦笑道，“行了，你得想能吃上温热的东西已经很不错了，冰凉的袋装熟食实在难吃。”

荣美子很快架上大锅，往里面倒瓶装水。五百毫升的瓶子一个个倒空了。

见此情景，诚哉心想，无论现在有多少储备，如果继续这么做，食物和饮用水很快都会用完。到那时，他们只能移动到别的地方。如果全体都康复了，就前往首相官邸，但去不了的情况也必须考虑。周边还有大型酒店，如果破坏不大，应该也跟这里一样，能供应几天的生活。

但是，他又想，在这个世界，无论怎么活下去，都不会发生什么。这情况只有他知道。

看着荣美子等人拼命干活，他很心痛。他感到迷惑：要把真实情况说出来吗？目睹令人吃惊的超常现象，所有人都很混乱。不安和恐惧侵蚀着他们的心，这是显而易见的。即使这样，他们也要在绝望中努力站起来。因为他们相信，只要活下来，就会有机会。一个小小的希望支撑着他们：也许能够取回自己失去的东西。

诚哉心想，我该告诉他们别再指望了吗？隐瞒这一点真的正确吗？

雷鸣将诚哉的心思拉回现实。正在烧火的太一露出兴味索然的表情。“又是暴风雨。”

“不妙啊。”户田回过头说道，“且不说那个黑社会，另外两个人令人担心呢。不是说笑，天黑前不回来可就麻烦了。怎么办？”

“只能等待，出去找人不在讨论范围之内。不论他们二人发生了什么，我们都爱莫能助。”

“也只能这样……你不担心弟弟的安全吗？”

“我当然担心。不但我弟弟，还有明日香和文身男子。但现在只能做好力所能及的事。”

“我明白你的意思……”户田抱起胳膊，不安地仰望天空。

锅里的水开了。荣美子放入鲣鱼干，汤的香气一下子飘溢出来。

“好香！”太一一副陶醉的样子。

到了下午，天空急速暗淡下来。不久开始有雨滴落，很快就下起来了。风也很大，好不容易砌成的灶台似乎就要浸水。诚哉在太一等人帮忙下，用乙烯树脂薄膜把灶台盖了起来。

“真的麻烦了。这样冬树他们就回不来了啊。”太一说道。

“这事就别再提了。像久我先生说的那样，我们对此无能为力。”户田烦躁地断言。

诚哉走了一圈，查看病人的情况。小峰蒙着毯子睡着了。他几乎没吃午饭，说是想吐。为防止脱水，让他喝足了水。

荣美子坐在美保身旁，擦拭美保额头上的汗。

“怎么样？”诚哉问道。

“温度降不下来，呼吸也很艰难……很想帮她一下。”

“我明白你的心情。你稍微休息一下比较好。你一直在忙，千万别硬撑。”

“谢谢。但这样最踏实。”

诚哉只能点头。作为母亲，她这样是理所当然的。

“这孩子，把哨子弄哪里去了？”荣美子嘀咕道。

“哨子？”

“应该是挂在脖子上的，现在找不到了。可能是弄丢了。”

“如果是弄丢了，找一个替代的东西吧。”诚哉说道。

病得最重的是山西。他的脸痛苦地歪着，干裂的嘴唇间发出低吟，不时咳嗽。每次咳嗽，他就痉挛似的晃动身体。

菜菜美坐在不远处。她戴着口罩，大概是为了预防。

“还烧？”

她神色黯淡地摇摇头。“一直不见下降。虽然有强行退烧的药，但服用后会怎样不能保证。”

“还是需要达菲吧？”

“即使有达菲，也得在今晚之内服用，否则不能指望有效。不在发病四十八小时内服用就没有什么意义。我觉得小峰先生有体力，应该没问题，但山西先生和小美保令人担心。尤其是山西先生，即使救回一条命，也可能留下后遗症。”

诚哉默默地轻轻摇头，走开了。

“久我先生。”菜菜美叫他。诚哉停下回过头，菜菜美很认真地继续说道：“我不想再干了。”

“你指什么？”

“琥珀胆碱。”她说道，“我绝不再使用它了。”

诚哉发现她说的是安乐死的事情，便朝她笑笑。“明白。我也不想再做那种事情。”

“那就好。”菜菜美低头致意。

诚哉继续走。他感觉一种苦涩在嘴里扩散。不用菜菜美说，安乐死的事情，他也不想有第二次。然而，如果山西瘫痪了，还能说得这么漂亮吗？大家为了让自己活下去，都已经全力以赴了。就现状而言，如果不上路去寻找食物，实在难以生存。带着瘫痪的老人行动在现实中是不可能的。

但一再抛下碍事的人，究竟会剩下什么？最后留下的人能因此有所得吗？这是他不愿去想的事情，但必须去想的时候肯定会到来。一想象那时的情景，他眼前就因绝望一片昏暗。

餐厅里，户田在喝红酒。他已经喝掉了一瓶，目前是第二瓶。太一边喝罐装可乐边吃曲奇饼，饼干是这家酒店出售的。

诚哉站到户田跟前。“我提过的，酒精饮料在睡前一个小时喝。”

户田手持酒杯，盯着诚哉。“喝这么点没事，又没有其他乐趣。”

“所以说可以在睡前喝。不然喝醉了麻烦，因为无法预测什么时间要采取什么行动。”

“没问题，我还没醉。”

“不，到此为止吧。”诚哉拿起还有酒的瓶子。

“你干什么？”户田脸色涨红，酒气熏人。

“你已经醉了。”

“我说了没醉！”户田站起来，踉跄着上前纠缠诚哉，“我喝完这些就完。”

“这是规则，请你遵守。”诚哉拂开他的手。不知是否劲大了些，户田失去了平衡，撞在旁边的桌子上，摔倒在地。

“啊！”诚哉冲过去，“你没事吧？”

但户田没有回答。诚哉担心他受伤了，喊道：“户田先生！”

户田在颤抖，随后哭了，发出断断续续的抽泣声。

“反正都要死了。”他低声说道。

“嗯？”

“就是我们啊。不可能永远支撑下去的。小小流感就人仰马翻，食物也会没有的。怎么想都活不下去。总之得死，都得死。既然这样，规则有什么意义？做点喜欢的事情再死不好吗？”

“户田先生……”

“所以把酒给我。我不喝就要疯了。”户田拉扯诚哉。

“不行。请到此为止。”

就在诚哉说话的时候，一个熟悉的声音传来。

“是哨子。”太一说道，“小美保的哨子声。外面传来的。”

诚哉离开户田，跑向紧急出口。太一紧随其后。外面依然暴雨如注。

仿佛穿过了雨声的缝隙，的确有哨子声正在靠近。

不久，人影出现了，从体格上看可知是河濑。他披着防雨斗篷，蹚着没至膝盖的泥水，一步步走来。他身上缠着绳索，拖拽着什么东西。

向绳索远端望去，诚哉吃了一惊：被拖拽着出现的是冬树。绳索缠着他的身体，并且向后延伸。最后出现的是明日香。她似乎连站立也已很不容易，只是依靠前面两人拉着的绳索，艰难地迈出腿。

诚哉和太一飞奔到雨中，冲向明日香，两人撑起她的身体，呼唤她，但没有回音。不知道她是否能听见。

“她发高烧！”太一喊道。

回到酒店，众人解开捆住三人的绳索。

“太一，叫菜菜美小姐来！然后拿毛巾！”

“明白！”太一说着，跑了出去。

河濑在地板上躺成“大”字。明日香瘫坐着，垂着头不动。

诚哉走近趴在地上的冬树。“冬树，这是怎么回事？你怎么擅自行动？你没想到会变成这样吗？”

“对不起。”冬树小声答道。

“这不是道歉就行的。你的行为严重违反规则，事关生死啊！”

诚哉刚说完，感觉衣角被拉了一下。回头看，是明日香。“别怪他，是我不好，是我缠着他要跟去的。所以，别怪冬树。”她说着，啪的一声倒在地上。

27

诚哉和太一把换好干衣服的明日香抬到休息室的沙发上，菜菜美为她盖上毯子。明日香闭着眼睛钻进毯子，看起来很冷，身子瑟瑟发抖。

“据说她服用了达菲，所以只需让她安静休息就行了。”

听到菜菜美的意见，诚哉点点头。“也让其他病人服用达菲？”

“我觉得有必要。只是美保在服用后，荣美子女士一定要在她身边才行。报告说有小孩服用后产生精神错乱的先例。”

“那就请你发出指示，好吗？”

“明白。”

诚哉离开休息室，来到餐厅。冬树已换好衣服，摊开手脚坐在椅子上。

“感觉怎么样？”诚哉站在弟弟面前。

“……过得去吧。”冬树脸色很差，有了黑眼袋。刚回来时，他几乎动弹不得，所幸没有发病。

“汇报一下情况吧。”诚哉拉过一把椅子坐下，“我再问你，究竟是怎么回事？”

冬树脸上疲惫不堪，做了个深呼吸。“没有太多的理由。我觉得照此下去，大家都会病倒。必须采取行动。就是这样。”

“为什么不跟我商量？”

“你会赞成吗？你会接受夜里外出吗？”

“……不会接受。我说过，好歹等到天亮。”

“那就晚了。哥，山西先生要私下离开这里。你知道为什么吗？他知道自己患了流感，觉得照此下去，自己只会拖累大家。如果不能帮他，我实在接受不了。我想救他。我听说流感的药不尽早服用就无效，所以下了决心：只能立即行动。让明日香一起去是我失策了。”

“她在什么地方发的病？”

“去医院途中。她说出来的时候，我们正在找药。老实说急死人了，不知道该怎么办。”

“于是决定先看看情况？”

“不，”冬树摇摇头，“找到达菲后，我马上离开了医院。是带她一起。”

“那时她还能活动？”

“不，已经走不动了。从半路起我就背着她。”

诚哉叹了口气。“把明日香留在医院，你自己带达菲回来，就没想过吗？”

“明日香说要那样。她说‘求你了，就那么办吧’，还说要是哥哥你，就会那么办。可我做不到。让她在那黑糊糊的医院里发烧受煎熬，我做不到。你想吧，没有食物，不知何时才有救助，而且还发着高烧。要是我被丢在那种环境，肯定疯掉。所以我就说‘一起走，走不动了，我就背你’。”冬树凹陷的眼窝转向哥哥，“我明白哥哥想说的话，你是想说如果两人都倒下就毫无意义了，对吧？实际上，我们在路上已经山穷水尽了。明日香动不了，我也背不动她了。那时下着大雨，泥水扯着腿脚，我心想完了。如果那个人不来救我们，日落之前也许就回不来了。如果把明日香留在医院、我一个人回来，早就能让大家用上达菲，这时候也可以去救回明日香。可我那时候做不到像哥哥那样决定。即使道理明白，我还是做不到。”

冬树低着头，难过地咬着嘴唇，溢出眼眶的泪水滴落在他脚下。

诚哉无言地站了起来。

“哥哥……”冬树抬起脸。

“行啦，我明白了。好好休息。”

诚哉走出餐厅。在休息室，换好衣服的河濑正叉开两腿坐着。他穿的似乎是这家酒店的制服，大概是找不到其他更换的衣服。

河濑闭着眼睛。诚哉来到他跟前时，他似乎感觉到动静，张开了眼。

“你是为了救他们才离开这里的？”诚哉问道。

河濑耸耸肩。“也没那么想，只是你们的话跑进了我耳朵而已。”

“我们的话？”

“说有人去找药了，还没有回来。我有点在乎，就出去看看情况。身体不是也好得差不多了嘛。”

“在哪里找到他们的？”

“到处乱糟糟也认不清，大概是歌舞伎剧场附近吧。路塌陷得很厉害，我往里面瞧一眼，竟看到他们蹲在底下。我以为他们没命了，一喊，男的抬起了头，感觉已经筋疲力尽了。我就把绳索扔给他们。”

“竟然还预备了绳索。”

“数寄屋桥路口有个派出所，我经过那里时就借用啦。哪儿都难以下脚，总会用得上。那条绳索大概是用在案发现场隔离好看热闹的吧。”

“想到了用绳索系住三人？”

诚哉这么一说，河濑浅浅一笑。“也不是。拉上来的时候系上的，然后就一直拉到这里而已。那小伙子干得很不赖，途中背了女孩好几次。都已经累成那样了，真了不得。”

“你也是。”诚哉说道，“但下次出去时，希望你打声招呼。”

“哦，我明白啦。就谈这些吧？如果可以，我就睡了。病是好了，但累坏啦。”

“嗯，好好睡吧。”诚哉离开了。

不久就到了日暮时分，建筑物内一下子暗下来。几乎所有人都睡着了，鼻息淹没在风雨声中。

诚哉在休息室的沙发上坐下，和菜菜美一起注视着烛火。不知风从何处吹来，火苗微微晃动。

“可能是我错了。”诚哉嘟囔道。

“你指什么？”

“我的想法。我相信在这种极限状态下，只要求冷静客观的判断。我以为对任何事情都要排除感情用事。作为警察，我也是这样被教育的。”

“我觉得没有人能够否定久我先生的做法。大家都明白，正因为这样，我们现在才活着。”

“可照我的做法，到现在还得不到达菲。”诚哉十指交握，“据说山西先生发现自己得病之后，要独自离开这里，不希望给大家添麻烦。”

菜菜美伤感地垂下双眉，说道：“是这样啊。”

“在我看来，那简直是胡来。到了早上，如果发现山西先生不见了，大家一定到处找。在这过程中，不知会发生什么意外，结果就是更添麻烦。像他那把年纪，脑子也转不过来。”

菜菜美沉默了。即使能理解诚哉的话，她也不能同意他责备得病的老人。

“可是见到山西先生要这样做，我弟弟被感动了。夜里他就直奔街上。不光是他，明日香也跟去了。他们完全不考虑路上自己可能会发病。结果药是找到了，但病倒了一个。发病的人说了请丢下她，但另一方做不出来，鲁莽地背着病人出发。果不其然山穷水尽，而救了他们的竟是病没全好就鲁莽外出的、最早的病人。”诚哉摇着头，“全都让人没辙，全都是我不能理解的行为。一个个都冲动行事，只能说是失去了理智。”

“我觉得不是理智的问题。这就是人吧。”菜菜美怯怯地低下头，“对不起，我说得太随意了……”

“不，正是你说的那样，这就是人。迄今自己一直考虑以生存为最优先。怎么做，大家才能活下来。或者说，如果不能全都活下来，怎样才能牺牲最小。我只有这样的念头。可是所谓活着，并不只是维系生命。无论在什么状况下，都必须考虑各自的人生。”

“人生……”

“对，是人生。为了让大家度过不后悔的人生，就不能无视各自的价值观和尊严。即便想法不合理，只要是对那人的人生很重要，别人就不该说三道四。”诚哉从蜡烛上挪开视线，靠在沙发上。天花板上影子在晃动。

“我不认为你的做法错了。现在，生存下来毕竟是大事情。我可不想在这种地方了结人生。”

这是平时没有的、坚定的口吻。诚哉注视着菜菜美。

她接着说：“你说过的，只要继续活着，不知什么时候就会打开一条活路。我相信这句话。”

“菜菜美小姐……”

“这句话，还可以相信吗？”她投来真挚的眼神。

“嗯，当然能相信。”诚哉点点头。

旁边传来了动静。两人一看，是荣美子站在那里。她拿着暖水瓶。

“我……打扰你们了？”

“哪里的话。那是什么？”

“白天泡的茶。来一点？”

诚哉和菜菜美对视了一下，诚哉对荣美子说：“好的。”

荣美子打开瓶盖，往纸杯里倒茶。日本茶的香气四溢。

“小美保的情况怎么样？”

“给她服药之后，看起来好一点了。应该没那么快就起作用吧。”

“服了药，自己也就放心了吧。那就是安慰效果。”诚哉喝了口茶，情不自禁长叹一声，“没想到茶如此美妙。”

“感谢你们二位。”荣美子鞠了一躬。

“哪里，对菜菜美说是可以的，我什么也没做，取药回来也是弟弟的擅自行动。我反倒应该向你致谢。你做的饭菜让我们受用了。”

荣美子低着头说："我完全不行的。"

"哪里的话。有你这样的妈妈，小美保太幸福了。"

荣美子闻言猛烈摇晃脑袋，说道："完全不是那样的！"

冷不防听到她激动的口吻，诚哉心生疑惑。荣美子像是被自己的声音吓着了，抬手捂住嘴。"对不起，这么大声。"

"哪里，没事的……"

荣美子双手握着纸杯。"我不是个好妈妈。我一点也没让那孩子幸福。那孩子变成那样，也是我的过错。"

"你说她'变成那样'，是指出不了声？不是这次事件造成的吗？"

荣美子没有回答诚哉的问题，但这和肯定没什么两样。"真意外啊。"诚哉嘀咕道。

"也许是惩罚吧。"荣美子说道。

"惩罚？"

"成了那样子就是惩罚。作为母亲却没能让孩子幸福，才会受到惩罚。像这样被神责罚也活该，我就是这么过分的母亲。"

"那样想不好，"菜菜美说道，"按你这么说，我们也是活该受罚的人吗？"

荣美子略带苦笑。

"且不论过去的你，我认为现在的你对于小美保而言，是个很棒的母亲。我们可以作证。请你不要那样想。"

"……谢谢。"荣美子唇边浮出微笑，她把剩下的茶斟入诚哉的纸杯。

28

睁开眼睛时，冬树发现自己正靠墙蹲着，毯子披在背上。全身汗津津的，一摸脖子，满手是汗水。

看来已经天亮，四周分明。他擦了擦脸，脑子一片茫然，一时想不起自己此刻置身何地、状况如何。似乎是在餐厅里，周围没有人。

啊，对了。回来了——记忆终于苏醒。

冬树站起来，身体很沉。想要迈步，却有点走不稳。他离开餐厅，走到大堂。荣美子正在玄关前烧饭，烟雾腾腾。冬树明白，在自己苦斗之时，其他人砌好了一个灶。

“早上好。”冬树在荣美子身后打招呼。

“啊，早上好。缓过来了吗？”她笑着问道。

“好点了。”冬树答道。

“那就好。”

灶的另一头露出太一的脸。“大家都担心得不得了呢，想你们该不会暴尸荒野吧。”

“不好意思。”

“不过全靠你们，我的孩子也好转了。”荣美子低下头，“非常感谢。”

“哪里，不用道谢。”冬树摆着手，“专务呢？”

“户田先生帮我看着小勇人呢。他抱着小宝宝在那边转悠。”

"哦？是他抱着？"

"听说户田先生有个女儿，去年刚结婚，还没有孩子，所以他有点向往带小孩呢。"

"原来是这样。"

虽说是理所当然的，但冬树再次感觉到各人有自己的人生。他曾相信，各人都有到昨日为止的过去，有今天，有从明日开始的未来。曾相信绝对无误的人生走向为何忽然中断了？即便找不到解决办法，但好歹想知道发生了什么事情。

他进入楼内，前往休息室。一个披酒店制服上衣的男子摊开两腿坐在沙发上，正在吸烟。他胸前衬衣敞开，完全不像真正的酒店员工。

"喂，"男子先打了招呼，"感觉怎么样？"

"慢慢恢复吧。"冬树答道。

记得是被他救了。两人滑落到地面塌陷处动弹不得，看到他从上面抛下绳索。冬树觉得那简直是奇迹。当时他已经绝望，认为不会有救援了。

后来的事情他就记不清了。与其说是忘我，毋宁说是像梦游患者一般，感觉只是挪动双腿。头脑清楚起来是在到达酒店后。他记得诚哉问了各种各样的问题。

"你救了我，感激不尽。"

冬树这么一说，男子夹烟卷的手摆了摆。"互相帮忙而已，以后还要麻烦你的，嘿，这就当寒暄啦。"男子说他姓河濑。

"好在有你，我们才能带药回来，我想得病的伙伴也都很感谢你。"

"有药比什么都强。"河濑笑道。

"他是很卖力，可没必要谢他。"一个声音传过来。冬树回头，见身后站着脸色苍白的小峰。"原本没他的话，谁也不会得病，药也不需要。我觉得冬树你也不必谢他。"小峰说着，咳嗽不止，返回自己休息的沙发上。

河濑转过脸抽起烟来，嘴角带着一丝笑意。

"你别在意，"冬树对他说，"生病嘛，会心情烦躁。"

“没关系。他说的也是事实。”河濑把烟蒂丢在地上，用鞋子踝灭，然后站起身走向餐厅。

冬树往休息室里面走，从再次躺下的小峰身边经过。毯子蒙头的明日香正在睡觉。冬树知道是她，是因为脚旁放的那双满是泥浆的长靴很眼熟。他用指尖捏住毯子一角慢慢掀起，明日香的睡脸出现了。紧接着她的眼睛睁开了，眨了又眨，瞪着他。“难以置信，偷看别人的睡脸。”她声音沙哑。

“感觉怎样？”

明日香皱着眉，歪着脖子。“我觉得还发烧，但好一些了。”

“咽喉呢？”

“疼。”她说着，用毯子遮住嘴角，咳了一下。

“今天睡上一整天吧。”

“没错。”

冬树点点头要走开，但明日香“哎”了一声。“我一定要向你道歉。”

“如果是跟去医院的事，不用啦。”

“不是。”

“那，是发病吗？那也是没办法的。不是你的错，也有可能换我病倒。”

明日香使劲晃脑袋。“这事也要道歉，但还有更大的事情。”

冬树一脸疑惑。“怎么了？”

明日香用毯子裹住身体，像猫一样蜷起身，然后说道：“从医院回来途中，我们掉进了路上的裂缝吧。”

“对。那里塌陷了，不小心脚一滑，我们都掉下去了。”

“那时候啊，老实说，我已经绝望了，心想没救了，要死在这里了。”

“……真的？”

“脑子迷糊，身体沉重，脚下一步也迈不动，又掉进那种蚁狮陷阱般的地方，绝对爬不上来了。我心想，完了！”

“明日香……”

“对不起。原先跟你说好，任何情况下都绝不放弃，还曾经逞强说‘危机之后必有机会’，真难为情。”明日香把毯子拉到嘴角，眨眨眼后注视着冬树。

“我也……不能说大话。”他挠挠头，苦笑道，“都说在冬季登山遭遇事故时，人会困得不得了，做什么事情都很烦。那时的我就是那种感觉，多少有听天由命的心情。”

“你也气馁了啊。”

“我们都很危险。”

“像这样迎来新的早晨，真是恍如做梦。活着太好了！”

在冬树听来，明日香的话是发自心底的。他内心深处涌起暖意。“荣美子女士在做早饭，多吸收营养，尽早康复。”他说着走开了。

美保也躺着。发烧时通红的脸蛋现在已经恢复到浅粉色，鼻息也很均匀。正像荣美子说的，照这样下去，不用多久就会康复。

冬树感到欣喜：幸亏不顾一切去取药了。但明快的心情在往里面走时消失得无影无踪。菜菜美正双膝着地，探着山西的脉搏。她面色凝重，让人不敢轻易搭话。山西不断小声咳嗽，一咳身体就痉挛似的抽动。

诚哉坐在稍微离开的地方，神色严峻。

“山西先生情况不好吗？”冬树问道。

诚哉吐出一口粗气。“高烧不退。因为咳嗽不止，体力消耗很大。”

“吃药了吧？”

“已经跟流感无关了。菜菜美小姐说，恐怕是患了肺炎。”

“肺炎……”

“已经让菜菜美小姐尽量治疗了，但最后还是要看他本人的体力。”

“那么糟糕吗？”冬树歪着脸，“是当时让他躺在地上不好吧？”

“恐怕跟那个没有关系，而且也别多想过去的事了。你去一下荣美子那里，弄些热水放在山西先生旁边，稍微提高一点湿度也好。”

“明白。”

玄关前，荣美子正往几个碗碟里盛意大利面。太一已经吃开了，给病人做的粥也好了。

冬树往锅里装了热水，返回诚哉处。“早饭做好了，去吃吧。我来看护山西先生。”

诚哉起身，望向菜菜美。“走吧，菜菜美小姐。能吃的时候就得吃。”

“是啊。”她说着离开了山西，表情闷闷不乐。

二人离开后，冬树在山西身旁坐下。山西难受地皱着眉头，不时咳嗽一下。他还在发烧，脸色却蜡白。嘴角似乎已经糜烂，像是痰的东西黏在唇边，已经干了。

尽管腿负了伤，但在患上流感前，山西其实很有精神。他的一些话时而给大家鼓劲，时而让大家改变认识。尤其是冬树，他忘不了山西提议让妻子安乐死。当时山西要作出痛苦的决断，却分寸不乱，淡淡说出想法，结果所有人都接受了他的提议。所以在某种意义上可以说，他在那种局面下比谁都冷静。冬树再次觉得不能失去这个人。有长久生活经验的人具备相应的生活智慧。那是对活下来有用的智慧。

冬树打起瞌睡来。把他从浅睡拉回来的是一个奇特的声音，它发自山西嘴里，但明显不同于此前的咳嗽。山西周期性地动动脖子，相应地发出喘息声，脸色苍白。

冬树慌忙站起来，冲出休息室。在大堂里，诚哉与菜菜美正对坐着吃意大利面。

“怎么了？”诚哉问道。

“山西先生样子很怪。”

菜菜美无言地放下盘子，走向休息室。

山西嘴巴半张，几乎不再动弹。菜菜美坐在他身旁，大声呼唤他的名字。然而他没有回答，也没有睁开眼睛。菜菜美摸了摸他的脉搏，表情黯然。“变弱了……”

菜菜美开始做心脏按摩，背影显示出迄今没有的紧迫感。

“换一下手吧。”诚哉说着接替了她，“你摸脉搏。”

不知何时，太一和荣美子也来到了冬树身后。明日香也欠起身，担心地看着。

在众人注视下，诚哉竭力做着心脏按摩，同时呼唤山西的名字。菜菜美拉起他的手腕，算着脉搏。不久，菜菜美看向诚哉。诚哉停下了动作。

菜菜美摇摇头，放下了山西的手。诚哉见了，猛地垂下了头。

冬树醒悟到发生了什么事情，但还是不愿意相信。跟重要之人的永别就这样不期而至，是他没有料到的。

“哇……”荣美子哭喊起来，蹲在地上。太一站着开始抽泣，脸很快就湿漉漉了。在他后面，明日香把脸埋在沙发里。

酒店中庭有泥土的部分似乎种过花草，当然现在已经不成样子。冬树和太一二人用铁锹挖起来。因为浸了水，土很软。挖到一米深也没有花多少时间。

诚哉和菜菜美运来用毯子包裹的山西的遗体，小心放入穴中。“埋土吧。”诚哉说道。

众人轮流用两把铁锹埋土。美保不在，但明日香和小峰要求参加。二人埋土后没有走开。

冬树把铁锹递给了河濑。

“我做合适吗？”河濑问道。

“当然。”诚哉答道，“你也参加吧。”

河濑接过铁锹，小峰把头扭向一边。

最后由冬树和太一堆上剩下的土。荣美子在上面放上花，是装饰酒店的假花。太一则插上一根木棍，是山西不时当拐杖使用的木棍。

诚哉双手合十。众人见状也都纷纷效仿。

“这是最后一次。”致意完毕，诚哉说道，“并非出于本意的死亡就此结束。绝对要结束！”

29

实在难以相信这栋建筑的一层原本是便利店。玻璃破了，大量泥水和瓦砾灌入店内，堆积起来。所有东西都染成了灰色，哪些是店里的商品，单凭肉眼极难判别。如果不是店前挂的招牌，走过了也不会察觉。

冬树一踏进店内，便踩到了一个东西，有种容器瘪了的感觉。他伸手到泥水中捡起，是铝质容器。

“是铝箔包装的砂锅面条。”他拿给身后的太一看。

“哎，踩破了呀！”太一一副很可惜的样子。

“反正里面的东西已经坏了。”冬树丢掉它，环顾四周，“能吃的东西在哪里？”

冬树用戴着橡胶手套的手在近处摸索。太一也进来了，从另一边找寻。

“有了！是杯面！”太一从泥沙中捡起一个东西，的确是杯面的形状。然而接下来的瞬间，他就失望地垂下手臂。“没用，容器破了，里面进了泥沙。”

“在旁边找找，大概是杯面的货架，也许能找到没有破损的。”

二人在泥水中寻找。速食食品接连被找到，但几乎全都有破损，好不容易判断里面东西没有问题的不到十个。

“奋斗半天，连一顿饭也不到吗？惨啊。”太一苦着脸捶了捶腰。

“能保存的食物不单是速食食品吧。罐头啊，真空包装的啊，应该还有各种东西。打起精神找吧。”

太一不情愿地重新开始寻找。不一会儿，他“哦”了一声。

“怎么啦？”

“是罐头。太幸运啦！”太一捡起罐头，擦了擦表面，但开心的脸随即黯然，“什么啊，是猫粮！太容易搞混了。”他说着把罐头扔到一旁。

冬树见状，心里掠过一个念头。但他没说出来，继续搜索食物。

靠里的冰箱完好，里面放的瓶装饮料没有受损。“有了这些，就解决饮料问题了。”冬树仰望着冰箱，说道，“先带水回去吧。荣美子会高兴的。”

“可乐也行吧？”太一向两升的瓶子伸出手。

“酒店客房不是有许多可乐吗？”

“爬楼梯麻烦嘛。”

“别奢侈啦。两个人能提回去的量有限，水最优先。可乐不能煮饭，也不能做方便面。”

太一嘟着嘴说道：“明白啦。”

两人四处找，弄到了罐头、香肠、奶酪等等，和杯面及瓶装水合在一起，分量不小。两人决定装进带来的袋子里背回酒店。

“虽然分量不少，但大家吃起来，一下子就没了。”太一沉重地说道，“这样一来，又得出来找。”

“那时大家就慢慢恢复健康了，就可以换地方。”

“是吗？下次落脚的地方最好食物充足。”

“首相官邸应该储备了很多紧急食品吧。”

“紧急食品，这词可不太好听。既然是首相吃的东西，该有法国菜、中国菜吧。”

“即使有材料，也没有厨师啊。行了，还是别期待为好。”

冬树一边说笑一边匆忙赶路，但内心黯淡的念头像烟雾一样扩散。离山西的死已过四天，病人们康复了许多，但体力下降明显。据菜菜美说，完全消灭流感病毒还要花两三天，为此得在酒店滞留一段时间。

问题是食物。袋装熟食和罐头这些好保存的食品消耗殆尽，水也所剩无几。所以冬树和太一便出外寻找食物。

这次顺利达到目的，冬树很满意，但同时也为今后感到不安。接踵而来的天灾让所有建筑物都遭受了比想象还要厉害的破坏。可想而知，超市和便利店里大部分食品已被毁坏。

现在只能依靠徒步移动，在道路毁坏的情况下，行动范围受到限制。冬树考虑起从现在的住处可一天往返的范围里还剩多少食物。他想，大家要四处寻找食物的日子眼看就要来临。

他回想起刚才太一的举动。太一扔掉了猫粮罐头。但也许不能一直这么干。猫粮也得算作宝贵食物的时刻应该会到来。这样一想，尽管背着东西走路，后背却不寒而栗。

二人回到酒店，只见除了美保之外，所有人都集中在餐厅。户田、小峰、菜菜美和明日香围桌而坐，旁边站着诚哉。荣美子抱着婴儿坐在稍远一点的椅子上。河濑抽着烟，坐得更远。

“怎么样？”诚哉问二人。

“就这么些。”冬树把袋子卸到地板上。

“辛苦了。”

“情况很严峻。今天去的便利店，所剩的食物基本就这些了，此外只有果汁。”

冬树和太一叙述了便利店和商品遭受破坏的情况。本以为大家会感到震惊，反应却意外地迟钝。毋宁说，在听他们的话之前，大家就是无精打采的。

“那家店跟其他的比起来还算好吧。”户田嘀咕道。

“什么意思？”冬树问道。

“你听听久我先生的话就明白了。”户田朝诚哉扬扬下巴。

冬树看着诚哉，问道：“出什么事了？”

诚哉沉闷地点点头。“为了计划前往首相官邸的路线，我在周边走了走，发现地震和台风的破坏比想象大得多。道路几乎都被塌陷和龟裂切断，大量的水流进去，没有停止的迹象。”

“道路乱七八糟的，我也很清楚。去取达菲的时候我体验过。”

“比那时还厉害呢。”远处飞来一个声音，是河濑。

“我也请他了解了周围的情况。”诚哉说道，“看来地面陷落处增加了。”

“怎么会……”

“理所当然的嘛。”户田说道，“天天下大雨，排水系统又不发挥作用。虽然混凝土地面结实，但底下都像是吸足了水的人造海绵。加上东京市区为有效利用地下，都挖空了。地震频繁到来，塌陷是毫无疑问的。”

“像说别人的事情似的，不就是你们干的吗？是你们跟当官的一起把东京弄成了这个样子吧？”太一插话道。

户田没有否定，耸了耸肩。“这种情况是没有预料到的。大地震和台风轮流来袭，排水系统毁坏，地裂和塌陷也没法修复。”

“怎么会变成这样子呢？”明日香自言自语般说道，“好像在折磨我们。我感觉是一而再、再而三地跟我们为难。”

在冬树听来，她的话像是哭诉一样。然而小峰抬起了头。“你也许说对了。可能有一种看不见的巨大力量要毁灭这个世界。我感觉它要把人类弄出来的丑八怪——城市，从这个世界上抹掉。”

小峰用黯然的语调淡淡说道，所有人都表情阴郁。

“什么呀，说这种蠢话。信不信神由你，可你还是现实点吧。”户田不屑地说。

“我可是很认真的，专务。而且现实是什么？你是说在既有概念里考虑吗？人们都消失了！你不觉得现实这个词已经没有意义了吗？”

听小峰这样极力争辩，户田显得很惊讶。冬树也有这种感觉。小峰从没有用过这么强硬的语气对户田说话。

正在改变的不仅仅是城市，冬树心想。人们的内心确确实实也在变化。

“这些问题现在就不讨论了，还有其他事情需要商量。”诚哉调解道。

“商量什么？”

“那还用问，就是何时出发的问题。”诚哉对弟弟说完，转向大家。“像刚才说的，情况时时刻刻在变化。遗憾的是，是向坏的方向。我觉得必须尽早出发，大家觉得如何？”

户田首先发言：“就这个问题而言，越早越好。首相官邸有自行发电的设备吧？如果能使用电器，生活就会有很大改观。”

“但没有绝对的保证。”诚哉断言。

“我觉得应该没问题。听说首相官邸的防震措施是设定为阪神淡路大地震级别的。”户田看着大家，加强语气征求大家同意。

“其他人的意见怎样？菜菜美小姐，你怎么看？”

忽然被诚哉点名，菜菜美显得很狼狈。“你……问我？”

“有几位流感康复不久，现在行动有危险吗？”

菜菜美困惑地望向小峰、明日香和河濑，然后沉思似的低下头。

“菜菜美小姐，我没问题。”明日香说道，“我已经恢复食欲，行动起来没问题。”

“我也是，不用担心。”小峰也附和。

菜菜美抬起脸，迟疑地望向河濑。

“那家伙什么问题也不会有吧。”小峰小声说道，“他已经四处活动了。”

“不，我在意的是小美保。前天还有低烧，她原先身体就偏弱……”

“小美保……”小峰沉默了。

“我觉得至少再留一天看看情况比较好。”

听了菜菜美的意见，诚哉环顾大家。“还有什么意见？”

没有人说话。于是诚哉继续说：“那么，出发定为后天早上。明天用一天时间作好准备。”

冬树很认可他的话。

解散之后，明日香边用手掌扇风边向冬树说道：“你不觉得又变闷热了吗？”

“是啊，但想想也到四月份了，这样的日子也是当然的吧。”

“哦，是吗？已经四月啦。完全没有日期的感觉了。”

冬树也一样，连是星期几都不知道。察觉这一点，他心中忽然涌起一阵莫名的不安。他们不仅不知道今后会怎么样，连当下活着的时间也正在迷失。

第二天，大家按计划作出发准备，尽量多地收集食物、衣服和生活必需品，但体积必须要小。

“请想象登山吧。”诚哉对大家说，“如果不能自由使用两只手就有危险。如果有手提包，就不要在里面放不能失去的东西。里面应该是随时可放弃的东西。”

谁都觉得他言之有理，但执行起来困难重重。谁也不知道今后哪些东西还能有、哪些东西不再有，现有的生活用品都想塞进行李。

出发的早晨，空气更加闷热。热乎乎的风吹着，浓云在空中移动。众人背着行李外出，不禁轻轻叹气。

“少不了一身汗了。”太一往脖子上围了毛巾。

“比寒冷要好吧？出发吧。”户田催促诚哉。

诚哉点点头，招呼大家：“好吧，出发！”

就在他们开始步行几分钟后，地面稍稍晃了晃。

30

转移历尽艰辛。道路已变得惊险万分，不用说很久没有外出的人，连出来了好几次的冬树也不知所措。

已经没有平坦的路。众人面前的不过是路的残骸，时而隆起，时而断裂，时而塌陷。破裂的道路变成了巨大的瓦砾，处处阻碍他们的去路。地面满是泥水，裂口处传出不祥的激流声。

到首相官邸的直线距离不过三公里，沿道路步行也不到五公里。然而就是这么一点距离，却让众人吃尽苦头。走路本身已很困难，现在大家背着大件行李，还有婴儿和小孩。蹚过齐腰深的水、翻越几米高的瓦砾山都是不可能的。

冬树不时失去方向感。本是见惯的政府部门聚集地，环顾四周，却不明白自己置身何处。这时唯一的标记就是东京塔。透过因尘埃和烟雾变得混浊的空气，隐约可见东京塔。

冬树回想起发生这次事件时，自己首先登上了东京塔，用望远镜搜寻市面，终于发现了白木母女。距那时过去几天了？他已拿不准，时间的感觉已完全麻痹。

冬树走在一行人的最后，他察觉前面的户田步履沉重。“还行吗？”他主动问道。

户田绷着脸。“老实说，相当艰难。刚才扭了脚。一条腿使不上劲，所以腰要负担。走五公里是可以的，但这样绕着走就难了。”他用毛巾擦去额头的汗。

“哥，停一下。”冬树喊走在前头的诚哉。他的话让大家停了下来，诚哉也回头看，他背着美保。

冬树走到前头。“户田先生到了极限，休息一下吧。其他人也相当累了。”

诚哉脸色阴沉下来。“再走一点就到没有塌陷的路了。最好尽快通过这一带，天气也不对劲。”

“那段路在哪里？”

“那边。”诚哉指指南边，“还有两百米左右。”

“不是跟首相官邸方向相反吗？”

“没办法，这算是选择最短路径了。其他路都太危险，不能走。”

“你要是重视安全，就休息吧。着急也没用啊。”

诚哉皱着眉，但还是点点头，转向大家说：“在这里休息，顺便吃饭。”

“太好了！”太一说道。大家脸上都浮出安心的神色，毕竟都很累了。

“可是这里连坐都不行呢。”菜菜美说道。一点不错。地上全是泥水，不可能坐下来。

“有好东西！”小峰跑了起来。他的前方有一辆公共汽车，前轮上了人行道后就停了，没有遭受火灾的痕迹。

“小峰先生，看看有没有漏油。”

小峰挥挥手，跑近公共汽车绕行一圈，两手比画出一个圆。

“看样子没事。”诚哉迈开步子，大家也随即跟上。

车子满是泥污，还好里头比较干净，幸好车窗全部关闭。因为前轮上了人行道，车子有点倾斜，但除了这一点，作为休息场所再合适不过。

“有生以来，第一次感觉公共汽车的座位这么舒服。”明日香说着真实感受，“能这样开到目的地就太棒了！”

“试试看？这辆车好像没怎么坏嘛。”坐在驾驶座的太一开玩笑地去摸车钥匙。

“绝对不能碰！”诚哉严厉地说，“虽然没有漏油，但还不知道它哪里坏了。万一烧起来，眨眼间就完蛋。而且就算顺利发动了，也没有可行驶的路。”

“我知道，开玩笑啦。”太一害怕地缩回手。

大家很快拿到了饭团，是荣美子等人在出发前做的。

“说来古人很厉害，”户田说道，“没有像样的路，却能一天走几十公里。与之相比，我们走几公里就受不了了，真说不过去。”

“即便是从前的人，也走不了塌陷的路。”诚哉笑着说，“地震、台风的时候走不了，古今是一样的。”

“那倒也是。”户田服气地说道，然后又觉得不解，“可是从前的人在这种时候怎么办？在旅途中无计可施的时候。”

大家陷入沉默。过了一会儿，开口的仍是诚哉：“等待吧。”

“等待？”户田问道。

“我觉得就是一直等待，直到情况好转。他们作过准备，也有能随时住下来的技能。”

“这样啊。但等待也有限度吧，还有食物的问题。除了等待，还有其他办法吗？”

“等啊等啊，怎么等都不行的时候，”车子后部传来一个声音，是河濑，“就那么见鬼去啦。只能这样嘛。”

小峰哼了一声：“这种时候说不吉利的话……”

“不吉利？什么意思？我可听说对从前的人来说，出门是豁出命的事情，旅途上死掉很平常。如果遇上灾难，的确要等它过去，但无法可想的时候只好死掉。要有这个心理准备。”

“那又怎么样？我们也非作这样的心理准备不可吗？”

“不是吗？我可有随时要死的心理准备。莫非你还没有？很轻松嘛。”

听到河濑挑衅性的话，小峰想要站起来。户田制止了他。“别争了。”

在冬树后面的座位上，婴儿开始哭闹，荣美子从行李中取出奶瓶喂奶。看来是出门时准备的。

“牛奶还有吗？”冬树问道。

“有，但不能煮沸，挺担心的。也不能消毒。”

冬树点点头，看看婴儿。这个取名为勇人的婴儿正瞪着黑亮的大眼睛喝奶，一副对世界一无所知、对将来完全没有阴影的样子。看到这样的表情，心情不禁和缓下来。

有水滴打在玻璃上的声音。一不留神，周围已经暗下来了。

“又要下雨了。”太一叹息道。

“太好啦。我们在下雨之前找到了避雨的好地方。”明日香说道。

冬树颇有同感。如果淋湿了，就会消耗体力。他觉得在这里待到雨停为止比较好。像诚哉刚才说的，他们只能像从前的人那样，一直等到事态好转。

然而情况并非那么好对付。过了两个小时，还完全看不到能重新出发的迹象。雨越下越大，大量水滴打在窗户玻璃上，从缝隙渗入。

“这雨怎么回事？感觉是迄今最大的呢。”太一从驾驶座回头说道。

“是低气压靠近了吧。闷热就是这造成的。”户田嘀咕道。

“你觉得会下到什么时候？”明日香问冬树。

“不清楚。”冬树无奈地说。他没有关于气象的知识。

“只能咬牙挺了吧？这样的雨真让人没办法。”小峰说道，“所幸有食物，这里也不冷，一个晚上总能熬过去。无论如何，连下两三天是不可能的。”

多数人对他的看法点头赞同，冬树也没想出别的选择。总而言之，现在出不去。

诚哉站到车门处，打开车门。水雾随着猛烈的雨声进入车内。他连忙关上车门。

“哇！”太一发出惊呼，“不得了啦！”

“水要进来了。”诚哉俯视着车门处的台阶，“道路已经积水。”

“惨了。完全没办法，只能困守孤城了。”小峰哀叹道。

“问题是上厕所吧。”太一笑嘻嘻道，“男人还好办，女人可要辛苦点啦。”

“说什么呀。事到如今，才不会被这点事难住呢。”明日香嘟起嘴。

“哦？怎么解决？”

“秘密。我要声明：车子后部是女性专用区。”

“把后面座位当洗手间吗？别随意排放啊。”

“才不会那么干呢。谁那么笨！”

“那，你怎么办？”

“所以说是秘密嘛。”明日香站起来，走向后面，来到河濑面前，“听到我们说话了吧？请男性往前移动。”

手托下巴、闭目养神的河濑闻言仰面盯着明日香，但什么也没说，拿起行李就往前走。

“荣美子女士和菜菜美小姐请到后面来。”

就在二人站起来想要迈步的时候，一直站在车门口俯视台阶的诚哉开了腔：“大家听我说，我有一个重大提议。”

“是什么？”户田问道。

诚哉做了个深呼吸。“现在马上离开这里，请作好准备。”

他的话让所有人都呆住了。一瞬间，冬树也不明白哥哥的意思。

“咦，你说什么？”最先作出反应的是太一，“什么意思？”

“就是字面的意思。我们要离开这辆公共汽车，找别的地方。”

“为什么？这里不是挺好的吗？”小峰问道，“一走出去就会湿透的。我明白你急迫的心情，可也要等到雨势小了。刚才你不是说过吗？古人是会等待的。”

“从前的人明白等下去有危险时，也要行动的。”

“危险？什么危险？”

“水涨到这一级台阶下了。”

“就算这样，水位不会再增加几十厘米吧？”

“不，”诚哉摇摇头，“有增加的可能。”

“真的？”

“无论雨下得多大，道路积水到这个位置都是不正常的。不妨认为是发生了异常。”

“什么意思？”

诚哉略一沉默，下定决心似的开了口：“有可能是某处的堤坝决口了。”

“堤坝决口？那种程度的事情……”

“我看过警视厅的资料，荒川因大雨等原因决堤时，城市中心几乎都被水淹没，最深有两米。”

“两米？”小峰也哑口无言了。

“水现在淹到小腿。但如果是决堤，水量会越来越大，几小时后可能超过一米。”

有几个人低声发出惊呼。

“到那时，我们就被困在车里了。”户田环顾车内。

“所以我们得走。不，也许该说出逃。”

“说是那么说，可现在就离开……还不能断定是决堤吧？”小峰仍持消极态度。

忽然，河濑拿起行李站起来，默不做声地走向车门。

“你想干什么？”诚哉问道。

“我要出发。不想走的家伙别管他，不行吗？有工夫说话，水已经涨上来了。”河濑瞥了一眼小峰，打开车门，“我可不想淹死在这种地方。”

“等一下，河濑。”

河濑没有理睬，跳了出去。水已经涨到台阶上。

“我也要出去。”明日香从车后部走向车门。

“等一下。一个个走有危险，要有组织地转移。”诚哉说道。

“说也没用，有人磨磨蹭蹭的，没办法。”明日香这么一说，大家把视线集中在小峰身上。

小峰重重地吐了口气，站了起来。

31

看大家都下了车，冬树也踏上台阶。仅仅如此，水已经浸到脚踝。积水的上升速度出乎意料地快。

刚出公共汽车，大雨便袭向全身，瞬间连内衣裤也全湿透了。

“一起转移，绝不要分开！”背着美保的诚哉喊道。他的声音也几乎被雨声盖过了。

水深至冬树膝盖以上。个子较高的他也举步维艰，个子小、体力弱的女人们就可想而知了。然而她们都默默走着。

“进那栋楼！”诚哉指着眼前的大楼，“没有时间确认耐震强度了，总之不能再泡在水里！”

距离那栋建筑不过十米左右，但对冬树而言远得不可思议。鞋子沉重，迈不开脚，湿透的衣服束缚着身体。

这时，脚下一阵猛然倾斜的感觉。冬树和明日香彼此对视。“这是……地震？”

“看来是。”

“在这种时候！”明日香咬着嘴唇。

“啊”的一声惊呼，走在冬树前面的荣美子失去了平衡。冬树猛地伸手扶住了她，但她抱着的婴儿一下子脱了手。

咚！婴儿落在水中，荣美子发出惊叫。接下来的瞬间，婴儿以落水时的样子浮起，开始漂远。所有人都惊呼着去追婴儿，却无法按预想移动。

明日香终于追上了，抱起婴儿。

“没事吧？”冬树跑上前问道。

婴儿开始哭泣，呛了水似的咳嗽起来。明日香盯着他的脸，长叹一声。“好像没事。太好了。”

冬树接过婴儿，递给来到身后的太一。“你抱他进去。”

“明白。”太一点头，抱着婴儿迈开步子。

就在冬树也要迈步时，身后传来低低的惊呼。他一回头，发现水已经淹到了明日香的胸口。

“怎么了？”

“洞……开了个洞！”

冬树迅速伸出手，抓住她的手腕，但自己随即也被扯了一把。

“哇！怎么回事？”

“洞底穿了，要被吸进去了！”明日香一脸惊恐。

冬树双手抓住她的手腕使劲拉，但吸住她的水力量很大。无论冬树如何使劲，就是拉不动。“来人……来人啊！”他大喊起来。

“不得了啦！”他听见太一的喊声。看来有人发现出问题了。

濡湿的手开始打滑。明日香双眼圆瞪。“别放手！求求你！”

“明白，不会放的！”

冬树咬紧牙关，站好弓步，但也感觉到手指和手腕的力气似乎就要用完。

就在他想“完了”的时候，有人揽住了他。“不能放手！”诚哉的声音在他耳畔响起。河濑也从一旁出现，抓住了明日香另一只手。三人一起拉，终于将明日香拉出水面。

“赶紧离开洞穴！别又被吸进去了！”诚哉喊道。

冬树还抓着明日香的手腕不放，拼命向前走，他察觉到水流变急了。

“冬树，看那边！”明日香手指远处。

冬树不禁怀疑自己的眼睛。巨浪正汹涌而来，浪头几乎高达两米。

“快……快上大楼台阶！”诚哉喊道。

大家惊恐地叫喊着，走向大楼外侧台阶。

“哎呀，行李！”菜菜美停下脚步回头看。她带的冷藏箱被冲走了，看来是脱手了。

“我去！”冬树去追冷藏箱。

“别去，冬树！追不上了！”

冬树听见诚哉的喊声，但他没有止步。然而冷藏箱被冲走的速度比想象快，追上它需要时间。等到终于抓住它，要往大楼走时，巨浪已迫在眼前。

未及出声，他已被浪涛吞没。在压倒性的力量面前，他站也站不住，游也游不动，抓着冷藏箱就被冲走了。他在水中拼命挣扎，不一会儿，他撞在什么东西上，好像是街灯。他拼命抱住灯杆。睁不开眼睛。水流中的种种东西撞击着他的身体。

可能没命了——他第一次这样想。

不知持续了几秒钟，身体忽然轻了，感觉有水滴在脸上，他睁开眼睛，发现水深过膝，看来浪涛过去了。

“快回来！”他听见喊声，抬眼望去，见诚哉在大楼台阶上挥动双手，还有明日香和菜菜美。

冬树做了个深呼吸，迈开步子。冷藏箱还在。还是暴雨如注，但雨粒打在脸上已经不在乎了。

“快跑！”诚哉的声音传来，“又来啦！”

冬树一激灵，望向远方，看见跟刚才一样的浪头。他跑起来。衣服湿透了，脚下不利索，也喘不过气。刚踏上大楼台阶，激流已涌至脚下。他一趔趄，差一点摔倒，好不容易站住了。

“还好吗？”诚哉伸出手来。

冬树抓住哥哥的手，上了台阶，说道：“不要紧。”

“说了别乱来，得说几回你才明白？”

冬树撇着嘴，把冷藏箱递给菜菜美。

“对不起，是我松了手……”

“这样的情况也是没办法。”太一说着，低下头。

巨浪接连不断涌过积水的道路。“这些大浪究竟是怎么回事？”冬树嘟囔道。

“是地震的影响。”一旁的小峰说道，“在决堤、河水泛滥的情况下又发生地震，就形成了巨浪，也就是海啸。”

“真没想到在东京市区遇上海啸！”户田感叹道。

冬树重新打量周围。到处积水，稍远处已模模糊糊。

“怎么办，哥哥？这样下去就动不了了。”冬树对诚哉说道。

“先搞清楚这栋楼吧。要找一个可以休息的地方。不赶紧换衣服，大家都要感冒了。”

“说换衣服，可行李都湿透了啊。”太一颓然说道。

他们躲进的大楼是聚集各种公司的写字楼。遗憾的是没有餐饮店。一家公司有员工用的储物柜，众人把衣服之类的东西全取出来，用来擦拭湿透的身体。擦干后，便各自挑选符合自己体形的衣服穿上。

“穿松垮垮的男装已经习惯啦。”明日香说着，挑了一件蓝色连体工作服。

更衣之后，众人分头检查大楼内部。冬树和明日香来到最高层，这里是一家广告公司的办公室。

“电脑也好，最新型的办公自动化设备也好，对我们完全没用啊。”冬树环顾办公室，挠着头说道。

“我找到好东西了！”明日香发出欢快的声音。

冬树过去一看，她打开了一个大纸箱。

“里面是什么？”

“各种赠品。”她拿着手机链。

“说什么傻话？那种东西能有什么用？”

“还有许多东西呢。毛巾、纸巾，还有T恤！”

这些东西上面都印有花哨的“心动牛排”几个字，是一家特价牛排连锁店。东西是为餐厅宣传活动制作的，设计很夸张，但对于此刻的他们已经无所谓了。

“带走吧。”冬树抱起大纸箱。

二楼是旅行社办公室，众人将这里的会客区作为聚集场所。

“三楼是设计事务所，四楼是税务代理所。翻遍了抽屉和文件柜，没有好东西，只拿来了这些。”小峰把装进纸袋的东西倒在地上，有一次性保暖贴、润喉糖、拖鞋和女式开襟毛衣。

“这个有用。”菜菜美捡起一次性保暖贴，“润喉糖也需要。其他药物还有吗？”

“找过了，没找到。”小峰无奈地说。

“我找到这个。”户田拿出威士忌和罐装啤酒，“哪个公司都会有加班时偷偷喝酒的家伙。”

“下酒的小吃呢？”太一问道。

“很遗憾，一粒花生也没找到。”

“真是的！”太一一脸遗憾。

“那你又找到什么了？”

“我找来了洗涤剂和洗发水。”

“那可填不饱肚子啊。”

“你想洗澡吧？头发也要用洗发水吧？”

“身体和头发脏一点，人可死不了。问题在于食物。”

“你自己也只找到了酒而已嘛。”太一嘀咕道。

诚哉回来了，提着两个鼓囊囊的白色袋子。

“找到什么了？”冬树问道，“能有食物就好了。”

“不太健康的食品，但这种时候不能要求太高了。”诚哉拿出一个袋子里的东西。太一首先发出欢呼，因为炸薯片出现了。其他还有小糕点、巧克力、仙贝等等。他又从另一个袋子里取出速溶咖啡和咖啡伴侣，还有茶叶等等。

“这些东西是在哪里找到的？”冬树问道。

“我找了各公司的饮水间，这些像是休息时的零食。”

“不愧是头儿啊。我这阵子太想吃这种东西啦。”太一朝袋装炸薯片伸出手，想立刻打开。

然而诚哉收了起来，说道：“以后再吃。”

“唉……”太一垂头丧气。

这时，河濑进来了。他光着上半身。“不好意思，过来帮帮忙。”

“怎么了？”冬树问道。

“来了就知道。”

河濑走向楼梯。跟在后面的冬树看见散落一地的东西，不由得瞠目结舌：好多杯面！“怎么回事……这是……”

“我上楼时，看见它露出一点踪迹——杯面的自动售货机。”

“自动售货机？可是，一层已经……”冬树望向楼梯下面，水已升至楼梯一半，“你进水里了？”

“我很擅长潜水哦。砸开自动售货机很费事。售货机里本来有更多，但砸开的时候漂走了不少。”

太一等人跑来了，都发出惊喜的喊声：“真厉害！”

诚哉走近河濑。“做危险事情前先来跟我商量，以前跟你说过的。”

“不用担心我。我随时有死的思想准备。以后也是，麻烦事交给我。”

“想充英雄？”

“你说什么？”

“跟你有没有死的思想准备无关。进一步说，希望你抛弃那样的思想准备。我不想让你死。不光是你，我不想任何人死。十一人中死了一个，生存力就由十一变成十，别忘了这一点。”诚哉说着，走开了。

河濑耸了耸赤裸的肩膀。

所有食物集中到一处，诚哉看着这堆东西，对大家说道：“我们要靠这些食物生活一周，请按照这个打算。”

“一个星期？”太一开腔了，“不可能啊，这么点。”

“不妨看看外面。周围已经积水，雨还在下，地震一来，就有大浪袭来，这已经证明过了。我们不可能转移，去寻找食物也不可行，只能等待水退。”

“唉！”太一抱头叹道。其他人默然。

32

混浊的水轰响着流淌，众人此前躲避的公共汽车近一半浸在水中，涌入对面大楼正门口的水又从窗户流出来。虽然已经见惯不怪，但还是感觉异常。

水面上漂浮着种种东西，一切都呈泥色，隔着距离看，根本辨认不出是什么。里面也许混杂着食物，也许防水包装还没破，擦掉泥巴还能吃。但冬树把这些念头从脑子里驱除。手够不着的东西，再想也是徒劳。

“你手停啦。”

明日香说话了，他才清醒过来。“啊……不好意思。”

二人正在台阶上，扶手上挂着几把张开的尼龙伞。这是他们的工作：把积存在伞里的雨水收集到塑料瓶里。

“今天好像下得不多。”明日香一边干一边说话。的确，伞里积存的水量明显比昨天少了。

“按目前的储存量，今天应该没问题。但明天如果仍是晴天，就有点麻烦了。”

“在食物之后，水也搞节约吧？”明日香说着，噗地笑了起来。

“有什么不对劲吗？”

“我也觉得自己说话矛盾。被大雨困在这里，连续晴天该是好事吧。”

“的确，一点不错。”

“想想看，在以前的世界也是。明明不下雨不好，可自己要外出时，就希望晴天。人啊，都是任性的。”

“任性的是大自然，它的力量太大了。人类真是无可奈何，对它只能小心奉陪。”

“人类最终只能这样活下去吗？”明日香叹息道。

二人拿着装了雨水的塑料瓶返回旅行社的办公室，荣美子正在桌上烧水。因为找到好几瓶汽油打火机的油，便用棉布蘸满油烧。这种程度的火当然不足以做出所有人的饭菜，荣美子烧的水是给婴儿调奶用的，此外禁止使用。

婴儿躺在一旁的桌子上。明日香抱起他，说道：“哎，笑一笑。”

“看样子今天心情不错，因为没有雨声吧。”

“妈妈，奶粉还有吗？”明日香问道。不知何时起，她用“妈妈”来称呼荣美子了。

“奶粉还行。还有一罐没开呢。”

“听你这么说，好像有什么东西不行？”

“还是尿布。现在用毛巾之类代替。”

“是吗？纸尿裤没有了啊。”

“原先还剩一点点，大雨天里全用掉了。”

“毛巾之类的还有吗？”

“还有一点……”

水一开，荣美子便熟练地用奶瓶调奶。奶粉溶化后，她把奶瓶浸入一旁的水里降温。冬树心想，还挺费工夫的。

“脏尿布放在哪里？”冬树问道。

“放在外面的洗手间。”

“那洗洗还行吧？应该有洗涤剂。”

抱着婴儿的明日香皱起眉头。“洗了可干不了，没有意义嘛。就算今天晴朗，也不知道什么时候又会下雨。”

“在房间里晾干就行。”

“那么一来，细菌就会到处繁殖，不晒太阳消毒的话。”

“也是。”冬树思索起来。

“首先，洗尿布的水哪里来？不能用泥水洗吧？”

“对呀。”冬树挠头。

“除了毛巾之外，还有各种布，我们想想办法。”荣美子说完，将奶瓶递给明日香。

“你真好，小勇人，可以饱饱地喝奶。我呀，从昨天起就饿肚子啦。”明日香向婴儿笑道，开始喂奶。

看着婴儿喝奶，冬树也平静下来，感觉世界恢复到正常状态了。

“其他人在哪里？”

“不清楚。”荣美子看看墙上的钟，“美保刚刚还在，吃饭时大家就会聚集过来吧。”钟显示着下午两点。早饭是七点，午饭在正午，晚饭是下午五点。这是大家商量决定的。

“问起来真是心情复杂，又喜又忧。下一餐吃什么？”冬树对荣美子说。

她露出苦笑。“咸饼干和芝士，是从前一家酒店带来的。”

“发几块是问题吧？”

“对呀……一个人五块左右吧。”

“哦。”

“别那么不乐意。又不是妈妈的责任。”明日香说道。

“我可没有责备荣美子女士的意思。”

入住大楼的第四天，最初收集的食物眼看着耗竭。十个大人都要吃喝，这是当然的。河濑第一天从水中找回的杯面到昨晚吃完了，必须要再想办法，但又束手无策。

冬树在旁边的长椅上躺下。既然食物有限，保存体力就是唯一办法。

像荣美子说的，到了下午五点，大家纷纷聚集过来，脸上都是疲劳、焦躁的神色。荣美子给大家派发了咸饼干和芝士。

“就这么点……实在熬不到早上啊。”太一哭丧着脸。

“明早应该可以多给一点，所以今晚就忍耐一下，好不好？”荣美子安慰道。

“食物还剩多少？”太一问道。

“这个嘛……”荣美子站起来，打开靠墙的文件柜。食物都收在里面。“可能太一还是不知道为好。”

“什么啊。”太一沮丧地垂下肩头。

荣美子关上柜门，上了锁。她掌握着钥匙。

“放食物的柜子上锁，这更让人意识到要饿肚子。”户田说道。

“那就不上锁了吧？”荣美子问道。

“不，是大家一起决定的，就那么办。有人疑心别人偷吃东西就麻烦了。”户田说完，颇为肯定地点点头。

在沉重的气氛中，大家默默吃掉了咸饼干和芝士。一顿不到五分钟的晚餐。

“既然这样，还不如不离开那家酒店。”小峰嘀咕道。

大家看着他。菜菜美开了口：“为什么呢？”

“那里还有食物啊。离开时，我们不得已放弃了不少东西，因为说了目的地有应急食物嘛。可是没能到达目的地。大雨把我们的行李冲走了近一半，最终落到这个境地。要是留在那家酒店，我觉得日子会好一点。”

“你是说，出发是不对的？”冬树问道。

“从结果上是啊。其他人不这么想吗？”小峰环顾众人。

“在那边的话，还有很多可乐呢。”太一冒出一句。

“有可乐也活不下去呀。”明日香瞪向太一。

“还有食物。”小峰说道，“能比现在更像个人样。”

“不，没有了。”荣美子神色严峻地摇摇头，说道，“是我准备的饭菜，我比谁都清楚。那边已经几乎没有食物了。”

“没那回事，还有意大利面和面粉。”

“那是小峰先生的错觉。因为食物剩下不多了，才让冬树和太一出去找的。忘了吗？”

“我记得。可我不相信那家酒店完全没有食物了。不可能！”小峰咬着嘴唇。

“够了吧。事到如今说这些，究竟有何用处？”户田抱着胳膊，摸着胡子拉碴的下巴。

“我只是想明确责任所在。”

“责任？你说什么？这是什么蠢话？”明日香直言不讳，“诚哉先生救了我们多少回，你还这样说话？不可思议！”

“啊——”河濑吼了一声，从角落的椅子站起来。他举起双手，伸伸腰，头左右扭了扭，然后迈开步子。“看来没什么大事，我就先告辞了。困啦。有事尽管说，我在三楼设计事务所睡觉。”他挠着头走出门去。

四周飘荡着不快的空气。诚哉站了起来，也要跟着河濑往外走。

“等一下，哥哥。说几句好吗？”冬树仰望着诚哉。

“说几句？”

“我是说，可以回答小峰先生的疑问吗？他在发牢骚，说留在那家酒店不动更好。”

诚哉一副惊讶的表情，回头望向小峰，说道：“是吗？”

“不，也不算牢骚……”小峰低下头。

诚哉环顾大家，说道：“我现在想的只有怎么摆脱这种状况。就像我第一天说的，在一周内，现在看来还剩三天，我们只能节约食物，留在这里。然后就决定是走是留。有反对意见的，请不用客气，只管告诉我。关于未来的想法，我非常欢迎。”

没有人说话。诚哉特地看了看每个人，然后说了声“我在四楼”，就出去了。剩下的只有尴尬的气氛。谁也没说话，都慢腾腾站了起来。

冬树睡觉的地方是顶层的广告公司。他躺在一张双人沙发上，盖着毯子。虽然疲劳不堪，却毫无睡意。是肚子空空的缘故。

辗转反侧之后，他爬起来打开手电筒，离开沙发。来到楼梯处，他俯视传来水流声的路，感觉有脚步声。有光线在晃动，是手拿钢笔手电的明日香。下面的一层是女性在使用。

“睡不着吗？”冬树搭话道。

“你也是吧？”

“是啊。”冬树耸耸肩，走下楼梯。

“一想到明天往后，就很郁闷。”

“好歹得有吃的啊。”

“水位再降一点，就去找食物。”

“水还没退吗？”

“今天几乎没下雨，应该退了不少吧？去看看。”

二人蹑手蹑脚走下楼梯，水声渐渐变大。

从二楼要再往下走时，冬树停住了脚步。“现在不行，还有齐腰深呢。如果照这样不下雨，明天也许可以到周围转转。”

“只能祈求不要下雨啦。”明日香正要上楼，眼睛却望向二层深处，“咦”了一声。

“怎么了？”

“旅行社那边好像有人。有光在动。”

“是荣美子在调牛奶吧？”

“不可能。我离开上面的房间时，妈妈正跟小宝宝一起睡觉。”

冬树点点头，走近旅行社办公室，里面的确透出光来。隔着玻璃窥探情况，发现一个黑影在动。冬树把手电转向黑影，喝问：“谁？”

影子猛一惊，回过头来。

出现在光线中的是太一吃惊的脸。他嘴边白花花的，手里拿着奶粉罐。

33

指针指向早上六点四十分。这么早就醒来，大家已经习惯了。所有人都聚集到旅行社办公室，各自找地方坐下，围成一个圈。中央是跪坐的太一。

“这太严重了。”小峰边看文件柜边说。那是存放食物的柜子，柜门凹陷很深，看来曾被人试图强行弄开。

“简单说就是这样，”户田开口说，“晚上饿得没办法，就来这里想偷东西吃。但因为柜子怎么也打不开，就把手伸向婴儿奶粉，没错吧？”

站在太一旁边的明日香双手叉腰，点点头。“就是这样。他打开了一罐新的，用小勺……多少勺？”她用鞋尖踢踢太一的屁股。

“七勺。”太一小声说。

“舔了七勺呢。”明日香不屑地说道。

“哎哟哟，”户田苦笑道，“不是饥饿的孩子偷吃，是偷舔啊？那玩意儿能舔上七勺，厉害啊。”

“对不起。我想吃一勺就算了，可慢慢就止不住……”太一像乌龟一样缩着脖子。

“没有水，就能那么吞下去啊。”户田作叹服状。

“不是那个问题，”明日香怒目而视，“偷偷做这种事情，属于什么性质？妈妈，你怎么看？”

荣美子被问及，有些不知所措。她低下头，但还是开口道："小勇人跟我们不同，他的食物只有牛奶。偷吃他至关重要的奶粉是很过分的。这让我很为难。"

"没错，所以我跟冬树商量了，要问大家怎么看。"

"还有这边的问题，"小峰说道，"从结果上看只损失了奶粉，但如果文件柜开了，就会动这边的食物。不能忽视这个事实。"

"这确实是个问题，"户田抱起胳膊，"会影响彼此间的信赖。对于文件柜上锁，我也曾经表示过抵触感，可没想到会发生这种事。"

"对不起！真的，我绝对不会再干了！"太一一个劲地鞠躬。

"这不是道歉就能算了的。"明日香俯视着他。

"可以了吧？太一也在反省了。"伸出援手的是菜菜美，"迄今太一也很卖力为我们做事，对吧？这种事情，我觉得不妨就原谅他吧。"

"这种事情？不能置之不理吧？"小峰反驳道，"刚才听他说了，原想吃一勺，却不能控制自己，连吃了七勺。如果没让明日香他们发现的话，可能还会吃下去。不，恐怕就会如此。搞不好，可能会吃空了为止。"

"我不会那样的！"太一带着哭腔说道。

"这能说得准吗？很遗憾，我从他的话里完全感觉不到真实性。说起来可能嫌啰唆，就这个文件柜。如果成功打开了门，他会吃掉多少？也许把我们今天的口粮都吃掉了！我觉得不能道歉了就算完。"

"那该怎么办？太一除了道歉，也没别的办法吧？"菜菜美一副要维护太一的样子。

"只能要他证明，他绝不会干第二次了。"小峰冷冷地说道。

"没用的。手脚不干净的人，不会从根本上改正。"户田说道，"我们会计部曾有人偷公司的钱，被开除了，去了其他公司，但又做了同样的事情，据说最终进了拘留所。毒品也是这样，不知什么时候又会犯。"

太一转向小峰，两手着地，做出磕头的姿势。"我再也不会干了。对不起，请原谅我吧！"他的头碰到地板。

“你向我做这个算什么呀。”小峰嘲笑地歪着脸，挠挠头。

于是太一原地转圈，开始不停磕头，嘴里说着：“对不起，请原谅！”

河濑咔嗒一声猛站起来，发出很大声响。他不做声就要往外走。冬树扳住他的肩头。

河濑回过头。“怎么了？”

“你上厕所吗？”

“不。”河濑摇头，“看样子没东西吃，我想去上面睡觉。”

“那不行。你也看到了，正在谈事情。”

“谈？这样子？”

“你有什么牢骚吗？”冬树斜视着河濑的脸。

“对呀。这样子不是谈，什么也不是。”菜菜美说道，“只是人多势众折磨太一而已。”

“做了坏事，当然要责罚。”明日香嘟起嘴。

冬树看着河濑。“你也想这么说吗？‘折磨他而已’？”

“我没这么说。”河濑耸耸肩，“折磨也行啊，能消气的话。我只是觉得即使那么做也是徒劳而已。”

“徒劳？”

“嗯，徒劳。最终是谁也不能信，对吧？这种事情我老早就知道，所以没心情去责罚他，也说不出今后要怎样。如果硬要说，也只是一点罢了：记住那胖子有偷吃的前科，绝对不信任他。这样就足够了。所以这件事对我来说已经结束。没事了。所以我说要睡觉。”河濑把冬树的手从肩头拿开，“我走了，吃饭招呼我一声。”

冬树默默目送河濑走出去，随即转向诚哉。他察觉哥哥什么也没说。“哥，你怎么看？”

大家的视线集中在诚哉身上，谁都想知道他的想法。

“基本上跟那家伙的看法一样。”

“那家伙？”

“就是河濑。我也不想责罚太一。”

“为什么？”明日香高声喊道，“他偷了奶粉啊！为什么不能责罚他？因为受害者是婴儿，跟你无关吗？”

“我没有那么说。”

“那你……”

“以前不是说了？过去世界的善恶观念不通用了。什么是善，什么是恶，必须由我们自己决定。”

“你是说太一所为不是恶吗？他偷了婴儿的食物啊。”

“那我问你：婴儿没奶喝饿死，跟太一营养失调倒下，哪一个对我们来说更严重？”

明日香瞪大眼睛。“有这么极端的说法？不偷吃奶粉，太一也不会倒下啊。”

“这你不知道，我也不知道。饿肚子有多苦，只有他知道。”诚哉指着太一，“假如通过偷吃奶粉这件事，太一发挥了迄今最大的作用，那么就不能单纯地定为恶。”

“这很奇怪啊。即使是那样，也该得到我们的同意。”户田说道。

“假如来不及呢？或者说，假如没有得到同意的指望，就按照自己的判断做了呢？”

“那不行。不能容许。”小峰发言道。

“为什么？”

“这么一来，秩序就乱了，就会争夺食物了。”

“假如他不惜这么干呢？”诚哉又指着太一，说道，“假如想到了后果，但还是紧迫得非偷奶粉不可，这一行为从生存优先角度来看，就不是恶，而是善了吧？”

“这样做对太一是好的，但对我们来说很不好。是大恶啊。”

听到明日香的话，诚哉表情和缓下来。“我想说的就是这一点。对太一是善，对其他人却是恶，这在我们十一个人中就是十对一。但不能因为是少数派就忽视，因为十一分之一的比例绝不算小。”诚哉站起来，扫视大家，“说十一个人可能不好明白，请大家想象十一个国家吧。假定世界由这十一个国家组成。为了共存，国家之间缔结了协定。假定其中有不得夺取他国东西的规则。可是某国的国王很烦恼，他的国家贫穷，食物也没有了。于是国王作出决断：侵略邻国，夺取食物。因为他的行为，国民免于饥饿。那么，这国王所为是善还是恶？”

诚哉转向一直站着的明日香，问道：“你怎么看？”

“那可不行。说是救自己的国民，就加害其他国家，我觉得还是恶。”

“但对于他的国民来说，国王就是英雄了吧？”

“也许是，但那样做的话，其他国家就会抵制它，它就会与所有国家为敌。”

“国王也许是有这思想准备的。是冒战争的危险拯救饥饿的人，还是坐视国民饿死而跟别国维持友好关系？难说哪一方是善是恶吧？所以我说了，太一的情况只有他自己知道。而我们只是鉴于他的行为，各自判断今后如何跟他相处而已。”

听到这里，冬树才察觉，诚哉并不是在包庇太一。非但没有包庇，甚至意味着他可能不再理睬太一。

太一似乎也察觉了，脸色大变，仰望着诚哉。“我绝对不再干这样的事情了！求求你，不要排除我！求求你！求求你！”

“你不必求情。不是原谅不原谅的问题。而且这样也不能挽回信任。”

诚哉的声音听来远比小峰、明日香等人痛斥太一时冷淡。大家都大气不敢出。

“我的意见就是这样。”诚哉转向冬树，说道：“就像一国没有裁决他国的法律一样，这里没有法律，所以也没有模仿审判的意思。不是吗？”

“你是说对太一没有任何处分？”

“我说了，这样做没有意义。别让我一说再说。”诚哉环顾众人之后，对荣美子说道：“该准备早饭了吧。马上就七点了。”

“哦，对呀。”荣美子站起来。

“还有，”诚哉补充道，“文件柜上锁就免了，有人想偷就偷吧。”

“是。”荣美子小声答道。没有人反对。

太一垂着头，放声大哭。

这样又过了两天。冬树被阳光晒醒，像往常一样走到台阶，俯视大路，随即不由得大喊了一声。水几乎都退了。

他马上报告了诚哉。诚哉用望远镜观察了远处的情况后，缓缓地点点头。“早饭之后，就作出发的准备。”

“明白！”冬树敬了个礼。

这天的早饭颇为豪华：意大利面和汤。因为出发比预定要早，诚哉指示要好好吃一顿，以便有体力走路。

“看天色，今天不会下雨。担心的是地震，但那无从预测，只能祈求不发生。”诚哉对大家说。

“不要因为水退了就放心，”户田发言道，“浸水太久了，不妨把地面看成吸满了水的海绵，而且不是好海绵，到处是洞。掉进地面塌陷处可就没救了。我这话可不是吓唬人。”

“不要急，小心前进。即使走得慢，也能在下午抵达首相官邸，没问题。”诚哉鼓励众人。

过了上午九点，众人从台阶下来。路上有好些水坑，但不妨碍走路。

“妈妈，我来抱小宝宝。”太一对荣美子说。

“啊，行吗？”

“行李减了很多嘛。”

婴儿被一块大布包裹着。太一系好布的一头，挂在脖子上。

“是得有所表示啊，毕竟偷吃了奶粉。”户田笑嘻嘻地说。

“好，出发！”诚哉招呼一声，迈向湿漉漉的路。

34

洪水造成的损害超乎想象，到处都是道路塌陷或者隆起。即使看上去平坦的地方，也有无数微小的裂纹，密如网眼，一踩上去，裂纹处就渗出水来。

因此每迈出一步都很缓慢。众人都手持类似拐杖的东西，边探着地面边前行，完全无法预测何时何处会塌陷。

“再来一次大地震，将会面目全非。”户田边低头走路边说。

“你是说道路会垮塌？”冬树问道。

“不仅是道路。建筑物的基础也已受到严重破坏，极端地说，直到现在还矗立的大楼忽然开始垮塌也不奇怪。”

“哎？”太一大声说，“不是吓唬人吧，大叔？”

“不是吓唬人。我说的是事实。我的意思是，现在的建筑没有一栋在建造时设想过这样的情况。”

出发两个小时后，右边终于出现了一栋熟悉的建筑，是专利局。从它旁边右转，再直走，就是首相官邸。

“哎呀，终于到这里啦。”户田叹息道。

然而往右一拐，没走几步，一行人便无路可走了。前方出现的情景几乎让冬树头晕目眩。数量众多的坏车将道路完全堵死，大型货车、小轿车、公共汽车，各种各样的车撞在一起，重叠挤压，没有人能通过的缝隙，攀登也很难。

冬树回想起世界正常时的模样。这个路口通常交通流量巨大。在人们消失的瞬间，没有了主人的汽车横冲直撞，制造了挡住他们前行的厚壁。

“都到这里了，还要绕路吗？”小峰恨恨不已地说，但没人附和，也没人激励，其他人都默然，似乎都已经习惯了事情不顺利。

诚哉改变方向继续走，大家默默跟在后面。来到溜池的路口附近，终于有看上去能通过的地方。大家一边挤过坏车的缝隙一边通过。

诚哉停下来，回头看着众人。“在这附近休息一下吧。”

“在这里？不是就差一点点吗？一口气走到不好吗？”明日香说道。

“我也这么想。趁地震没来，赶紧前进吧。”小峰表示同意。

“不，大家一口气来到这里，应该很疲劳了。往后确实只有一点距离，但那条斜坡很陡，所以休息一下为好。而且首相官邸的食物处于什么状况还不知道，我觉得趁现在先填饱肚子再说。”

“可能这样更好。”户田说道，“有个很有名的爬树故事。说的是爬上树后要下来的时候，离地面差一点时要特别小心，那时候最危险。不在这里硬拼，歇口气也不坏。问题是在哪里休息。”

“在那边吧。”诚哉说着，指向路边。那是一栋有几家餐饮店的大楼。

一言不发就直走过去的，是抱着孩子的太一。

“这小子真是……”户田苦笑道，大家受到影响，表情也和缓下来。

众人进了大楼三层的西式居酒屋，这是一家连锁店的分店。选中它的是太一，理由是它经常使用袋装熟食。众人找了一下，的确如此。不仅有咖喱和肉酱，还有袋装的蔬菜汤和炖牛肉。汉堡包也是真空包装的。

“这个，加热之后吃就幸福啦。”太一盯着碟子上的汉堡包，“难得有煤气……”

这家店的热源是液化石油气罐。这意味着只要没故障，就可使用小炉子。

“可别说‘求你啦，让我试试’，”小峰说道，“我可不想你一旋按钮

一点绳索！”不一会儿，冬树看见了诚哉的上半身。诚哉把绳索缠在身上，尽可能探出身子。可能有人正拉住他的下半身。

绳索因此又长了一点，手就要触到太一了。“太一，左手伸过来！”冬树叫道。

“不行。小宝宝万一掉下去就糟了。”

“那，右手呢？”

太一摇摇头。“右手一松，就掉下去了。”

冬树咬着嘴唇，望向上方，希望绳索再放长一点，但他明白不可能再长了。

“冬树，先接小宝宝。”

太一左手托起毛巾包裹的婴儿，慢慢伸过来。虽说是婴儿，也有近十公斤重，很费力气。冬树拼命伸出手，一把抓住包婴儿的毛巾。他确认婴儿没有掉之后，向太一示意：“好，行啦。”

冬树一只手抱婴儿，一只手攀绳上了斜坡。菜菜美两手尽量伸出，接过婴儿。

“我来替你！”河濑喊道。

“不，没时间了。我去。”冬树抓住绳索，再次向下。

太一用双手抠住路面，下半身完全浸在水中。猛烈的水流将他往深不见底的缝隙里拖。

“快伸手过来！快！”冬树大声喊道。

太一抬起头，脸色苍白。除了被水流拖拽，他刚才也耗尽了体力。他嘴唇颤动，似乎在说“不行了”，眼中浮现绝望之色。

“挺住啊！伸出一只手就行。我拉你上去！”

太一用右手抠住地面，慢慢抬起左手，朝冬树伸过来。再有几厘米，两人的手就能碰到。

这时，有东西打在太一脸上。“啊！”他喊了一声，身体后仰。与此同时，他抠住路面的右手松开了。他惊恐的脸转向冬树，两眼圆睁，嘴巴大张。

他的额头在冒血，也许是被小石头打中了。

像差劲的仰泳一样，太一双手猛划。这姿势冬树在电影慢镜头里见过，有种时间缓慢流逝的感觉。

仿佛不理解自己发生了什么，太一带着天真的表情被吸入水中。直到最后，他还是眼睛圆睁、嘴巴大张。在他消失后，缝隙中只留下深深的黑暗，水流向着黑暗哗哗流淌。

“太一！”冬树叫道，直叫得声音沙哑。他听见叫声中夹杂着惊呼和怒号，那是上面的伙伴们发出的。

冬树仰头说：“放下绳索给我。我从这里垂下去。”

诚哉摇了摇头。“上来吧。”

“可是……”

“我放了绳索，你就上不来了。赶快上来吧！”

“太一就……”

“我明白！所以你赶快上来。求你了，按我说的做。”

冬树咬着牙，又看了一眼太一消失的昏暗缝隙，低着头向上爬。泪水溢出眼眶，无法止住。想憋住声音，但还是哭了出来。

脑海里出现了红色的箭头。能见到太一，是因为他在路面上画了红色箭头。在红色箭头前面，太一在吃寿司，还做给冬树他们吃。无论何时，他都充满幽默感，令人放松。

自己没能救他，让他死了。

冬树上来后，跟诚哉四目相对。诚哉也是双眼充血，双颊鼓胀，太阳穴血管毕现。

“我没能救他……”冬树喃喃道。

“我明白。我都看见了。”

“怎么会这样？怎么会变成这样？”

来到地面，冬树蹲下身。菜菜美和明日香放声大哭，荣美子和美保也在哭泣。小峰、户田和河濑都低着头。

“因为，这是这个世界的法则……也许吧。”诚哉说道。

“法则？什么意思？”

“这个世界，是为了让悖论合乎逻辑而制造的。所以为了宇宙，人类还是灭亡了好。”

35

一眼看去，首相官邸几乎没有遭受破坏。耐震结构确实起了作用，更重要的是，官邸建在高处，没遭水浸破坏。

“不得了啊，一块玻璃也没破。”荣美子仰望着嵌玻璃的墙面，说道。

“是国土交通省、也就是前建设省引以为豪的建筑啊。”户田回应道，“发电设备正常就好了。”

“瞧这模样，应该没问题。太阳能电池特别结实，听说还有燃料电池。”小峰转向荣美子。“应该也会有用电的烹调用具，终于能吃上热东西了。”

但是，没有人回应他的话。这也难怪，冬树心想，一听“吃”这个字眼，就会想起太一。不，即使不提这些，大家脑子里也还挤满对他的回忆。他被深沟吸走只是数十分钟之前的事情。明日香和菜菜美眼睛还红红的，诚哉背上的美保也一样，泪花还在眼眶。

若非诚哉激励大家，恐怕到现在，大家还没有离开那地方。甚至连冬树也没有站起来的力气了。大家仍能奔赴首相官邸，是因为听了诚哉富有深意的话。他说，这个世界是为了让悖论合乎逻辑而制造的。

冬树问“是什么意思”，诚哉摇摇头。“我不能在这里解释。等去了官邸之后吧。”

“为什么要在官邸？”冬树追问。

“因为我也是在官邸知道的，一切秘密都在那里。我要大家去官邸，不仅仅为了生存。我觉得让大家知道真相是最好的。我也想过隐瞒不说，但又判断这是不能允许的。”

诚哉没有再详细说。他觉得没有自信说好这件事，即便说了，大家也不会相信。

正因为刚刚目击了太一之死，大家想要知道这一悲剧为何发生的心情更为迫切。其他人也跟冬树一样，按照诚哉的指示，步履沉重地迈向首相官邸。

“各位，请跟我来。”诚哉向着官邸的入口走去。

“要说生活，宅邸那边更好吧？”小峰发言道，“宅邸那边也会有供紧急状况下使用的设备。”

诚哉停住脚步，回过头。“没错。所以今后的生活可以以宅邸为据点。但在那之前要说明一件事情，就是刚才说的。”

“要告诉我们这个世界的秘密？”冬树说道。

“是这样。”诚哉点点头。

“走吧。”冬树招呼大家，迈步前进。

令人吃惊的是，玄关大堂亮着灯。众人齐声喊了起来。

“电灯的光，是这么令人怀念啊！”菜菜美感慨地说道。

“看来终于能过上像个人样的生活了！”户田环顾大堂，“真气派！这样即使有大地震，也不在话下。”

小峰按下电梯按钮，但电梯门没有反应。

“啊，是因为地震的影响，安全装置启动了。重新设定后应该就能使用了。”

“没必要使用电梯，要去的是地下室。”诚哉指指下面，“走楼梯就行。请跟我来。”他走向楼梯，冬树等人跟了上来。

下了楼梯，大家走在亮着应急灯的走廊上，脚下是高级地毯，几乎听不见脚步声。

诚哉在一扇门前停下脚步，门上贴着“无关者不得入内”。“一切秘密都在里面。”他打开门。

室内漆黑。诚哉按下墙壁上的开关，白光亮起。这里像是会议室，排列着细长的桌子，最里面放着一个大型液晶显示器。

“这里是什么地方？”冬树嘀咕道。

诚哉从桌面上拿起一本资料，让冬树等人看。“是P-13现象对策总部。”

他拿着的资料封面印着“P-13现象对策手册”。看来是内阁府制作的。

“这个P-13现象是怎么回事？”冬树问道。

诚哉表情沉痛，让众人一一看过。“请各位好好读一下。桌面上有很多。这是我们首相也读过的资料。”

小峰首先扑向桌子，拉开椅子坐下。户田随后坐下，其他人也都围拢过来。

“你也读一下，稍后我来解释。”诚哉把手里的资料递给冬树。

冬树坐在明日香旁边。她坐的似乎正是大月首相的席位。

翻开资料，里面是难懂的句子。为了理解意思，往往一个地方需要重读多次。过了一会儿，大家只是明白了，政府的人知道三月十三日十三点十三分十三秒将有事发生。首相他们似乎向各部门下达了种种对策，警察厅则发出不在那个时间执行危险任务的指示。

问题是将要发生什么。这一部分冬树理解不了，资料上的句子意思不明。

“这是什么呀？我完全不懂。”旁边的明日香说道，“我只知道写了科幻似的内容，什么黑洞呀时间跳跃呀。究竟是怎么回事？”

菜菜美和荣美子也都摇头，表示放弃。

河濑把资料一扔，指尖按着眼睑。看来他不适应阅读小字。

“明确地说，我也不太明白。这是怎么回事？”冬树对诚哉说道。

诚哉一脸严肃地注视着小峰，他正细心阅读。“小峰先生，怎么样？明白吗？”

小峰从资料上抬起脸。

“大致吧。简单来说，因为黑洞的影响，有巨大的能量波袭击了地球。好像是这么回事。”

“应该是这样。”诚哉答道。

“要说它的影响，好像是有十三秒的时间跳跃。”

“‘时间跳跃’是什么？”户田问道。

“就是字面的意思——时间跳了，从十三点十三分十三秒跳了。”

“会有这种事情？”

“会有的——这上面写着。”

“请等一下，这很奇怪。”冬树说道，“我不是利用便利店的监控录像确认了吗？具体时刻记不住了，但人们的确是在十三点十三分十三秒消失的。但此后的时间很正常。十三分十三秒接下来是十三分十四秒。如果跳了十三秒，那十三分十三秒后就该忽然到十三分二十六秒了，不是吗？”

“但似乎并非如此。”诚哉说道。

“怎么回事啊？”

“我理解得也不完美，只是把上面写的东西按自己的方式解释。这样可以吗？”

“行啊。请说吧。”

“好。”诚哉点点头，环视四周。他的目光停留在尼龙绳上，看来是用来捆绑文件之类的。“请把这个看成时间的流动。假定这里是出问题的三月十三日下午十三点十三分十三秒。”他用笔在尼龙绳中间作了标记，然后又在五厘米外的地方作了标记，“第二个标记是十三秒之后。正常的话，就是十三点十三分二十六秒。到这里都明白吧？”

大家注视着他的双手，点点头。

“嗯，有剪刀吗？再有透明胶带就更好了。”

“有剪刀。没有透明胶带，但有这个。”菜菜美递上剪刀和胶带状的创可贴。

诚哉绷直了尼龙绳。“如果什么也不发生，时间的流动就在这直线上进行。但是，如果 P-13 现象发生，将会如何？首先，现象出现之前，什么也不变。时间像平时一样流逝。十三点十三分十三秒，那个瞬间来临了。”他捏着绳子上第一个标记处，“从这里开始的十三秒，是最终消失的时间。”

冬树摇头。“不明白。”

“在这时，时间还像往常一样流动。”诚哉让手指在绳子上滑动，然后在第二个标记处停止，“这里作为十三分二十六秒。”他用剪刀在那个位置剪断，剪掉的绳子掉在地上。

“在这一瞬间，此前的十三秒消失了。”诚哉在第一个标记处下了剪刀，数厘米长的绳子掉落。

诚哉捡起先落地的绳子，用创可贴与手头余下的绳子接起来。“所谓十三秒的时间跳跃，就是这么回事。这期间的时间似乎脱落了。”

“那，不就像我说的那样吗？十三秒之后的世界忽然开始了。”

“不是那样。应该认为下午十三点十三分二十六秒的世界在十三秒之前时光滑动了。”

“时光滑动？”

“物质性的东西也好，精神性的东西也好，存在于这世上的一切东西都返回了十三秒之前。移动了十三秒的指针倒回十三秒。光也好，电磁波也好，其他所有不可见的能量也好，所有一切都回到十三秒前的位置。顺带说一下，人的记忆也是。”诚哉一番滔滔不绝之后，长吁一口气，看着冬树，“这世上存在的一切东西都一起返回，所以实质上等于什么变化也没有发生。”

“岂有此理！”户田大声说道，“什么变化也没有发生……这不是发生了吗？除了我们，所有人都消失了。这是怎么回事？”

这时，诚哉浮现出沉痛的表情，垂下视线，有点不知所措。冬树见状立刻明白，诚哉不是回答不了户田的问题，而是说不出口。

“是怎么回事，哥哥？你说吧。”冬树说道。

诚哉慢慢抬起头。他咬着嘴唇，沉默不语。

冬树扳着哥哥的肩头摇晃着。“为什么沉默？你要全部说出来啊！”

就在此时，小峰“啊”地大喊一声。他正在阅读资料。

“怎么了？”户田问道。

“这本资料的最后一页……”小峰声音颤抖。

冬树拿起资料，翻到最后一页，上面有一个标题：预测 P-13 现象引发的问题。他抑制着焦躁的心情扫视文字，依然很不好懂，但下面的句子还是抓住了他的心：

“最大的问题，是 P-13 现象发生时存在的事物在十三秒之后未必仍存在这一点。不存在的事物不会成为时间跳跃的对象，所以在数学上跟十三秒前不一致。这种场合下，为回避数学性的矛盾（悖论），可以认为将发生一些现象。但在基本粒子层次发生的悖论的影响几乎都可无视，因为基本粒子存在于数学式连续性中。最应该警惕的是不具数学式连续性的东西在十三秒之间消失的情况。德国的汉诺艾森博士举了动物的智力作为代表性的例子。”

冬树把这一部分读了好几遍。他对于“动物的智力”一词感到强烈不安。“莫非就是这个吗？”他注视着诚哉，“哥，你刚才说了。太一死的时候，你说这个世界是为悖论符合逻辑而制造的。你的话就是指这个吗？”

诚哉用力做了深呼吸，眨眨眼睛，然后轻轻点点头。“对，正是针对这份文件说的。”

“请等一下。即便有这样的奇怪现象发生，为何只把我们留在这样的世界上？”

砰的一声响，菜菜美站起身，椅子随即倒地。她眼神迷茫，说道：“我明白了。我理解不了难的问题，但明白是什么事情发生在自己身上了。我为什么会在这里，也都……”

“我也明白了。”小峰抱着脑袋，“原来是这么回事吗……”

“什么呀？到底明白了什么？”冬树交替看着他们，然后逼近诚哉，揪着他的衣领。“快说！你都知道吧？”

诚哉舔舔嘴唇，开了口：“所谓动物的智力，意思是‘动物活着’。也就是说，智力消失就意味着动物死亡。在那十三秒内死去的动物，已经回不到原先的时间里。”

“请等一下。那么，难道我们……”

“没错。”诚哉盯着冬树的眼睛说道，“我们处于死亡的状态——在原先的世界里。”

36

一个情景在冬树的脑海里复苏。

听见枪声回头时，只见诚哉胸部一片鲜红。像慢镜头一样，哥哥缓缓倒下。

没错！那一刻……

他想起来了：诚哉被枪杀了。他明明看见，却一直将其搁置在记忆的角落里。看见活着的诚哉，就自以为被杀的一幕是自己的错觉。

“那时候，哥哥果然被杀了吗？”冬树声音颤抖。

“我记得被击中了。”诚哉答道，“我也觉得奇怪，自己竟然没死。关键是周围的人们消失无踪，吸引了我的注意力。”

“可是，怎么可能，那样的……”

“我也难以置信。说实在的，现在也是半信半疑。但是不接受这个说法，就说明不了现在的状况，这是事实。”

冬树摇头。“这么荒唐的事不可能！那么，这里是死后的世界？是黄泉吗？”

“在某种意义上是的。”诚哉的声音透着冷静，“但在数学上又不是。我们死了，但这一过去被 P-13 现象抹去了。也就是说，我们既没死，也不能走向未来。为了消解那个悖论，才有了这个世界。”

冬树看着哥哥的脸，倒退一步，腰部撞在桌子上。他踉跄了一下，手支在桌子上。“难以置信……”他喃喃道，但也感觉自己正渐渐接受这个无奈的说法。理由无他，因为他记得自己也被杀了。

他抓着敞篷车的后部。驾车男子回过头，将枪口对准他，开火……

“那时候，我死了吗？”他不禁脱口而出。

“你中枪了？”诚哉问他，“在我被杀后。”

冬树轻轻点头。“驾车男子向我开枪了。不知道击中哪里。”

这时，诚哉手按胸部。“我的确胸部中枪了，对吧？”

听到哥哥的发问，冬树答了一声“嗯”。

“是这么回事啊。”河濑坐在远一点的地方，眼瞅着资料，打了个大大的哈欠，说道，“这么说我也死了。说起来，我正在办公室里下象棋，感觉一声巨响，有人闯了进来。恐怕是别的堂口的。我大概知道是谁。哼，是这样啊，我中枪了。”他挠挠头，“真是的。”

承受着突如其来的冲击，河濑的口吻却有点满不在乎。不知他是逞强还是受打击过大，没有了真实感。

“我身边掉下了钢筋。”菜菜美嘟囔了一句，“我在路上走着，忽然发现脚下掉着钢筋。稍早前确实没有的。太一当时也在旁边，说了同样的话。钢筋是忽然出现的。”她坐着没动，双手捂脸，“我想起来了。那旁边正在建大楼，起重机每天都吊起好多钢筋。应该是其中一根掉下来了。大概我跟太一是被砸中了……”传来了抽泣声。

“我……没有那样的记忆啊。”明日香摇着头说，“我只是在走路，什么也没干，不可能死的。这个说法太奇怪了，我可没死啊。”她像念咒似的说着。

户田站起来，走到小峰旁边，俯视着他。“小峰，你记得当时的情况吗？”

一直抱着脑袋的小峰慢慢抬起头。“大致上……”

“哦。我现在清楚地回想起来了。你在打电话，一只手开车，一边通话，开得挺快。我心里想着危险。到了路口，你没看清信号灯。红灯亮着，你就冲过去了。”

小峰目瞪口呆。“怎么可能……”

“没错。我亲眼所见，你的确闯了红灯。正因为这样，货车从旁边撞过来。你不记得人家按了喇叭？”

小峰表情迷茫，大概在回想当时的情景。不久，他大概想起了什么，大为吃惊。

“怎么样，想起来了？就要被货车撞上时猛打了方向盘。”户田恨恨不已地说道。

小峰手捂嘴角，眼睛眨动。“说起来，有这种感觉……”

“简直像在说别人的事！”户田揪住小峰的衣领，“你驾车一头冲上人行道，撞倒好几个人，最后撞在墙上。撞墙之前的情景我都记得！”

明日香站了起来，表情凶狠地盯着二人。“等一下！你们在说什么？我在你们的车旁边啊。这是怎么回事？你们的车撞人了？撞了好几个人？这说明了什么？我也被撞了？被你们撞死了？”她的双颊眼看着涨红了，眼睛也开始充血，泪水盈眶，“不仅是我，老爷爷老奶奶也都被你们的车撞死了？天哪，难以置信！”

“要骂就骂他！”户田松开了小峰，“我也被这小子害死了！被这个笨蛋！”

小峰从椅子上栽了下来。“好疼……”他嘟囔着站起来。看来是摔下来的时候碰到了，他的唇上有一点血迹。

“怎么了，这副表情？你还有牢骚吗？”户田瞪着他。

“就我一个人的责任吗？”小峰眼珠上翻，回瞪他往日的上司。

“你什么意思？是你在开车吧？是你驾车漫不经心，才造成这个后果，不对吗？”

“是你说打电话问路的。我想找地方停车，打电话问，你不让，说不能迟到。要是不打电话，我驾车会分心吗？”

“不说自己无能，要推卸责任吗？即使打电话开车，一般人都开得好好的。”

“要像你说的，道路交通法就不必禁止了吧？原先就该你打电话。是你的事情嘛。你弄错了约定时间，上班时间去理发，所以出门晚了。你为什么非要让我打解释的电话不可？明明有法律禁止开车打电话，你无视法律，为什么我要代替你道歉？真可笑！”

“既然这样，你当时说出来就行了嘛。”

“我怎么可能说出来？”小峰脸孔扭曲，一脚踢飞身边的椅子，“跟现在可不同。你是高层，我是普通职员。要是我说‘你自己打吧’，你会怎么样？会生气吧？勃然大怒吧？嚷嚷‘小子不识时务’吧？普通职员违抗不了高层啊。你说‘开车’，我只能开车。你说‘打电话’，即使违法，我也只能打电话。这些你不是一清二楚吗？”

“你小子，敢这样跟我说话？”

“不行吗？你已经不是上司，什么也不是了，只是个没用的老头。你才应该考虑一下自己该怎么说话！想在这里活下去，就要讨好年轻人才行。”小峰轻推了一下户田的肩头。

“你这混账……”户田怒形于色，动起手来。二人随即缠斗在一起。

诚哉冲上来，挤到二人中间。冬树见状，也从后拉住小峰。

“请二位少安毋躁。为这点事情打架，能怎么样呢？”诚哉说道。

“这点事情？因为这小子，我们送了命，能让他轻松过关吗？”户田嚷道。

“你也有责任！你还不明白吗？你才是笨蛋，去死吧！”小峰被冬树拉住，挣脱不得，但仍在大喊。

“住手！”明日香叫道，“你们这么吵有什么用？决定了谁不好又有什么用？我能死而复生吗？不是都没用了？既然这样，就别做徒劳的事情，好吗？有那体力的话，首先向我道歉吧。你们两个谢罪啊！至少我是无辜的。怎么样？我说得不对吗？”

冬树感到小峰挣扎着的身体瘫软下来，就放开了他的双臂。小峰就势蹲在地上。户田也低下头，在椅子上坐下来。

只有明日香还站着。她低着头，身体微微颤抖，脚下被泪水打湿。诚哉把手放在她的肩头，说道："坐吧。"

明日香轻轻点头坐下，随即趴在桌面上。

诚哉环顾大家。"的确，在以往的世界里，我们死了。不，实际上没死，而是因继续存在会产生矛盾，就被甩到这种地方来了。但重要的是，我们确实在这里活着。山西夫妇和太一的死不是幻觉或者其他，是确凿的事实。既然这样，我们只能珍视还在这里的生命，只能思考在这个世界如何活下去。"

他话音没落，户田便有气无力地说："办不到啊。迄今之所以能坚持下来，是因为有期待，盼望能返回原来的世界。如果没有了这个指望，我们活着还有什么念想？"

"这方面……只能自己去找了。"

听到诚哉的回答，户田又嘀咕了一次"办不到"。

沉默支配了会议室。空气清新器的声音传来，房间里的气氛越发沉重。

实际上，冬树的想法也跟户田一样。从今往后，完全没有事态好转的希望。虽然也有可能偶遇新的"死者"，但数目可知。即使遇见，他们也不会有解决问题的办法。也就是说，必须在目前的状况下过完一生。

传来了婴儿的声音，似乎要哭。荣美子慌忙去哄他。

"那孩子也死了吗……"菜菜美低声说。

大家的视线都集中在婴儿身上。

荣美子抱着婴儿，温柔地轻拍他的后背。她停了手，转向大家。"是的，这孩子死了。被他母亲……杀的。"

众人霎时间屏住了呼吸。"真没想到！"诚哉吐出一句。

"是真的。在找到孩子的公寓房间里有遗书。"

"遗书？"

“上面说，因为实在无望活下去，决定跟孩子一起死……就是这样的内容。妈妈是单身母亲，孩子的爸爸有太太。我觉得她是被那男的甩了，自暴自弃吧。”

“于是那位母亲就在成问题的十三秒里杀了孩子？”诚哉说道。

“我想是这样。”

户田长叹一声，说道：“为了这个，母亲就能杀孩子？”

这时，荣美子微张双唇，眼中透着悲戚的光。“能啊。这世上就是有杀孩子的笨蛋母亲。因为……我就是。”

荣美子轻轻放下婴儿，走向在房间一角抱膝而坐的美保。美保用看不出感情的眼睛仰望着母亲。荣美子搂住女儿。

“那天，我抱着孩子从楼顶跳了下去。只因为没钱、生活艰难，我就夺走了这孩子的性命。这孩子说不出话，就是从那时起。其实我已有直觉，心想这里应该是死后的世界。因为一想到自己的行为，就感觉置身这种地方正合适。我是活该被扔到地狱的人。”

37

冬树在房间中央躺成“大”字。闻到了榻榻米的气味。好亲切的气味，仿佛结束了漫长的旅行回到家中。只不过他原先的住处是西式单间。

后背的触感柔软。似乎一闭上眼睛，就能很快进入梦乡。

冬树定定地望着天花板。是用扁柏木造的吧，自然的木纹很好看。

一行人转移到首相宅邸，已经查看了宅内情况。发电设备如期待那样完备，若节约着用，生活应该没问题。水和食物与官邸的那些合起来，够支撑一个月。

问题是今后该怎么办？是以此为据点度过一生，抑或另寻出路？总得作个决定。

可冬树现在不想思考那些事情。一想到自己不存在于往日的世界里，见不到那边的朋友和熟人，就万念俱灰。

他感觉有人进屋。不久，他仰望天花板的视界里出现了明日香的脸。

“睡午觉？”她问道。

“不，发呆而已。怎么了？”

“说是开饭了。”

“哦。”冬树坐起来，盘起双腿，再次扫视室内。这里看来是接待外国宾客的和室，外廊前面是整理得很好的院子。

“好房间啊，这里。”明日香在旁边端坐，微微散发出洗发水的香气。

看来她洗了澡。

“世上也有人生活在这样的地方啊。”

她对冬树的话报以一笑。

“你笑什么？”

“你这话毫无意义。实际上，没有人会生活在这里，也没有人曾经生活在这里。先说说看，对现在的我们来说，什么是世上？”

冬树耸耸肩。“……说得也是。去吃饭吧。”

在食堂，午餐已经开始。菜单是奶油炖菜、土豆色拉和炸鸡。

“豪华大餐哪。”冬树边就座边说道，“不用节约食物吗？”

“诚哉先生说了，第一顿得吃好。”荣美子给冬树和明日香端上饭菜，“这样就说豪华大餐，挺不好意思的。”

“哪里，一想起昨天以前的情况，就像做梦一样。感谢感谢。”脸色发红的户田说道。他在喝啤酒。

冬树把炸鸡放进嘴里，口感令他感慨。他想，现在别想多余的事情，享受美味吧。

“你怎么了？身体不舒服？”诚哉问菜菜美。她的碟子几乎没动过。

“没有，只是……没有食欲。”菜菜美喝完杯子里的水，站起身，“我稍后再吃。荣美子女士，厨房里有保鲜膜吧？”

“没事，我来处理。”

“好的，不好意思了。”菜菜美把自己的碟子拿到厨房，离开了食堂。

“哎，我很明白她的心情。”户田说道，“没有食欲是理所当然的，反而是我们这样大吃大喝的人不正常。难以置信的事情如此之多，肯定神经麻痹了。”他嘴里说着，照样啃炸鸡喝啤酒。

在最里面的座位上，河濑在读一本装订起来的厚文件，不时还用圆珠笔抄录。

“河濑先生，那是什么？”冬树问道。

河濑放下圆珠笔。“没事干，学习学习。”

“学习？学什么？”

河濑让冬树看封面。

“关于 P-13 现象和数学式不连续性的研究报告——好长的题目。”

“哼，事到如今还做什么？”户田不以为然。

“不好懂吧？”冬树对河濑说。

“难。看明白的不到一半，但也有不少可接受的。比如说，树木花朵没有消失。”

“什么意思？”

“我一直觉得奇怪。不仅是人，连猫狗虫鱼也都不见了。也就是说动物全部消失。可是樱树、那边的草什么的，都在。就是说植物还在。为什么动物消失、植物不消失呢？不都是生物吗？学校里是这么说的啊。”

“真的，是这么回事。”明日香从碟子上抬起脸，说道，“的确很奇怪。”

“对吧。”河濑颇为自得。

“那，知道理由了吗？”

“用我自己的方式好歹理解了。”河濑翻开文件，“用难懂的话说，植物具有数学式连续性，但动物没有。简单说来，植物今后会如何能预测，但动物不行。”

“什么意思？还是不清楚。”

“简单说，花不会乱动，对吧？虽然风吹雨打会摇摆，但这种来自自然的、外在的力，是数学上可计算的。另外，花开花落也是植物根据内在程序进行的，可以进行数学上的预测。但动物呢，就行不通。比如一条狗接下来要干什么，谁也预测不了，对吧？上帝也预测不了。好像这就是数学式不连续性。”

冬树不知道河濑的理解是否真的正确，但听了他的话，自己总算能理解了。也许出于同样的心思，明日香也点点头。

“但有意思的是关于动物的定义。”河濑看着文件，继续说，“比如吧，所谓人，是从哪儿到哪儿算人呢？”

冬树不明白问题的意思，这时，明日香回答了：“是整个身体吧？”

“整个是哪儿到哪儿？”河濑问道。

“头顶到脚尖。总之全部。”

“头发也算吗？”

“当然算啦。”

“掉了的呢？”

“那不算。因为它离开了身体嘛。”

“指甲呢？”

“算。”

“但女孩子弄的好看的指甲套就不算吧？”

“那肯定。做出来的嘛。”

“那么皮脂呢？黏在身体表面的油。”

“那个嘛，”明日香歪着头想，“不算。从身体排出的东西就不再是身体的一部分。”

“那么粪便呢？还没排出、还在身体里的那些。”

明日香皱起眉头。“我还在吃饭。”

“这样吧，假定受伤流血了。从哪儿到哪儿是人的一部分，从哪儿开始不算？”

明日香闻言没有做声。她求助似的看向冬树。

“这个答案，河濑先生知道了吗？”冬树问道。

“不是我知道，是这里写了。我读了而已。嗯……在这里：此时所谓的人，受其智力的影响，包含着不能保持数学式连续性的部分——怎么样，明白意思吗？”

“完全不明白。”明日香撅起嘴。

“刚才说了，不能预测未来如何的，就是所谓数学式不连续。比如说现在，我这样拿着叉子，”河濑拿起叉子，“叉子如果在桌面上，就不会有任何变化。可我这样拿着，它接下来的一瞬间会怎样，谁也不能预测，对吧？”

明日香点头，随即又“啊”了一声，瞪圆了眼珠。“那么，那把叉子也成了人的一部分？”

“简单说，就是这么回事。”

“咦，那很奇怪呀。那么说，触到身体的东西就全部成了人的一部分。空气也包括在内，而且从间接角度看，人可以说接触到了所有东西。”

“姑娘真聪明啊。就是那样。我也卡在了这个地方。对这一点，这里也有说明。刚才我用了‘接下来的一瞬间’的说法，这很重要。这把叉子是金属的，很硬，但请你想象它是橡皮一样柔软的东西。假定我挥动这把橡皮叉子，叉子会随我的意念动吗？”

明日香想了想，然后答道：“不会。”

“为什么？”

“它不是软绵绵的吗？我觉得它会迟一点才动。”

河濑放下叉子，打了个响指。“就是这一点，它比我的意志要略迟一点。也就是说它没有随我的意志而动。这一部分就不会是人的一部分，所以使用了‘接下来的一瞬间’的说法。这里所说的‘瞬间’，是极短时间的意思，在物理上好像跟光速有关。这些太难，我不大懂。总之在这种情况下，人可以用智力在极短时间里支配的部分就包含在人里面。比如说身上穿的西服之类，就算人的一部分。”

“的确如此！”冬树不禁脱口而出，“所以我们还穿着衣服，而消失的人则连衣服一起消失了。”

“假如衣服不是人的一部分，姑娘们可就以令人惊艳的方式出现啦。”河濑笑眯眯地看着明日香。

“喜欢色情的想象随你，但像现在坐在椅子上又该怎么算？这椅子从哪儿到哪儿成了人的一部分？”

“似乎根据材质和接触方式不同，情况会不一样。再拿叉子举例：像这种又小又硬的东西，就整个算人的一部分。但橡皮那样的东西只有手拿的那一部分算。”

“哦。”诚哉忽然开了腔，“所以汽车的座位只有坐过的那一块没了，方向盘的表面只有手握的地方没了。便利店的购物篮也一样。那些地方在数学上被视为人的一部分了。”

冬树记得见过这个情景。

“怎么样，很管用吧？”河濑把文件一扔，“话说回来，我能懂的就这么点，其余都一头雾水，完全不明白。”

“那也很了不起了。要是我，肯定读不下去。”冬树嘀咕道。

“也没什么。嘿，别瞧我这副模样，小时候可是科幻迷，读过阿西莫夫之类的呢。”

“哎？那可不适合你。”明日香嘴里这么说，还是投去佩服的目光。

小峰站起来，发出很大声响。“没意思。事到如今知道这些，已经毫无用处。还是逃不出这个世界。”

“大概吧。”河濑说道，“可我讨厌死得不明不白，只不过这回是已经先死了。总而言之，我就想知道发生了什么。如果惹了你，我就不说了。”

“我没什么……你请便。”小峰走出食堂。

这天晚上，冬树难得地又能躺在被褥上。他睡在待客用的和室里。各人可按自己爱好选择，除他以外，选用这个房间的只有诚哉和户田。冬树不知道小峰和河濑睡在哪里。女人们带着小宝宝选了另一间和室。

户田打起了鼾。冬树总不能入睡，但也不是因为鼾声的干扰。时间已经过了晚上七点，平时应该已经睡着了。也许因为在恶劣环境下入睡的日子太多，有了柔软的被褥，反倒使神经兴奋起来。

诚哉也没睡。他铺好被褥就出去了，一直没有回来。

冬树爬出被窝，穿上衣服，出了房间。

客厅透出灯光。冬树窥探了一眼，见诚哉坐在沙发上喝威士忌。

“睡不着吗？”冬树问道。

诚哉有点吃惊地转过脸来。“不是，有点事想一个人想一想。”

“那，我在这里会打扰吗？”

“不会，已经想好了。你也来一杯？”

“好，我也喝。”

诚哉从橱柜里取出巴卡拉水晶玻璃杯，放在冬树面前，为他斟上酒。

“谢谢。”冬树说道。

38

冬树手握酒杯，环顾室内。“真安静。在这么安静又大得离谱的房间里，首相会想什么呢？”

诚哉呼了口气，表情缓和下来。“首相不会一个人在这个房间。只是在客人来的时候才使用。”

“啊……是吗？”

“首相在官邸有办公室。据说他在那里写演说稿。”

“写稿的是秘书吧？”

“也有自己动手的首相。据说大月首相是自己写，他主张重要的场合尤其要自己写。”

冬树回想起只在电视上看见过的大月的样子。大月常被揶揄为只凭爱上电视、擅长作秀来维持支持率的政治家。

“首相不用说，大臣和高官们是知道的吧？P-13 现象这件事。”冬树说道。

“正因为这样，才在官邸的会议室建立对策总部。”

“但没让国民知道。你觉得是为什么？”

“资料上写了啊。会发生时间跳跃，但并不会因此有什么改变。所以为防止混乱，便作为绝密事项。官员们也不是都知道，只有极少数高官。对了，河濑说过黑社会最高层似乎知道，可能是从来往密切的官员那里听说的。”

“首相他们知道在那十三秒里死人不得了，可还是隐瞒了。”

诚哉抿了口威士忌，撇了撇嘴。“身为一国之长，这是理所当然的处置。如果不明不白就公开，肯定会发生恐慌。你想想看，会因此造成损失的。”

“没想过那十三秒里死去的人吗？”

“考虑了，所以采取了种种对策。例如防卫省和警察厅发出通告，要求在那十三秒不要让部下执行有危险的任务。这个通告也发到我手上了。”

冬树抬起脸，注视着哥哥。“听到通告，你还是逮捕罪犯第一吗？”

“因为没有得知详情。大概刑事部长也不知道。对我来说，如果没有解释理由，单单说不要执行危险任务，我是不会眼看着放走罪犯的。”

“如果知道了详情呢？明白如果死了就会发生悖论，被甩到一个莫名其妙的世界，那样你还是逮捕罪犯第一吗？”

听到这个问题，昔日的警视厅管理官沉默了。他思索着，皱着眉头开了腔：“这一点，事到如今我也拿不准。这样超自然的事，我也不知道自己能否相信。也许不相信，最终还是执行了逮捕行动。由此可见，我立功心切的心情跟别人一样。结果呢，就遇害了，出现在这里。就我而言，事前知道不知道都一样。”

冬树把玻璃杯放在桌面上，两手放在膝头，挺直腰。“哥哥你的判断没错。你绝不会让部下冒险，这跟P-13现象无关。你当然也会保护好自己，但应该已经有了在此基础上的行动计划。”

“所以？”

“哥哥之所以在这里……”冬树做了个深呼吸，然后继续说，“是我造成的。你也是这么认为吧？”

“你胡说什么！”

“不就是这样的吗？因为我擅自跳上劫匪的车，出现在你们面前，你不得不冲出来。所以就……被击中了。”

“那些别再提了。”

“怎能不提？”冬树拍打桌面，“如果我不多此一举，就不会出现那种局面。我被杀是自作自受，可哥哥——”

“我说了不要再提！”诚哉转过脸来，神色严峻，“事到如今说这些能怎么样？能解决什么吗？”

“虽然不能解决什么……可我不能安心。”

“不能安心又怎样？有任何好处吗？会让我返回原来的世界吗？”

冬树闻言低下了头。“做不到……”

“既然这样，就别来这种无聊的忏悔。我不想听你的反省，也不关心你安不安心。假如你有时间烦恼那些，就考虑一下今后怎么办吧。我们有的只是未来，过去已经消失了。”

诚哉低沉的声音震荡着房间里的空气，同时也撼动了冬树的心。他不得不再一次痛感自己的愚蠢。他发现，虽然从小就一直被告知人命关天，自己却一点也不理解此中的意义。

听见诚哉叹息，冬树抬起脸，不由一震。哥哥的表情令人意外地平静。

“照直说，我不像大家那么悲观。现在束手无策是事实，但从某种意义上说，我觉得我们是幸运的。”

“幸运？”

“想想看吧。我们理应死了，不能像现在这样兄弟一起喝酒、说话了。但你看，我们还活着。拜 P-13 现象所赐，还能这样活着。这实在是太幸运了！这个世界的确很严酷，但它绝不是死后的世界，也不是地狱。这里是我们抓住未来的地方。你不觉得吗？”

冬树注视着诚哉，不禁浮现笑意。“太佩服你的强悍了。我实在不能那样想问题。”

“跟强悍没有关系，我只是不想后悔而已。”

冬树想说“这就是强悍啊”，但还是选择默然。杯子里的威士忌没有了，他站起来。

“要去睡了吗？”诚哉问他。

“嗯。你呢？”

“我再喝一点。有许多事情要想一想。”

冬树说了声“明白”，走向门口，这时从外面传来小跑的脚步声。

他打开门，见荣美子正好从面前跑过。“怎么了？”

“啊，正好。菜菜美小姐没回来。”荣美子喘着气说道。

“什么？”

“她出了房间，我想她是上洗手间了，但又想起她之前打开了冷藏箱，就有些不放心，赶紧看了冷藏箱，发现注射器没有了。该有五个的，但只剩四个了……”

“什么时候的事情？”诚哉从冬树身后问。

“大约二十分钟之前吧。我跟明日香在找她。”

“我们也去找。”冬树对诚哉说道。

“不，这里交给她们。你跟我来。”

“去哪里？”

“以前她也有一次去向不明。她要去的话，就是那里。”

冬树也同意。“是她工作的医院吧。”

“以她的速度，应该还走不太远。我们追上她。”

“好。”

将宅邸交给荣美子等人，冬树和诚哉一起走出官邸区。前方漆黑一片，是荒凉的废墟。道路已不复原貌，不知何处隐藏着死亡陷阱。二人抑制住奔跑的冲动，小心留意着脚下前行。首先去皇居。沿着右侧为皇居的内堀大道北上，是前往菜菜美工作的医院的最便捷路径。

“医院有他的男友，”诚哉边走边说，“据说是医生。”

“所以她要去医院……”

“失去生存希望的最大原因，是失去了爱情。”

冬树点头同意。他用手电筒照射着前方。

二人没花多少时间就来到了内堀大道，这是因为官邸周边汽车不多，地震洪水的破坏也小。但内堀大道平时是城市里交通流量最大的道路之一，不出所料坏车堆叠，而且还堆着洪水冲来的东西，要跨越并非易事。

二人没有过内堀大道，而是径直北上。不久，前方出现了忽隐忽现的亮光。

“哥，在那边。”

“嗯。”诚哉应道。他已经注意到了。

菜菜美所在的地方是半藏门附近。由这里去新宿方向的路向西延伸，但沿路出现了“坏车墙”，所以菜菜美没有过马路。

“菜菜美小姐！”诚哉喊道。她用手电照过来，一脸恍惚。

冬树二人上前去时，她扔掉了手电筒，从口袋里取出了什么东西，熟练地摆弄着，但看不清在干什么。

二人进一步走近。

“请别再靠近！”菜菜美叫道。

诚哉用手电筒照过去。菜菜美卷起了袖子，另一只手上似乎是注射器，里面的药大概是琥珀胆碱。

“菜菜美小姐，回去吧。”诚哉说道。

“为什么……”菜菜美难受地皱着眉头，“你们为什么追到这里来？”

“因为担心你。理所当然的吧？迄今一直如此，谁不见了都去寻找，知道去向就立刻追赶。”

“你们别管我。”

“那可不行。你是我们的重要伙伴。”

菜菜美摇头。“别再当我是伙伴，忘掉我吧。我这样的人没有了也无所谓，对吧？因为我能做的事情谁都能做。求求你们，别管我。求求你，求你了！”

“即使有人能代替护士，也没有人能代替你。你，只有一个。”

“那我的感受呢？我非得为大家而活着不可吗？明明是没有指望地活

着。再也见不到他了，不是吗？诚哉先生，以前你说过，只要活着，就能打开活路。你说我们是忽然消失的，也可能忽然出现。可那种事情已经不可能了吧？既然这样，我为什么非得活下去不可？为什么不能死？”

悲痛的呼喊仿佛勒紧了冬树的胸脯。的确，以现在的状况命令别人活下去，实在很残酷。

“我没说‘不能死’。”

菜菜美闻言颇感意外，冬树也不禁望着哥哥的侧脸。

“我个人认为自杀不好，但不想把这想法硬塞给你。因为在这里需要抛弃所有既有的概念。所以这不是命令，是我的请求。我是在求你：可以跟我们一起活下去吗？”

菜菜美手拿注射器，难过地思索着。“为了什么？这样活着有什么好？”

“不知道。但可以肯定的是，你死了，我们一定很悲伤。我可以断言，这才是最不好的。我是说，请不要让我们悲伤。”

“像我这种人死了……”

“我很伤心。”诚哉的声音干脆有力，“我不想失去你。我也许会跟失去了心上人的你一样，变得很绝望。”

菜菜美歪着脸扭动身体。“你这样说……太狡猾了。诚哉先生，你太狡猾了。”

“求求你。”诚哉向她鞠躬，“请再努力一把。你有死的权利，随时可以去死。但是，请不要现在死。为了我，请不要死。”

诚哉的话里隐含着对菜菜美的爱。冬树不明白那是不是恋爱，可那些话并不仅仅是为制止菜菜美自杀而说的。诚哉的一举一动透露了这一点。

菜菜美低下头，拿注射器的手耷拉下来。诚哉慢慢走近，伸出右手，说道：“把它给我吧。”

“你真狡猾……”菜菜美嘟囔着，把注射器递过去。

39

一睁开眼睛，冬树便打开通向院子的拉门。玻璃门外的情况与昨天早上一样。天空灰蒙蒙的，仍然下着雨。树木濡湿了，更加葱绿，石灯笼黑得发亮。

“今天还下雨啊。”

身后响起说话声。冬树回头一看，见河濑叼着牙刷走进来。他穿着无领运动背心。

“已经连下了四天。究竟要下到什么时候？”冬树说道。

“谁知道。这种事情只能问上天。”河濑来到冬树身边，仰望乌黑的天空，“实在下得太多了。看情形，下面又要发洪水了。”

他不经意地说道，但冬树一听“洪水”这个词，心情便沉了下来。太一被浊流吞没的情景还鲜明地印在他脑海里。

冬树走到食堂，从厨房里传出动静。荣美子忙碌的身影时隐时现，美保走了出来，手捧碟子往桌面上摆放。她抬头看见冬树，急忙低头致意。冬树头一次看见她有这样的反应。

“早上好。”冬树对她说。美保嘴角动了动，消失在厨房里。冬树认定那就是小姑娘的笑脸了。

在一旁的起居室里，诚哉正摊开地图查看。一旁放着咖啡杯。

“找什么？”冬树问道。

“啊，”诚哉抬起头，“查市内的海拔高度。从图上看，这里也不能算高地。”

“为什么查这个？”冬树在对面坐下。

“这场雨啊。低洼的地方恐怕开始积水了。”诚哉把视线投向窗外。

“你觉得这里也会积水？”

“说不准，但还是早作准备为好。”

“怎么准备？这里有食物，发电设备也完好，称得上完美了吧。”冬树摊开双手。

“什么叫完美？你的意思是可永久保障我们的生活？”

“不是永久，但应该能维持相当长的时间。”

“相当长的时间？储蓄的食物充其量够一个月而已。”

“保证一个月不是很充分吗？”

诚哉拖着下巴，胳膊支在桌上，盯着冬树。“在这一个月里水不退怎么办？没有谁能保证雨会停。打算在泥水中游泳吗？”

“可是……操心到这个地步可就没完了。”

“没完又怎么样？到时再看，任其自然？”

冬树默然，诚哉指着他说：“我告诉你现实。如果水不退，我们就会被困在这里。当然没人来救你。食物吃完只好饿死，所有人都死掉。”

冬树倒吸一口凉气。“还要逃离这里吗？”

“有必要的话。”

“可是已经开始浸水了吧？怎么才能逃离？还有，要去哪里？”

“我正在想。”诚哉答话后，望望冬树身后，说了声“早上好”。

冬树回头看，见穿针织衫的明日香正走进来。明日香也小声说：“早上好。”

“菜菜美小姐的情况怎么样？”诚哉问道。

明日香耸耸肩，说道：“感觉还是那样。”

“还是没精神？”

“蜷在被窝里，早饭也说不吃了。”

“她昨晚应该也没吃。”冬树说道，“还是说说她吧。”

诚哉皱起眉头陷入沉思。

“哥。”冬树催促他回答。

“说什么？硬逼她吃东西、命令她打起精神吗？她现在正为失去生存目的而痛苦。她没有选择死，已经不错了。”

“可瞧她那样子，迟早又会想歪了。”明日香说道。

“可是，也不能因此就监视她吧？只能寄望于她凭自己的力量跨过这道坎。”

“一般人可做不到。并不是谁都像诚哉先生那么强。就算我，老实说，也曾经想死呢。”

冬树一愣，盯着明日香。她皱起眉头，摆摆手。“不好意思，说了怪话。放心吧，我没打算死。”她挠着头走进食堂。

早饭做好时，河濑和户田也出现在食堂。户田脚下有点踉跄。他走过冬树身边时，冬树闻到一股酒精味。

“太棒啦。每天这样好好吃早饭，小学以后就没有了。”河濑一边就座一边说。碟子上是火腿、煎蛋卷和色拉。

户田没有坐下，而是进了厨房。刚听到冰箱一开一关的声音，就见他两手拿着罐装啤酒出来了。他在桌子最靠边的位置坐下，打开易拉罐猛喝一大口后，打了个响亮的嗝。

“户田先生，”诚哉说道，“有点喝过了吧？”

户田定睛看着诚哉，说道：“不行吗？”

“我说过，酒最好在睡觉前喝。”

户田哼了一声。“那是以前的话吧？你说不知什么时候会遇上危险，所以入夜前不要喝酒。可现在没问题了啊。有食物，有被褥。啤酒而已嘛，就让我喝个够吧。”

“数量不是问题，但你明显喝多了。这样子会弄坏身体的。”

户田带着浅笑说道："所以呢？身体坏了又怎样？维持健康又有什么好处？什么也没有。即便长寿，也没啥好事，受苦而已。既然是这样，活着的时候就随心所欲一点。爱喝多少喝多少，大醉一场死掉正好。我倒是觉得不可思议呢。这样的环境下，你们还能够活得一本正经。"户田说完，继续喝啤酒。

诚哉沉默了，似乎放弃了，又吃起饭来。在冬树对面，河濑乐呵呵地吃着煎蛋卷。

冬树等人吃完的时候，小峰起床过来了。他一身睡袍，用混浊的眼睛扫了一眼桌面，然后坐下来，嘟囔了一句："咖啡。"

"好的。"荣美子应了一声，就要站起来，被诚哉伸手制止了。

"如果要咖啡，都冲好了，你自己去拿吧。荣美子女士给我们做早饭，完全是出自好意，她既不是我们的保姆，也不是你太太。"

小峰瞪了一眼诚哉，不情愿地站起来，向厨房走去。

诚哉站起来，环视众人。"耽搁各位一下行吗？我有话要说。"

"嗬，好久没听警官先生指示了。"

诚哉瞥了一眼开玩笑的河濑，然后说道："没有别的，就是关于今后。我刚才跟我弟弟也说了，由于不停下雨，我们有理由担心周围积水。大家应该已经清楚，低洼处会变得像河流一样。另一方面，关于这里可停留的时间，从食物上看，还有约一个月。大家考虑一下这期间应该怎么办。"

"怎么办是指什么？"河濑问道。他已经恢复认真的表情。

"我哥的意见是，在周围完全积水之前，转移到更安全的地方去。"冬树说道。

"有比这里安全的地方吗？"河濑摇晃着身体。

"如果周围积水，而且不退，那就完了。"诚哉说道。

"那，还要离开这里？好不容易安顿下来了。"明日香皱着眉头。

"我反对。"小峰端着咖啡杯，从厨房里走出来，"可以了。我不想再动了。"

“我也有同感。”户田说着，打开第二罐啤酒，“有一个月时间，那不是很好吗？这期间可以悠闲地、随心所欲地过日子的话，就很好了。说这是死路一条，那也行。反正已经死了一回了。勉强活着也没有多大意义。”

“活下去也有可能看到光明。”

户田对诚哉的话报以冷笑。“光明？什么光明？只有死人的世界里，会有什么光明？你总是说些不着边际的话，我不会再上你的当了。”

“我哥什么时候说了不着边际的话？”冬树说道。

“他说了呀。尽说让人期待的事情，可样样落空。如果他不知情，那也罢。可他知道。他知道这里只是死人的世界，回不到原先的世界了。他隐瞒了这一点，指示我们这样那样。只是想要劳动力而已吧。”

冬树摇摇头。“我哥不是为了那样才隐瞒实情的。这种程度的事你也明白吧？我哥只是想让大家活下来，不希望大家失去活下去的希望。”

“可结果是没有希望。绕来绕去，最终抵达的地方就是现在这样。既然如此，为什么不早说出来？我们也就不必千辛万苦想要活下来。”

“你是说不如死在某个地方算了？”

“是啊，那就好了。爽快死掉该多轻松啊。”户田仰脖喝着啤酒。

河濑默默走进厨房，很快便回来了，手上多了把厨刀。他直接走向户田，一手揪起户田睡衣的衣领。

“你要干什么？”户田脸上掠过胆怯。

“既然你说想死，我想成全你。你是觉得早早死掉才好，对吧？既然这样，应该没有怨言吧。也不妨谢谢我。我呢，也想尝试一下杀人。遗憾的是，在以前的世界里没找到机会。来吧，那只手拿开，给你胸口捅一刀。还是割喉更好？你希望喉咙被割一刀吗？哪一种好？”河濑将厨刀在户田面前晃来晃去。

荣美子发出一声惊叫，抱住身边的美保。

“河濑！”诚哉喊了一声。

户田瑟瑟发抖。河濑见状，一把将他推倒。“怎么啦？尽说晦气的话，最终还是不想死啊？既然这样，就别瞎挑剔！”

“要、要……要死的时候……我自己决定。”户田结结巴巴地说。

“好吧，定了告诉我。我会狠心给你一刀。不用担心死不了，这样好吧？”

小峰不做声地走近将刀尖对着户田的河濑。

“怎么？你有意见？”

“你可以捅我。”小峰平淡地说，“你不是想杀人吗？那就捅吧。我不逃，也不抵抗。只有一个要求：尽量不要疼痛。”

“说真的？”

“当然说真的。我不像他，光是嘴巴上说。帮我了结就太好了。”小峰面无表情，玻璃球般的眼珠盯着河濑，“来，快捅吧。杀人还是让你害怕吗？”

河濑半边脸笑了笑。“你要逼我吗？我告诉你，我没杀过人，但捅人的事干多了。这对我可没什么，只是捅不捅要害的区别。”

“既然这样，动手就行。”小峰解开衬衣扣子，袒露出肋骨清晰的胸脯。

河濑嘴角歪了。冬树清楚地看见他握紧了厨刀。

“有意思！那就成全你。”

就在河濑拉开架势之际，不知不觉中走上前来的诚哉抓住了河濑的手腕。“住手，河濑！”

“放开！”

“这对谁都没有好处，只能证明你头脑简单。”

听到诚哉的话，河濑说声“明白了”，松弛下来。诚哉夺下他手上的刀。

小峰带着冷漠的眼神扣好扣子，走向门口。途中，他停下脚步，回头看着诚哉。“你说过，‘事物的善恶好坏，今后也必须由我们自己决定’。既然这样，杀人是善是恶就还没定论。我现在在这里告诉你答案。对于求死的人来说，绝对是善。”

40

胜败已经分明，游戏却还在继续。捏着白棋的明日香朝着最后剩下的空位伸出了手。放下棋子后，她用纤细的手指把黑棋一个个翻过来，然后抬起脸，毫无表情。

“要数吗？”

“没必要了吧，我输啦。”冬树嘟着下唇，开始收回棋子，“我一胜三负吗？你真是很强啊。”

“不如说是你太弱吧。我跟朋友下奥赛罗棋，就没怎么赢过。”

“我还是不太得要领啊。再下一盘？”

“不好意思，够了。”明日香往沙发上一靠，拿起放在一旁的果汁喝起来。

冬树开始往盒子里收棋盘和棋子。奥赛罗棋是在起居室找到的，可能是首相一家的娱乐之一。

“哎，这样的生活究竟要持续到什么时候呢？”

“不清楚。”冬树也只能含糊地回答。

“诚哉先生认为近期得离开这个地方。你觉得呢？”

“我哥都那么说了，只能那么办吧。”

明日香闻言报以白眼。“什么啊？你没有自己的想法吗？诚哉先生说什么就是什么？”

“我不是这意思。我是说，我理解我哥说的事情。”

“那你这样说不就好了？按你刚才的说法，好像诚哉先生说右你就向右、说左你就向左。”

“我说了，没那回事。我也反对我哥好几次了。你是知道的。”

“以前是，但我觉得你现在好像唯命是从。是不是情况更艰难了，今后的事情你就全都听诚哉先生安排了？”

“不是。”冬树使劲摇头，然后又轻轻点头，“老实说，也许的确有这样的因素。我不像我哥脑子那么好，在面临生死的关头，我看得没那么远。在这一点上，我哥冷静、看得透。信赖我哥的判断就没错，我确实有这样的想法。但并不是大小事情全要听他的，我觉得我必须也得思考。只是有一个念头我很难抗拒。”

“很难抗拒？为什么？”

“我哥落到这个地步，是因为我的拖累。”冬树抬起脸，“我弄糟了事情，害死了他。”

他把在前一个世界发生的事情告诉了明日香。她皱着眉头听，不时点点头。“原来是这样啊。你们负责同一案件，准备一起逮捕案犯。”

冬树摇头。“他是警视厅的，我是地区警局的。执行逮捕任务时没叫我，但我擅自行动，结果破坏了我哥他们的计划，弄得不可收拾。最终我们两人都被犯罪团伙击中了。我是自作自受。”

“我明白你说的意思，可事到如今，你再后悔也没用吧？我觉得诚哉先生也不会记恨的。”

“这跟我哥怎么想没有关系，是我不能原谅自己。所以到这地步我无话可说。我想，我还有资格对哥哥的做法说三道四吗？”

“不是说三道四，是说出意见，说出你自己的看法。诚哉先生也是人，并不是任何时候都能选择绝对正确的做法。在这种时候，其他人不表达意见的话，那就全完了。我们都会死的。把过去的事情忘掉，好好思考明天起该怎么办吧。”

冬树注视着热忱劝慰的明日香，露出苦笑。

“什么啊，你那表情？我说得很怪吗？”明日香撅起嘴。

“没有。我觉得你也很强，不输我哥。这就是年轻吧。”

明日香忍不住笑起来。“说什么呀。你大不了我十岁呢。”

“得跟上才行啊。不光是我，其他人如果有你一半强……”冬树挠挠头，说道，“完全失去活下去的意志了。菜菜美小姐和小峰先生，还有专务也是。”

“能尽快振作起来就好了。”

就在明日香嘀咕的时候，门口发出声响。门随即打开了少许，有人在窥探房间里面。

“是谁？”

冬树起身走过去把门打开。有人“啊”地发出低声惊呼。是菜菜美。

“菜菜美小姐……怎么了？”

菜菜美脸色苍白，无领运动衫的拉链拉到头，手抓着领口。仔细一看，她在微微发抖。

明日香也赶了过来。“怎么了？发生什么事情了？”

菜菜美嘴唇颤动，沙哑地说了什么，只听见“房间里”几个字。

“房间？房间怎么了？”

“……我睡下后……有人……到房间里。”

冬树觉察到出事了，于是马上冲向楼梯。菜菜美等人的房间在二楼。

他上到二楼，见菜菜美的房间门大开着。他看向里面，不由得一愣。有人坐在床上，看得见瘦削的裸背。从体形一看就知道是谁。

“小峰先生，你究竟是……”冬树走上前去。

小峰端坐着，低着头。

“说话呀，小峰先生。”冬树站在床边。

小峰只穿了一条短裤。他还是那样坐着，嘴里嘟囔：“为什么嘛。”

“你说什么？”

“她为什么逃掉？也没什么嘛。这种事算什么呢？”小峰像念佛一样嘀咕着。

“你想对菜菜美小姐做什么？”冬树说道，“即使你不解释，我大概也能猜到。”

小峰这才抬起头，望向冬树。他眼神死寂，感觉不到一丝生气。“不行吗？再活下去也没有意义了。既然这样，发生关系也无所谓吧？彼此都是已死之身嘛，有什么理由拒绝呢？不是要她为我做什么，躺着不动就行了。我自己来完事，事后处理也由我来。这样有什么不行？那女人不是要自杀吗？不是觉得活着也没用吗？自己的身体怎么样也无所谓了吧？既然这样，有什么不好？有什么必要逃呢？不是很奇怪吗？”

“奇怪的是你！”冬树身后响起明日香的声音。她大步走近，瞪着小峰的后背。“在任何时候，这种事情都要你情我愿才行，就算不懂法律也该知道！真是难以置信。你脑子有毛病啊？”

小峰噗地一笑。“你们可好，配好对了。”

“配对？什么意思？”冬树问道。

“别装傻啦，谁都知道。你们彼此喜欢吧？老在一起嘛。做了好多回吧？真好啊。跟女高中生很不错吧？有了这事，什么情况下都能精神抖擞。”

冬树不解，不由得和明日香对视。她马上移开视线。

“你在说什么？我们什么也没有！”

“就是嘛。别瞎找借口！”明日香也撅起嘴。

小峰轮番打量二人。“还没做？可总之想做吧？羡慕啊。”

“你就尽管想象、尽管妒忌好了。现在可不是说那种事情。你知道自己干了什么吗？”

“当然知道。只不过要做想做的事情，这有什么不好？想要性生活却没有对象的人，不这样也没办法啊。还能怎样？你让我做？”小峰对着明日香说道。

“你开什么玩笑！”她大叫起来。

啪嗒啪嗒的脚步声迫近。随即，诚哉进来了。“在吵什么？”

“这小子想强暴菜菜美小姐。”明日香答道。

冬树看到诚哉脸颊上的肌肉在抽搐。他想，哥哥是真心喜欢菜菜美。

“未遂？”

“应该是。我跟冬树在起居室聊天，菜菜美小姐进来，说有人进了她房间……”

“那，菜菜美小姐呢？”

“现在在起居室。”

“你去看看她的情况。让她一个人待着不好。”

“可是……”

“赶快！”

被诚哉紧催，明日香走出了房间。诚哉定睛望着小峰，小峰再次深深低下头。

“冬树，召集大家来食堂。”诚哉说道。

在食堂的长桌旁，七名男女就座。小峰被安排坐在靠墙的椅子。他一身运动裤加衬衣的打扮，不带情感的目光茫然地斜看着地面。

“绝对不能放过！这跟偷吃奶粉的太一可不能比。这是强暴，这家伙是强奸犯。我绝对不能跟这种人待在一起，不可能的！”明日香激昂地说着。

菜菜美夹坐在明日香和荣美子中间，一直低着头。

“哎，别那么激动，冷静说话。”诚哉伸出右手，示意她要平静。

“怎么可能冷静啊？还是你想说别的？莫非男人们都帮着他？想说理解他的心情吗？”明日香站了起来。

“怎么可能。总之，请你平静点。”

听了冬树的话，明日香板起面孔坐下。这时，河濑抱起胳膊，脸带笑容，盯着明日香。

“怎么了？有什么不对劲？我说得不对吗？”

“说得不对的不是姑娘你，是这位大哥。”河濑看着冬树，唇端一翘。

冬树眉峰一皱。“我？”

“不是吗？你虽然不站在小峰一边，但不明白他的心情吗？我可明白。想做啊，现在就想做。只是忍耐着而已。你不也是吗？”

冬树咬牙切齿，怒气冲天，但说不出话来。

“这就是人嘛。”河濑认真起来，低声说道，“既然要商量，那就说真话。装腔作势没有任何意义。”

明日香向没能反击的冬树投去严厉的目光。“难以置信。是这样吗？”

冬树摇头。“我可不要强暴。”

“你不要偷换我的用词。”河濑严肃起来，“我也没说想强暴。我是说如果让我做，我想做。这一点，任何男人都一样。没办法，这是本能。”

“太过分了！还说得一本正经。”明日香说道。

“姑娘你也并非对男人一无所知吧？事到如今，没必要装天真了。所以啊，警官先生，”河濑转向诚哉，说道：“怎么处理这个强奸犯是小事。相比之下，男人的本能这玩意儿怎么办，才是大事吧？”

“那种事跟我们没有关系，是你们男人的事，你们去解决。总而言之，我们受牵连来这里，是——”

“小姑娘嚷嚷什么？”河濑眉头紧皱，发出低沉瘆人的声音，“我知道你想说什么。安静点，听大人说话。”

明日香惊讶地瞪着眼睛，但还是不做声了。

诚哉闭着眼睛不出声。大家的目光集中在他身上。他像是察觉到了大家的心思，睁开了眼睛。“首先要明确的是，召集大家不是为了谴责小峰，而是觉得现在正是我们思考今后如何活下去的好机会。我想让大家来谈谈我们的将来。”

一直默默喝着啤酒的户田嘿嘿笑起来。“将来？那玩意儿在哪里？世界已经完了。”

诚哉闻言站起来，环顾大家后说道：“的确，我们失去了以前的世界。可我们还活着，这俨然是事实。要在这里考虑将来，要做的事情只有一个：建设新的世界。”

41

“什么意思？新的世界是什么？”冬树问诚哉。

“用我们自己的双手创造的世界。我们要忘掉以前的事情，从零开始。不仅是延长生命，还要奔向能切实感受到人生的生活方式。”

“在目前的情况下，怎能感受所谓的人生？明明是靠剩下的食物才好不容易活下来。”户田带着一点醉意说道。

“我们要摆脱这样的生活。迄今为止，我们能活下来，全靠以前的世界留下的东西。时候一到，我们又得流浪求食。为了不这样，我想我们要建设自己的世界。”

“那要怎么做？”

诚哉做了个深呼吸，看着大家，说道：“请忘掉我们曾有文明的利器环绕。要摆脱吃残食的生活，只能靠我们自己的手创造食物。一切都靠我们种植，不论是大米、麦子还是蔬菜。”

正要喝啤酒的户田呛了一口。“你是说，我们当农民？”

诚哉摇头。“我说的不是行业，只是说要做活下去所需的事情。从前的人都得种植作物，他们毫不怀疑那样的生活方式。事情并不困难，只要返回人类原本的生活方式。”

“那样可行吗？”冬树嘀咕道。

“没问题。我刚才说从零开始，但实际上不是。我们去郊外，就会有前一个世界的人耕种的田地，地里长着作物嘛。因为植物不受 P-13 现象的影响，我们接着种就是了。当然，农业不是那么简单，但找一本讲解种植的书并不难。大家同心协力学习，一步一步掌握技术就行。肯定行得通。”诚哉的话里包含着热情。

所有人都沉默了，各自思考着诚哉的提议。冬树也想象自己种植农作物的情景。虽然具体干什么全无头绪，但他觉得，这是被抛到这个绝望的世界以来，第一次思考积极的问题。

“我可以说一句吗？”明日香举手。

“说吧。”诚哉说道。

“我明白诚哉先生的话了，我也觉得恐怕只能这样活下去。但这个思路跟这个人干的事情有什么关系？”明日香指着小峰说道，“既然说到大家同心协力，这种人的存在不是最糟糕的吗？因为我们全都不得安心，谁有心思一起努力啊？”

诚哉瞥了一眼小峰，又把目光转回到明日香身上。“我刚才说了，要建设新的世界并不单是要搞农业。我们必须定下各种方针。这里不存在国家和领导人，全部都要自己决定。换言之，我们是一个村子。为了村子的延续，有必要动员所有人的智慧。”

“然后呢？”明日香显得不解。

“村民们要考虑的不单单是自己的事。不，在某种时候，还要把村子的发展放在比自己更优先的位置。要让村子发展，也就是说，要建立增加人口、让下一代稳定生活的体系。”

大家闻言，再次陷入沉默。但是跟刚才情况不同，大家都对他说出来的一句话感到迷惑。

“增加人口？”冬树说道，“那就是说，要……”

“要生孩子。当然的吧？”户田冷哼道，“我原来以为你脑子好用，好像也不太灵啊。人这么少，怎么增加孩子？三个女人，加上小美保四个。组成四对夫妻，生下孩子，即使再让他们结婚，血缘也太近了。世界上的小村子已经证明，这种做法是有局限的。”

“这里面的确有问题。但是到有血缘者非要结婚不可的局面到来之前，还有相当长的时间。到那时，也许找到了某种出路，也可以期待遇到别人。还有一点，虽说只有四名女子，但并非只能组成四对夫妻。”

听到这句话，连冬树都怀疑自己的耳朵。他盯着哥哥的侧脸问：“你说什么？”

“等一下！你这话什么意思？”明日香立刻开火，“你是说，即使结婚，也有离了再结的可能性？这我能明白，但你该不是要一个女人跟几个男人吧？”

“肯定是。”一直没说话的荣美子第一次开口，“既然诚哉先生说以增加人口为最优先，女人当然就要尽量多生孩子。但配偶只有一个的话，遗传因子会有偏向，因此有必要跟几个男人生孩子……”

“骗人！难以置信！你是说真的吗？”明日香双目瞪圆望向诚哉。

诚哉难受地咬着嘴唇，垂下视线。“这是为了将来。虽然很艰难，但我们难道不可以由证实相爱的性，毫不犹豫地转变为为了人类存续不可缺少的生殖行为吗？”

“开什么玩笑！”明日香双手拍打桌面，“我终于明白你想说的话了。这么一来那个浑蛋强奸犯也能受庇护了。你要的是这个样子：为了未来，男人只要喜欢，就可以跟女人发生关系。管它是强奸还是什么！”

“我并不是认可强暴，那是另一个问题。只是，关于性的解释，跟迄今的世界——”

“够了！”明日香怒吼道，“你们爱怎么说就怎么说！我以为你会更了解别人的心思，真令人失望。践踏每一个人的情感，以此谋求发展，那毫无意义！妈妈、菜菜美小姐，我们走。谁理会这种事！”

明日香抓起菜菜美的手腕，把她拉起来，又把她拉向门口。通过诚哉身边时，她瞥了他一眼，但他只是低着头。

荣美子也跟着她们要往外走，但跨到走廊之前，她回过头来。“我不认为诚哉先生是个很出格的人。我觉得，他在考虑大家的事情……考虑人类的将来，才压抑着难受的心情说出来的。说不定……不，他说的应该是对的。不过，我还是做不到。我觉得我做不了。也许会惹你们笑话：你这位大婶还反对啊？”荣美子挤出一点笑容，鞠躬后走了出去。

女人们走了，留下了凝重的空气。诚哉坐下来，双手抱头。

“哎哟哟。”河濑叹息道，“麻烦啦。可是啊，那姑娘生气也是对的。又不是蒸浴房①女郎，忽然说要跟不喜欢的男人做那个，没有女人会答应的。”

“哎，你会说那种话？”户田用口齿不清的怪腔调说，“你们不是借口欠债把年轻女人五花大绑，最终卖到蒸浴房去吗？那可完全不管人家怎么想。”

河濑不动声色。“我的伙伴中的确有人干这个。但那是为了赚钱，不是为了满足性欲。我是说，硬要那姑娘她们学蒸浴房女郎，毫无意义。”

“不是什么蒸浴房女郎，”诚哉低声说，“我是希望她们对人类延续起到重要作用。也就是夏娃，希望她们做亚当和夏娃的夏娃，并不是要她们解决男人们的性欲。”

“警官先生啊，这么高尚、这么难的事情，在这种状况下说出来，谁能明白？未来自己会怎么样都不知道，谁还有心思想什么人类的未来？”

“但这终归是要考虑的。”

“所以我说现在不行。不是谁都能像你这样冷静考虑问题的，还不如制订更容易明白的规则。”

“什么意思？”

“就是女人们能接受的规则。明白地说，得想出类似于交换条件的东西。她们当然明白，今后要活下去，非借助男人们的力量不可。我是说，提出这一点来交涉不知如何？”

---

①原称土耳其浴室，兼营性服务。1984 年改称蒸浴房。

“交涉？”

“对，要建立起相互依存的关系嘛。她们的生活有了保障，我们也能解决男人的本能问题。完美。”

“不能这样做。”诚哉抬起脸瞪着河濑，“她们的尊严不容损害。”

河濑摊开双手，显得不可理解。“为什么？是你说要跟女人们在无爱的情况下发生关系。你给的条件是为了人类的未来，这太不着边际了。你的话不好懂，所以我把条件改为保障现时的生活。你的提案和我的提案究竟有什么区别？”

“完全不同。”诚哉摇头，“我没给她们开交换条件，只是请求她们为了人类的延续出力。我们男人在保证她们安全生活这一点上，也绝不能要求她们为此付出代价。你不是说了，她们不是蒸浴房女郎吗？提出条件，就是买她们的身体。对她们来说，这是最大的侮辱。”

“只是想法不同而已，做起来不是一样吗？”

“不一样。我坚决反对这样的提案。”

河濑不说话了，仿佛被诚哉强硬的语气压倒。过了一会儿，他挠挠头，站了起来。“可能我脑子不灵光，理解不了警官先生的意思。既然这样，就按你能接受的方式做吧。请求她们考虑人类的未来。但我不觉得她们会为此点头。”他走出房间，脚步声很响。

户田也怏怏地站起来。“很难啊，这个问题……”他事不关己似的嘀咕着，走向门口。

诚哉托着腮叹了口气。冬树觉得他已疲惫不堪。“哥说的事情，我大致能理解。这不是因为荣美子小姐的话。我也觉得你可能是对的。”

“你想说她们不该断然拒绝？”

“这也没办法。大家不久前还是普通人，过着普通的生活，有哭有笑的。忽然要求这样的人为人类未来考虑，是做不到的。光是考虑自己的现状，已经不堪重负了。”

诚哉绷着脸，指尖按着两边眼角，仿佛说“这我当然知道”。

小峰咔嗒一声从椅子上站起来。"那个……我应该怎么办？"

冬树和诚哉面面相觑。诚哉兴味索然地撇撇嘴。

"偶然起了恶念，就做出那样的举动……我真浑！我再也不会犯了，请相信我。请千万让我和大家在一起！求求你！"小峰深深低下头。

"这些话不该对我们说。"诚哉说道，"你听了刚才的讨论应该也明白了。因为你的举动，女士们受到了很大伤害。今后是否接纳你，她们有决定的权利。"

小峰耷拉着脑袋。事到如今，他似乎醒悟到自己做了多大的蠢事。"那我去道歉……我给她们下跪道歉，应该可以吧？"

诚哉默然。冬树也想不出回应的话。

"不过，我有点释然了。原来大家是一样的。"

听了小峰这话，诚哉诧异地皱起眉头。"一样？"

"对啊。男女同居一处，再没有其他人了，所以得考虑该怎么办，对吧？关于性生活。而且，女士们又很年轻……"

诚哉猛地站起来，转向小峰，一把揪住他的领口，把他按在墙边，拎起来。小峰踮脚站着，面露恐惧。

"哥！"冬树喊道。

"你，真明白你做了什么事吗？"诚哉说道，"明白吗？我之所以没有杀你，是因为这世界只有区区十个人。我认为即便你这样的人，遗传因子也很宝贵。如果你的遗传因子跟我的一样，我早就毫不犹豫干掉你了。"

小峰点头，还是一脸惊恐。

"如果你还做同样的事，我决不饶你。就当一开始就没这种家伙的遗传因子。你别忘了。"

"……我明白了。"

听见小峰虚弱的回答，诚哉松开手。小峰一下子瘫坐在地。

此时，冬树听见轰隆声迫近。就在他想是怎么回事的瞬间，地板剧烈晃动起来。

42

冬树站立不住。他想抓住什么东西，却已跌倒在地。巨大的餐桌滑动起来，猛撞在墙壁上。枝形吊灯摇晃着，柜子里的东西接二连三掉落。

首相宅邸本应有完备的防震措施，却响起了凄厉的摩擦声，仿佛整座宅邸发出悲鸣。诚哉大喊“保护头部”，但就连这喊声也几乎被掩盖。

这次地震绝对非同小可，冬树心想。迄今已地震了好多回，但他们到达这里时，这里还看不到明显的破坏。但这次地震令防震建筑也处于危险之中。可见这是迄今最大的地震。

冬树在地板上翻滚，他不能按自身意志行动，感觉像被神玩弄于股掌之上。

摇晃很快就停了。应该不到一分钟，感觉却很漫长。冬树一时间动弹不得，头脑混乱，失去了平衡，甚至判断不了自己在听、在看。

“没事吧？”传来了诚哉的声音。

冬树慢慢直起上半身，环顾周围，发现自己滚到了厨房入口。诚哉在餐桌下面，小峰蜷缩在墙边。

“没受伤吧？”诚哉再次问道。

“好像没事。”冬树轻轻晃一晃脑袋，还有点眩晕。

“去看看厨房，查看炉子和其他家电的情况。但不要轻率地打开开关，看清就行。”

“明白。”

冬树扶墙站起来。他感觉脚下发颤，像刚下过山车一样。

幸运的是，烹饪用具还完好。冬树查看后走出厨房，见诚哉正躬身看地板，面前放着空调的遥控器。遥控器后盖打开了，电池已取出。

“你在干什么？”冬树问道。

“你看。”诚哉说着，把电池放在地上。五号电池慢慢滚动起来，没有停下，一直滚到墙边。

“明白吗？”诚哉说道。

“地板好像倾斜了。”

“没错。地基牢固、按防震设计的宅邸都这样了，要是其他房子，破坏程度肯定不止如此。迄今经受了地震、台风还没倒的建筑，这次很可能都倒了。”

“现在不必理会其他建筑了吧？我们恐怕用不上了。”

“我要说的不是建筑。遭受了这种程度的破坏，城市和道路将更加恶化。你记得来这里时的情况吗？转移起来恐怕比那时还困难。”

“我觉得到处都会出现道路塌陷。”小峰说道，“也许忘掉原来的地图更好……”

诚哉和冬树对视。“首先了解一下宅邸范围内的破坏情况吧。小峰先生，能跟我一起来吗？”

“哦，好的……”

刚才还被诚哉威胁的小峰缩着身子点点头。他有些惴惴不安，但已不再是失去生存愿望的样子，反而予人执著于生的印象。也许在创建新世界、要求女性担当夏娃角色的重大问题上，他切实感受到自己的矮小。或者是地震体现了难以抵挡的自然之力，对死亡的恐惧再次复苏。也许两者都有，冬树心想，因为他自己很大程度上就是这样的。

“冬树，你去看看其他人的情况。暂且叫大家来起居室。”

“明白。”冬树说着，走出食堂。走向台阶时，他见河濑正从另一边走过来。

“晃得真厉害啊。”

“我正在了解受损情况。有什么特别的地方吗？”

“我那边没有。架子上的东西掉下来摔坏了而已。”

“你去看看户田的情况。如果没有异常，你们俩就来起居室。”冬树说着，快步上了楼梯。

上了二楼，冬树见明日香来到走廊上。

“还好吗？有人受伤吗？”冬树问道。

“没事。小美保和小宝宝都没事。”

“哦。请马上到起居室去。”

明日香没有马上回答。她闭口无言，垂下视线。

“怎么了？发生什么事了？”

她抬起头，目光直直盯着冬树。“不好意思。我们待在这里，不去你们的地方。”

“为什么？”

冬树这样一问，明日香觉得有点意外。“你忘了刚才的讨论？我们呢，作出了决定，以后尽量不再依赖男人过日子。如果依赖你们，你们可能会要求以性交换。我们不会向你们示弱。”

冬树一拍大腿，跺脚说道：“现在不是说这些的时候吧？这次地震让周围变成了什么样子都不知道啊。”

“不外乎城市破坏了吧？再怎么破坏、消失，也大同小异。相比而言，有更加重要的事情——对于我们女人来说。所以不好意思，我们不去那边。”

“明日香……”

“请不要误解，我们没有敌意。但我们决定了，不能男人怎么说，我们就怎么做。今后怎么办，我们也有自己的考虑。”明日香打开房门，又说了一次“不好意思”，就进去了。门砰地关上了。

紧接着，冬树觉得脚下猛地下沉。他连忙蹲下。猛烈的摇晃持续了约十秒钟，看来是余震。房间里传出女人的惊叫声。

“还好吗？”他喊道。

门开了，明日香探出头来。“没事。不用担心。”

“求你们了，我们待在一起吧。不能让你们单独在一起。”

“这由我们自己判断，你回他们那里去吧。”明日香说完，不等冬树回话，又关上了门。

冬树叹口气，走下楼梯。途中又稍微晃了一下。他来到起居室，诚哉等人已经返回。户田眼神微带醉意，也坐在沙发上。

冬树传达了明日香的话。河濑挠挠头，苦笑道：“哎哟哟，男人们全无信用啦。没办法啊，因为有人搞了夜袭嘛。”

小峰缩着肩头坐下。

“怎么办？”冬树问诚哉。

“今天就按她们的意思吧。外面漆黑，集中起来也不能怎样，等到早上再说。”诚哉说道。

“天亮之后呢？”

“首先调查周围情况，一切都在那之后决定。”

“让女士们那样待着行吗？”

“由我再跟她们谈一次。”

“怎么谈？请求她们做夏娃吗？在这种状况下谈这个不可能。她们绝不肯冷静听的。”

“正因为是这样的状况，她们才非得理解不可。为什么而活着、今后度过怎样的人生，不决定这些，我们就不可能摆脱目前的危机。”

“是吗？我觉得现在和解是先决条件。”

“表面上的和解没有意义，也不可能触动人心。现在是人类灭亡与否的紧要关头。”

“说人类太夸张了吧？”

“是吗？那我问你：我们全都死掉后，能保证这世界上还留有人类吗？我不能保证。”

忽然，户田站了起来。桌子被碰得一颤，桌面上的啤酒罐倒了。“言重了。太沉重了！请别跟我说这个，别想得那么遥远行吗？充其量……对，就当是待在无人海岛上怎么样？死了就完。这样不行吗？”

“只是吃了就睡，没有食物就饿死。这样的人生也行？”诚哉问道。

“行啊，我就行。请别再让我背太重的担子。”户田踉跄地出门离去。

沉默中，河濑站起来。“我也去睡了，有事情喊我。”走到门口，他站住了，回头说道，“对了，这里有擅长英语的吗？”

“英语？为什么？”冬树问道。

“就是那些关于P-13现象的资料。后面出现了英语，好像是补充材料，我完全看不懂，想请人翻译一下。”

“我懂一点，但翻译那些东西不行，”诚哉说道，“可能有很多科技词汇。小峰先生，你怎么样？”

小峰吃惊似的抬起头。“我算不上擅长，但阅读资料还行……”

“那就拜托你了，帮我翻译一下。”河濑向他招手。

“现在吗？”

“对。这种事情宜早不宜迟。你要忙其他事情吗？”

“不，没有其他……”

“那就现在吧，拜托了。我太在意了。”

小峰带着不解的神色站起来，跟河濑出去了。

诚哉抱着胳膊，深陷在沙发里。“你呢？还不休息？”

“哥，你呢？”

“我再待一下，有事情要想一想。”

“是女士们的事吗？”

“也有。”

“哥，我觉得你的想法没错，但事情有个顺序的问题吧？”

诚哉有点意外地侧着头，问：“顺序？”

“发展村子必须生孩子，这道理我明白。但我觉得，因为这样就忽然要求一个女人配几个男人，这行不通。首先尊重本人意愿，让她们选择喜欢的配偶不行吗？”

“你是在说明日香吗？她大概会选择你吧。”

“不是。不——”冬树调整呼吸，点点头，“老实说，也有这意思。因为我喜欢她。”

“你这回倒是直率。”

“但不仅仅是我们。菜菜美小姐也喜欢你啊——大概。你也喜欢她吧？她想自杀的时候，你不是清楚地说‘不想失去你’吗？”

诚哉闻言垂下视线，字斟句酌般慢慢说道：“我不想失去的，不仅仅是她。我不想失去的，是这里所有人，包括可能还留在某处的人。我当时说的，是这个意思。”

“你是说你对菜菜美小姐没有爱情吗？请你老实说。”

诚哉仰望天花板，做了个深呼吸。“我决定不去想那种事情。一有爱情，就会产生独占欲，像现在的你。在实现创造新世界的目的上，这绝没有帮助。”

冬树盯着哥哥，摇摇头。“能那样想问题吗？喜欢这种事不是那样吧？你只是欺骗自己而已。”

“也许是，但有时是必须的。”

“我做不到。自己喜欢的女人在别人的怀抱中，这种事情一想起来就受不了。如果非忍受这一点不可，我宁愿大家都完蛋。”

“你之所以这样想，是因为这在过去的世界中是善。但在这里，一切必须回到一张白纸。虽然这么说，我可没有强求的意思。对于你，对于女士们都是。”诚哉说道，“可我会继续努力，请大家理解接受。我觉得这是我此刻的使命。”

“使命……”

“没有使命的人生是空虚的。”诚哉说着站了起来，隔着玻璃眺望窗外，“刮着讨厌的风。又要来暴风雨了吗……”

紧接着，地板又摇晃起来。

43

最终，冬树和诚哉一起在起居室迎来了黎明。因为余震不时到来，每次都令人紧张，在其他房间里恐怕也难以安眠。

冬树见诚哉作外出的准备，就问道：“你要去哪里？”

“看看周围的情况。这里安全，但其他地方未必。”

“我也去。”冬树站起来。

走出宅邸时，大门发出摩擦声，而且关不严。“开合不灵了。”冬树嘀咕道。

“地板倾斜成那样，门的开合不好也不奇怪。问题在于其他建筑怎么样了。”

二人由宅邸来到官邸。由于是建在斜坡上，那里相当于官邸的二楼。二人巡查了官邸内部，走下楼梯。没有特别的异常。

下到一楼，走向西出口。途中，诚哉忽然止步，仰头看天。

“怎么了？”冬树问道。

“云移动得很快。”诚哉说道，“果然还要下。”

“是地震和反季节台风吗？没完没了，究竟是怎么回事啊？”

“不清楚。说不定是宇宙要毁灭我们。”

“宇宙？太一死的时候，你也说了这样的话。”

“本来我们就不该存在。对于时间、空间而言，我们的智慧是一种障碍。”

“能这样说吗？时间和空间没有意志吧？”

“当然。但假如时间或空间跟精神是连动的，会怎么样？当智慧存在于不可存在之处时，时间和空间就要动起来，把它消灭。也许有这么一条法则。”

“你是说真的吗？”冬树注视着哥哥。

“当然。不这么想，就难以想象有这般异常气象和地壳变动。但是，”诚哉回过头来，“不是要放弃。无论有什么样的法则，我都要活下去，还要让大家也活下去。我认为这个世界诞生了生命是奇迹。本来这个宇宙只该由时间和空间支配，然而因为诞生了生命，产生了不可用数学式说明的理智。这对于时间和空间而言是天大的失算。既然这样，再一次引发失算也是可能的，也是可以期待的，对吧？”

听着哥哥的叙述，看着哥哥焕发热情的脸，冬树苦笑。

“有什么不对劲吗？”诚哉有些惊讶。

“不，没有。我只是想，要哥哥说出放弃，不知会是什么时候。”

“我说过，从不放弃。”诚哉说着，迈开步子。

二人出了西出口，但只走出几步，就不得不止步。眼前的光景让冬树说不出话来。

道路消失了。

以往被称为外堀大道的宽阔马路完全塌陷了，没处流的雨水灌进去，形成了一条泥浆河。

“这下面是地铁的银座线，”诚哉说道，“因此塌陷了吧。地震的力量真是恐怖！”

“这里之所以塌陷……”冬树好不容易发出声音。

诚哉似乎领会了弟弟的心思，点点头。“其他地方……不妨认为，通地铁的地方全都垮塌了。东京的道路下都通着地铁。”

二人开始沿垮塌的道路边行走。银座线和南北线交叉，南北线上面的道路也塌陷了。南北线又与千代田线相交。首相官邸被这三条地铁线围绕。

“这里不能一直待下去。”诚哉说道，“正因为有了路，城市才方便。假如路没有了，就没有比这更难移动的地方了。弄不好就困在这里，哪里也去不了。”

“你是说要离开？”

“只能这样。在这种状态下，如果再来暴风雨，就完全失去移动的手段了。”

二人返回宅邸。到了食堂一看，三名女子正在桌上摆放罐头和真空包装的熟食。

“你们这是干什么？”冬树问明日香。

“正在核实食物的库存。因为食物有限，要把握一下量。”

“这倒是。应该做。”

“弄清存量之后，每人的份额就知道了。这是各人当前的财产了。”

“财产？”冬树回望明日香，“什么意思？”

“就这意思。不清楚自己的份额，会感到不安吧？从哪儿到哪儿是共同的，从哪儿算起属于个人，这时候得定下来啊。”明日香交替打量着冬树和诚哉。

“现在可不是考虑个人财产的时候。”诚哉说道，“一切都是公有的，食物、用具、衣服等等都是。”

“身体也是？”明日香瞪着诚哉，“性生活也要公有吗？”

诚哉叹了口气。“是这样啊。因此开始在乎个人财产了？”

“什么意思？”冬树问哥哥。

“她们在表达这样的意思：未必跟我们共命运。在关键时刻，有可能各走各的路。所以就趁现在，把食物这一财产分配掉。”

冬树看着明日香。“你觉得光凭女人可以在这样的世界活下去吗？”

明日香晃晃脑袋。“活下去并不是唯一的目的。这事关尊严。我们想清楚地表明：我们并不是生孩子的工具。”

“谁也没这么认为。”

“不，诚哉先生这么认为。”明日香指着诚哉，“否则，他就说不出让人抛弃个人感情、跟不喜欢的男人生孩子的话。”

“我不认为女人是工具。”诚哉静静地说，“我只是期待你们成为夏娃。”

“这只是换个说法而已，在对我们的要求上是同样的。”明日香浅浅一笑，耸耸肩，“总之，我觉得明确各自的份额很重要。因为我们不知何时会被吩咐：想吃饭就听话！”

“不可能说这种话。”冬树皱起眉头。

“我觉得你不会说。”明日香低下头。

一旁，菜菜美和荣美子默默地继续手上的事情。看来是要把食物十等分。不但美保，连婴儿也当一个人算，似乎显示了她们的意图。

“事到如今，我就对你们说了吧。”诚哉迈出一步，“必须抛弃个人的考虑。因为在这里，单单一个人是活不下去的。十个人同心合力，才能争取活下去。希望你们明白。”

“所以啊，”明日香仍旧低着头，说道，“我说了，活下去并不是唯一重要的。”

“尊严很重要吗？那勇人怎么办？他不可能靠自己活下去。要他活下去，我们必须活下去。把自己的尊严和自己的生命放在天平上衡量是可以的，但谁也没有资格把别人的生命放在天平上，不是吗？”诚哉走近菜菜美，注视着她的侧脸，“我不会忽然就要求你们成为夏娃。但是请不要误解。我只是不想让人类灭绝。我只是要避免，当勇人长大时，周围一个伙伴也没有。”

“不可能。”菜菜美小声说。

“你说什么？”

“我说不可能。不存在勇人长大的事情。因为在那之前，所有人都会死。不可能在这样的世界里活下去。”

“我绝对不会让大家死。”

“绝对？你怎么能这样说？山西夫妇也好，太一也好，不都死了吗？你无能为力。”

面对菜菜美的反击，诚哉露出畏缩的表情。冬树心头一震：哥哥绝少会这样。

“对不起。”菜菜美细声道歉，“责备诚哉先生你是不合理的。因为你没有不对，而且为大家竭尽了全力……”

她的眼眶眼看着红了。她低下头，像是要掩饰，随即跑出门去。

与菜菜美错身进来的是户田。他还是那一张涨红的脸。“怎么了？”他察觉气氛沉重，问冬树等人。

“离开这里。”诚哉说道。

“啊？要离开？什么意思？”户田瞠目结舌。

“我是说要离开这所宅邸。我跟我弟弟看了周围情况，由于一再地震，道路几乎都不通了。再待在这里就不能脱身了。我们要在出现这种情况前转移到有更广阔土地的地方。”

户田兴味索然地咧着嘴，说道：“你是说去农村建村庄吗？你还当真这么想？”

“我说过，除此之外，我们没有别的活路。”

户田轻轻摇晃着脑袋，在椅子上坐下。“我免了。我不能再响应这样的建议了。我就待在这里。”

“没听见我刚才说的？待在这种地方没有未来。”

“我是说即便那样也无妨。”户田仰望着诚哉，“你还年轻，可能执著于生。我已经这把年龄了，往后再长寿也有限。原想退休之后，每天能做点喜欢的事情，假如这也不成，那何时死掉也无所谓了。我累啦。所以要离开的话，你们走就好了，我留下。”

“户田先生……”诚哉浮现出困惑的表情。

“这样正好。”明日香说道，“户田先生，我们现在正按人头分食物呢。

有你的一份，你自己掌管吧。”

“请等一下，这种事情还是不要擅自决定。”冬树对明日香说道。

“为什么？人家户田先生也需要食物吧？你是说，即使户田先生留在这里，我们也带走全部食物？”

“我没这样说。”

“既然这样，你就别拦着。我只是要维护户田先生该有的权利而已。不光户田先生，也许还有人另有主张，我觉得有必要把食物分配掉。”

“这样不行，”诚哉说道，“不能另有主张！户田先生，我明白你的心情，请跟我们一起行动吧，求你了！”

“真不明白。为什么要一起行动？你们跟我这样的老头在一起，有什么好处？”

诚哉摇摇头。“我记得山西先生也说了同样的话。并没有没用的人。一个不如两个，两个不如三个，人越多，越有生存能力。我们只有十个人。如果四分五裂地行动，一下子就全完了。”

“所以我就说，我无所谓。”

“我是说即使你无所谓，我也不允许！”

诚哉拍着桌子说道。就在此时，仿佛要显示动荡的未来，响起了低沉的雷鸣声。

冬树望向窗外。虽是早上，外面却漆黑一片，很快便下起了雨。

“好像又要下大雨……”荣美子嘀咕道。

“考虑到道路的情况，如果下起上次那样的大雨，我们就会被困死在这里。”诚哉脸色沉痛，说道，“如果不尽早逃出去……”

这时，传来了咚咚的脚步声。门砰地打开了，河濑闯了进来，身后是小峰。

“都在啊？正好。”河濑神情有些兴奋。

“怎么了？”诚哉问道。

“我说的英文翻译出来了。当然不是我翻译的。”河濑翘起拇指，示意身后的小峰。

“了解到什么了吗？”冬树问道。

“不是了解这么简单，上面写着天大的事情！”河濑回头看小峰，说道：“你给大家说说。”

小峰表情僵硬地走上前。“用一句话说，就是要再来一次。”

“再来一次？什么事情？”冬树问道。

小峰做了个深呼吸，再次开口道：“当然就是 P-13 现象。距第一次发生的三十六天之后。”

44

冬树怀疑自己的耳朵。也许其他人也一样，一时间没有人说话。

河濑笑嘻嘻地说："吃惊吧？我第一次听到的时候也吓了一大跳，跟小峰确认了好几次：是不是真的啊？"

冬树看着小峰。"没弄错吗？ P-13 现象再次到来……"

小峰神情庄重地点头。"我觉得没问题。那些英文不太难，而且不懂的单词都查词典核实了。文件上说，从三月十三日算起的第三十六天，即四月十八日下午一点十三分十三秒，引发 P-13 现象的能量波将再次笼罩地球。那是一种回摆似的现象。"

"回摆……"冬树想抓住它的形象，但脑子里空空如也。他原先就不理解所谓的 P-13 现象。

"它再发生一次会怎么样？"明日香提出问题。

"基本上跟以前那次一样。"小峰答道，"在数学上说，要发生时空跳跃。但没有任何实质性的变化。"

"那不值得太兴奋吧？"

"哦，是吗？"河濑瞪圆了眼睛，"的确，什么也不做是不会有任何变化，但我们知道 P-13 现象的使用方法。"

"使用方法？什么意思？"冬树问道。

河濑舔着嘴唇，仿佛已急不可耐，说道："那不是明摆着吗？在下一次发生 P-13 现象的十三秒里，如果我们死了，会怎么样？”

“你说什么……”

“以前发生 P-13 现象时，我们在关键的十三秒里死了，所以落到这样的世界里。那如果再发生一次同样的事情会怎么样？”

“你是说，在那段时间里死去，就能返回原来的世界？”

“说对了！就是这么回事。”河濑打了个响指。

冬树瞠目结舌。返回原来的世界——他已经放弃这个念头了。

“等一下！”诚哉严肃地说，“这可不是随口说的事情。”

“什么啊，这不是好消息吗？”

“什么好消息？只不过是迷惑人心的虚构而已。怎么能断定可返回原来的世界？”

“我没断定，只是说有这个可能性。”

诚哉摇头，说道：“不会的。”

河濑眉毛猛地一跳。“说别人凭什么能断定，你就只用‘不会的’一句话？”

“我有根据。假定会再次发生 P-13 现象，如果在那十三秒里死去，的确可能再次跳到并行的世界。可那不是原来的世界，是跟这个世界并行移动的世界。那里的城市也被地震和暴风雨摧残，除了我们以外别无他人。这一点是不变的。”

冬树不得不同意诚哉的话。如果发生跟上次一样的事情，那就只是移动到以这个世界为原点的并行世界而已。

“也未必吧。”河濑说道，“你刚才说的，我跟小峰也考虑过。我说过吧？我好歹曾是科幻迷呢。在否定我之前，请听听小峰的话吧。”

诚哉把视线转到小峰身上。“是怎么回事？”

小峰咽了口唾沫。“像开头说的那样，下次的 P-13 现象是一种回摆，在数学上描述为第一次现象的相反表现。也就是说，时间和空间发生作用，是要消解最初发生的现象造成的扭曲。”

“要消解扭曲？”诚哉思索着。

“如你所知，最初的 P-13 现象跳跃了十三秒，由此消灭了十三秒的历史。由于这样的消灭，时空发生了扭曲，而第二次 P-13 现象据说就是修正这个扭曲。”

“所谓修正会怎么进行？”

“问题就在这里。”小峰露出困惑的表情，“关于这一点，没有详细的记载。最初发生 P-13 现象之际，学者们完全不知道为回避数学性矛盾，会发生怎样的现象。他们并没能预测到死者会被甩到地狱般的并行世界里。他们知道的仅仅是不要在那十三秒里死去。”

诚哉紧盯着小峰。“这就是说，没有根据证明在下次现象发生时死去，就能返回原来的世界。”

“也没有根据证明不能返回。”河濑抱着胳膊，说道，“至少，学者们保证两次 P-13 现象不是一回事，而且在数学上是相反的。既然这样，不妨期待会发生跟前一次相反的现象。”

“不明不白的期待只会扰乱人心。要把命也赌在上面吗？”

河濑很夸张地后仰。“谁也没叫别人去赌，不喜欢就别干，爱怎么办就怎么办。我倒是想试试。”

诚哉瞪着河濑，说道：“你说真的？”

“当然是真的。在这里即使活着，也没有复原的可能性，一切等于零。既然这样，哪怕希望不大，我也想赌赌看。”

“可能会白白死掉。”

“可能吧。到时再说，我不会后悔。”河濑说着，歪着嘴角露出笑容，“死了也就不用后悔了。”

诚哉摇摇头，然后看着小峰，问道：“你也这么想？”

小峰轻轻点头。“即使回不到原来的世界，情况也不会比现在更差。我没有自信在这个世界活下去。反正是死，即使概率不大，我也想赌一把回去的可能性。”

诚哉恼火地拍着桌面。“这样的想法是错误的。我们此时此刻活着，应该珍惜自己的生命。”

“我没说不重视。”河濑应道，“我明白赌注极大。”

诚哉长叹一声，双手叉腰，似乎在寻找说服的话。

这时，明日香说话了：“那个，在哪里死都行吗？”

冬树心头一震，注视着她的脸。“明日香……”

她应该感觉到了他的目光，但二人视线没有相交。她沉着脸望着小峰，继续提问：“没有规定说一定要在上次死去的地方才行？”

小峰摇头。“详情一概不知。也许会有某些规定，但现在还不知道如果不遵守会怎么样。”

“明日香，”诚哉以教训的语气说，“别想那些无聊的事情。”但明日香没有回答，低着头。很显然，河濑等人的提议占据了她的脑袋。

“你们这说法好像不错。”户田小声说，“反正这样下去都是死。既然这样，赌上一把也不坏。”

“专务也这么想？”河濑高兴地说，“这样就有三人决定了。姑娘怎么考虑？如果女高中生跟我们一起，很能为我们鼓劲啊。”

“够了！”诚哉很严厉地说道，“这不叫赌命，只是粗暴对待生命。为什么不想在这个世界活下去？的确很苦，但不是熬过来了吗？今后也一定有办法活下去。别自暴自弃，冷静点！”

“我没有自暴自弃。”河濑声音低沉地说，“我反复考虑后才得出这个答案。我这人不喜欢活着就好的想法，否则当初就不会去干黑社会。”

“想生活得有意义，在这个世界也行。”

“建立村庄吗？你可能可以，但我不行。放过这次机会，我至死都会后悔。我会反反复复想：那时为什么不豁出去？那比死还让人厌恶。”

河濑的反驳让诚哉沉默了。这时，他忽然留意起外面的声音。不知不觉中，开始下雨了，而且雨脚很密。

“今天是几月几号？”明日香冒出一句话来。

“刚才用有日历功能的表确认过了，”小峰答道，“今天是四月十一日。离第二次 P-13 现象正好还有一周。”

“一周？既然这样，就没必要瞎移动了。”

冬树吓了一跳，说道：“你是说不出去，就待在这里？”

“那样做没有意义了嘛。往后只有一周，好歹过了就行。”

“是吗？这样啊。”户田拍起手来，“既有食物，又可避寒，就是过好剩下的一个星期而已，真不错。”他说完，麻利地起身走入厨房，目标应该不外乎啤酒。

“真想干吗？”冬树对明日香说道，“要在一周后自杀？”

她有点困惑地微侧着头思索。“还说不准。既害怕，也想试。你完全不想吗？”

“我……”冬树语塞。他不由自主地窥视诚哉的表情。

“看来有我在场，你们说不了心里话。”诚哉说道，“我离开一下，你们彻底谈谈。可是，我要先说一点：认为自己的生命只属于自己一个人是错的。我说过多次，人数越少，剩下的人越难生存。比如勇人，如果没有别人，他就活不下去。而且，他也不能像你们这样选择死，谁也没有因此可杀他的权利。也就是说，他只能留在这个世界上。为了不抛下他一个，我留在这里。我不会逃。”

冬树默默目送诚哉走出房间。

河濑耸耸肩，说道：“你大哥太热血了。”

“但我没有考虑过勇人，”明日香说道，“对呀，如果我们都不在了，那宝宝活不下去的。”

“只是大家一起死掉而已。”户田一只手拿着啤酒罐，说道，“没必要想那么复杂。即使那宝宝也一样，反正他在这里也活不长。”

“所以我们就有权杀他吗？”冬树问道。

“不是杀他，是带走他，去另一个世界。”河濑答道。

“但是否真能去，我们并不知道。即便能去，也难说那边是否比这里还差。自作自受无所谓，但对于勇人，谁能负又怎么来负这个责任？”

“不想什么责任的不行吗？走一步看一步。”

“可是哥哥想负起责任。他认为前程未明就要勇人去死，是不负责任。在这一点上我也有同感。”

“那就没办法了，你们尽管做得让自己心安理得吧。我可要利用 P-13 现象，跟这个世界拜拜了。”

河濑走出房间。小峰和户田也随之离去。

冬树拉过一把椅子，坐下。“事情真是麻烦了，大家已经一盘散沙。”

“你怎么看？还是觉得诚哉先生正确？”

“我认为他没错。在这样的局面下，他还顾及婴儿，令人佩服。但我也明白河濑他们的心情。要说我心底的感受，也有赌一把的想法。一方面，如果能回原来的世界当然想回；另一方面，我也没有自信在这个世界活下去。”

“你也好我也好，都是凡人。”

“恐怕是吧。但且不说河濑，户田先生和小峰先生，他们真能去死吗？不害怕吗？”

“不知道……到那时就胆怯了吧。”明日香脸上浮现笑容，转头问荣美子：“妈妈有打算吗？”

荣美子抬起闷闷不乐的脸，刚说了“我……”便打住，望向门口。美保正好要进来。

“美保，早饭还没好呢。”荣美子柔声对女儿说道，“做好了就叫你，在房间里再待一会儿吧。”

美保点点头，走了出去。

“跟以前比，小美保开朗多了。”冬树说道。

“自从我忏悔了带她自杀的事，就好多了。那么做也许把那孩子从痛苦中解放了。”荣美子双手掩面，“到现在，我还记得我们从屋顶跳下时的情景。那孩子凝视着我的脸。与其说是恐惧，不如说是吓了一跳。我想，自那以后，她可能很伤心。那是理所当然的。被亲生母亲杀死，应该做梦也想不到。”她双手掩面，指尖按着双眼，“让那孩子再一次那么看我，我做不到。‘我们也许能回到原来的世界，一起死吧’——这话我实在说不出口。”

45

雨势有增无减，天空一直都很暗，没有一丝变晴的迹象。不祥的余震仍不时袭来。

诚哉坐在会客室，手端倒了白兰地的酒杯。他脑子里只有一个念头：如何才能确保安全的住处。他甚至认为，继续待在这所宅邸，就意味着死亡。即使周围积了水，假如水马上就退，那还行。但是没有任何保证会这样。宅邸里剩下的食物至多只够一个月。若食物吃光时水还没退，就求生无门了。

但以现在的情况看，可以预想谁也不会接受他的提议。走到这里都已经那么难了。大家肯定已没有劲头一身泥巴在瓦砾堆上跋涉。

诚哉想，大家被河濑等人的假设吸引，也是理所当然。返回原先的世界也是他自己最大的心愿，但无论怎么考虑，都不能想象会有如此美好的结果。在以往的世界里，大家已经死了，所以才会在这里。这样的人能返回原先的世界吗？不会让时间和空间产生新的悖论吗？

诚哉摇摇头，往杯子里倒白兰地。他想，无论如何说服，大家都难舍说不定能返回原来世界的梦想。河濑和小峰，还有户田，都不害怕在这个世界里死去。

他咕嘟喝下一口酒时，门口有声响。菜菜美打开门，站在那里。这里还有一名向往死的女子——他心想。

“怎么了？”他问道。

菜菜美怯生生地走近。“我听明日香说，那个……说是也许能回到原先的世界。”

“这说法没有根据。河濑和小峰他们只是把超常现象往好处解释，让想象膨胀起来而已。”

“不过，也许有可能发生什么事情吧？在那个时间死掉的话。”

“但那不能保证会带来幸福。”

菜菜美走到沙发旁边，说道：“我可以坐下吗？”

“当然，请吧。”

她一身运动衫打扮。在这里的几天，她越发显得消瘦，脸颊凹陷，下巴突出。

“你这样说，看来是不会有所行动了。即便要发生 P-13 现象。”

“我打算什么也不做。上次发生这个现象时，如果我服从上司命令，什么也不做，就不会来到这个世界。这回我就要遵守这个指示。”

“是吗？可是，河濑先生他们是要自杀吧？”

诚哉叹了口气。“我正苦思冥想，怎么才能说服他们。”

“你打算制止他们吗？”

“我觉得这是我的义务，就像曾经制止你一样。他们想要做的只能是自杀，但他们却视之为积极的行动。所以不好办。”诚哉喝干白兰地，端着杯子，看着菜菜美，“你也赞同他们的行动吗？”

诚哉满以为她会立即点头，但出乎意料的是，她没有马上回答。

“我不知道。的确，我一直希望死掉。可那是因为我对这个世界绝望了，是因为我觉得活得很无奈，这种心情直到现在也没有多大改变。所以，为了在别的世界生存而自杀，该怎么说呢——没必要。因为，我已经不想活着了。”

“即使可能会返回原先的世界……也是吗？”

菜菜美盯着诚哉，回答道：“你不是认为回不了吗？”

“我觉得不会有那么便宜的事情。”

“应该是吧，我也那么觉得。也可能被送到比现在还难生存的世界，太可怕了。”她垂下视线，然后又翻起眼睛往上方看，“而且那边不会有你在吧？”

面对这倾慕的目光，诚哉一瞬间感到心中悸动。但他强忍着不动声色，轻轻点点头。“因为我不会莽撞地赌博。”

“既然这样，我也不赌。不仅不能返回原先的世界，还只跟着他们这些人，光是想象就不寒而栗……”菜菜美抬起右手抚摸左边肩头。

至此诚哉才理解了菜菜美的意思。她是说，假如诚哉自杀，自己不妨也赌一把命。可以明白，她要和他共命运。

“那么，正好是一半。”

“一半？”

“十个人的一半。有五个人宣布不参与莽撞的赌博，不，准确地说，宣布的只是三人，其余两个是我们要负上责任的。荣美子女士说，带小美保自尽的事情，她不会干第二次。至于勇人，我来保护他。再加上你，就是五个人。”

“冬树先生呢？”

“他看来正迟疑不决，恐怕明日香也是。”

“应该是。她跟我说河濑他们的计划时，她自己怎么做，还没有定下来。”

“可能他们会得出相同的答案。会是什么答案，我也不能推断，但已经没时间等待了。现在马上准备出发为好。”

菜菜美抬起头，面露迷惘。“出发？去哪里？”

“还没定，但我觉得海拔高的地方好，最好离开东京。如果往北走，寒冬难熬，所以还是往西……”说到这里，诚哉打住了话头，因为发现菜菜美表情阴郁地低下了头，“你怎么了？不舒服吗？”

菜菜美低着头，缓缓地晃了晃。“这样的话，就不必了。”

“不必？什么意思？”

“不要把我算进你的人数了。不是五个人，是四个人。我没有心思跟河濑他们行动，但也不是因此就想在这个世界活下去。”

“菜菜美小姐……”

“对不起。我好像让你抱有过高的期待了。”她站起来，向门口走去。在出房间之前，她回头说道：“别管我了，反正我帮不上忙。”

目送她低着头离开，诚哉颓丧地垂下脑袋。

面对奥赛罗棋盘，冬树却下不了子。他忽然噗地一笑。“实在不是能下棋的气氛啊。”

“还是你提出下棋的呢。”明日香撅着嘴。

“我是想换换心情比较好。因为我理不出头绪。”

“还是下不了决心吧？”

冬树绷着脸点点头。“做梦也想不到，还有这么一天，得自己选择死。对了，你怎么样？决定选哪个？”

“还没定。说实话，完全不行。”明日香耸耸肩，“最初听说时，就想‘干吧’，因为这样下去反正活不长。可现实地一想，死还是很可怕的。我觉得很可能会白白死去。”

“我也有同感，也不想死。就算在这样的世界，如果努力活下去，或许也会有好事发生。”

“那就不死了？”

冬树抱着胳膊，喃喃道：“可一想到也许能返回原来的世界，就不知怎么办了。我觉得，如果河濑他们成功了，我一定后悔。”

“是啊。即使他们成功了，由于 P-13 现象不再来，我们就不能再做同样的事情了。”

“机会只有一次……”

“哎，我想啊，如果成功了，河濑他们会怎样呢？”

“那就是……返回原来的世界了吧。”

“不是，我是说在这个世界会出现怎样的景象？他们的身体会在我们眼前刷地消失？”

明白了明日香的问题，冬树思索起来。“可能吧。前一次 P-13 现象时，我们身边的人消失了，跟那种情况一样吧？”

可明日香脸上还是不能释然的样子。“那时不是周围的人消失了，而是我们被拖进没有人的世界。我觉得有点不一样。”

“哦，是吗？也就是说，问题在于以前的世界里的人怎么看待我们。我们是消失了，还是……”冬树挠着头，说道，“不行，我想不明白。”

“既然这样，那就得看清楚啊，究竟会怎样。”入口处忽然传来说话声。河濑站在那里。“妨碍你们吗？”

“哪里。”冬树说道，“来拿酒吗？”

“酒房间里有。其实有个难题，想跟你们商量商量。”河濑走到沙发旁坐下。

“很少见啊，你提出谈事情。”

河濑面露苦笑。“这回是豪赌一生，方方面面都得慎重，弄错就玩完了。”

“什么事情？”

“计时器。”

“计时器？”冬树和明日香面面相觑。

“四月十八日下午一点十三分十三秒将要发生 P-13 现象。这时间没问题，但我发现了一个大问题：没有准确的计时器显示那个时刻。”

“啊！”冬树喊了一声。

河濑歪着嘴角，说道：“计时器当然有，官邸里也有电波计时器，但准确性无从保证。据小峰说，现在已经没有显示时刻的电波了，恐怕是电信局受灾了。没有电波，电波计时器也就跟普通石英钟一样。”

“哦。”冬树恍然地点点头。

“也就是说，照现在这样子，就把握不了发生 P-13 现象的时机。”

“既没有电视节目，又没有电话报时，也没有可靠的标准电波。没有准确的方法知道现在是几点几分。”

“的确是这样。”

听着河濑说话，冬树心里又想，所谓时刻，也不过是人们定出来的而已。假如全世界的计时器都坏了，所谓时刻也就消失了。他不禁嘟囔道：“我们失去时刻这个东西了……”

“那该怎么办？”明日香问河濑。

“没有的东西就没办法了，只能使用有的东西。虽然已经沦为普通石英钟，但最准确的还是那个电波计时器。虽然不知道最后捕捉到电波是在何时，但在那个时刻应该是分秒不差的。问题在于之后经过了多少时间，误差了多少。据小峰说，经过一个月，普通钟表有十秒左右的误差。这个误差太大，弄不好就白死了。所以……”河濑舔舔嘴唇，竖起食指，“我决定取平均值。”

“平均值？”

“收集尽量多的电波计时器，把它们显示的时刻的平均值作为现在的时刻。怎么样，这样看起来可行吧？”

冬树脑中浮现出一大排计时器的景象。“感觉是可行……但实际会怎么样呢？”

“既然没有其他办法，就只能这么办。好，就从这里开始谈，请你们帮帮忙。”

“该不是要我们收集计时器吧？”

河濑听了冬树的回答，打了个响指。“果然聪明。正确无误。像刚才说的，我希望收集尽量多的计时器。五六个还是不放心，目标是二十个以上。”

“现在有几个了？”

“两个。”河濑用手指示意，“本来还有一个，但小峰为了验证是否收到电波，重新设定了。”

“那两个计时器显示的时刻果然有一点差异吗？”

“对，误差约五秒。”

冬树摇摇头。“那现在已经时刻不明了。”

“是这么回事。所以必须收集计时器。”

“可我们还没有决定怎么办呢。”明日香说道，“假如不在P-13现象发生的时刻自杀，就无须知道准确时刻。”

河濑听了，对她嘿嘿一笑。“不帮忙也行。可等你再说要自杀，我们可不告诉你时刻了。只有帮忙收集计时器的人，才有知道时刻的权利。这是我们决定的规则。”

46

上楼梯时又感到有点摇晃。冬树止步回头，看向跟上来的明日香。她尽管面带惊惶之色，还是点头示意自己没事。

“很晃啊，应该不是建筑的原因吧？”

“我觉得不是。感觉晃的间隔变短了。”

“又要来大地震了吧。”

“可能啊。”

二人在官邸里。他们从与宅邸相连的二楼进入，在各层查找。

来到顶层即第五层，冬树用手电筒照向走廊。发电设备看来已经停止，应急灯也不亮了。

“官房长官室”的标志出现在眼前。冬树打开门进入。室内一股潮气。

这是一个朴素的房间，只有桌子和简单的会客摆设。冬树回想起经常在电视上露面的官房长官那张官僚面孔。他就是在这里写稿应付媒体报道。

桌面上有一个小座钟。冬树拿起它。

“怎么样？”明日香问。

“无可挑剔，是个电波计时器。”

“运气不错。”明日香小声嘀咕道。

“官房长官迟到了可不行。”冬树说着环顾室内，没有再看见钟表，打开抽屉也没有收获。

官房长官室旁边是官房副长官室。二人也进去看了，只有一个普通钟表。

“终于来到这间啦。”冬树指着首相办公室的门。他打开门，正面是一张大桌子，沙发环绕摆放。里面放着一张厚重的书桌，冬树往前看，吓了一跳。诚哉坐在椅子上。“哥，你在这里做什么……”

“该我问你们才对。来干什么？”

“我们……在找计时器。”

“计时器？”

“电波计时器。”

冬树说了和河濑的交谈。诚哉表情淡漠地点点头。“的确，正确的时刻也能成为交易的材料。不愧是干过黑社会的。那么你们也属于要自杀的一方了？”

“这一点还没定，只是觉得能把握准确的时刻也不错。”

诚哉眼珠往上一翻，望着冬树。“所谓时刻，不过是人制订的。古人以月亮的圆缺和太阳的移动来把握时间。这就足够生活了。”

“哥还没有放弃建设新世界的梦想吗？”

“没理由放弃。只要活着，就要有目标。”

“P-13 现象之后，河濑他们就不在了。人这么少能干什么啊。”

“天助自助者。”诚哉说道。

“你说什么？”

“我是说，如果希望得到好运，首先自己要尽最大努力。我接受在此基础上的结果。如果走到头只有死，那时我会认命。但在那之前我不会放弃。我执著于生。”

“河濑他们也执著啊。”

“那不叫执著。他们想得到的东西只是重来一遍而已。”

“重来一遍？”

“利用 P-13 现象，也许会产生新的并行世界。但不可忘记，那并不意味着死了的人就可以移动过去。我们容易认为我们是前一个世界移动来的，但实际上不是这样。在这个世界产生的同时，我们也被制造出来了。时空为了不发生矛盾，制造了并行世界。假如是这样，此刻在这里的我们就不可能返回原来的世界。一旦返回，就会产生更为复杂的矛盾。”

“会变成什么样？”

“假如在发生 P-13 现象时死去，跟这个人完全一样的人可能就会在某个并行世界中产生。但这跟原来的人并不是同一个。无论如何，原先的人死了，这个事实不变。”

冬树仿佛眼前一亮，心想的确如此，并不是我们这些人移动到并行世界了。

“到这里来。”诚哉站起来。他站在窗边，那里放着一架双筒望远镜。他拿起望远镜，递给冬树。“用这个看看市区。你亲眼看看东京怎么样了。”

冬树走到诚哉身边。他望向窗外，不禁愕然。

展现在眼底的景色完全变成了单色。深灰色——用颜料画画时，洗笔的水最后总会变成的就是这种颜色。所有东西都是同一颜色，而且因为一直下着暴雨，市区情况看不真切。

冬树把望远镜贴在眼前，调整焦距。最先跃入眼帘的，是浸在泥水中的信号灯。曾经是道路的地方，泥水哗哗流淌。水下情况复杂，处处卷起旋涡。

“积水太严重了……”他咕哝道。

“没错。据我的调查，现在脱身的路径只有一条。而且，如果水位再涨五十厘米，就完全逃不掉了。”

“真是连场暴雨，怎么会这样……”

“是地震的影响。”诚哉说道，“地基在下沉，沉得厉害的地方近两米呢。大雨不停，加上地面下沉，积水也就不可避免。”

“是这样啊……”

“这意味着什么，你明白吗？”

冬树侧着头，表示回答不了。“是什么？”

“意味着大家也许期待雨停了水会退，但这种可能性很低了。如果地基继续下沉，甚至会出现跌破海拔的可能性。水没退，食物就先吃完了。”

“真会这样？”

“不会这样的乐观依据在哪里？”

冬树无言。没有任何根据。

“想要活下去，必须马上离开这里。我当然会这样做，荣美子已经在准备。我们会带上小美保和勇人，不允许有任何迟疑不决。”

“在这样的天气里？”

“如果往后有转晴的希望，那不妨等，但是应该没有那种可能。”

“菜菜美小姐呢？”

诚哉脸上阴郁起来。

“我无论如何都要带她走。她失去了活下去的力气。如果我们不在，她可能自杀。”他说着，交替看看冬树和明日香，“不说不好的话了，你们也照我说的做吧，一起离开这里。不这样就不可能活下去。别把它当我的忠告，算是我的请求吧。我说了多次，根据你们是否一起走，会令我们的生存概率发生改变。”

冬树和明日香对视。明日香垂下了视线。

“给我们一点时间吧。”冬树说道，“请让我们考虑一天时间。”

诚哉焦躁地摇头。“这一天里，难以预测事态会恶化到什么地步，所以才这么着急。”

“明早之前吧。不会让你再等的。”

诚哉叹了口气。“没办法。明天早上出发，不会再延期。假如要一起走，在这之前准备好。”

“明白。”冬树答道。

河濑把冬树交来的电波计时器和其他时钟摆在一起，脸上浮现满意的笑容。“这下子有六个啦。跑得最快和最慢的都算在内，大概差异有二十秒。正确的时间就在这二十秒之内，应该没错了。”

“计时器收集得越多，时针的差异幅度越大。即使这样，取平均值也行吗？”冬树问道。

“不能说没问题，可是没有办法，对吧？”

“问一个问题行吗？”

“什么问题？”

“你打算怎么死？”

听了冬树的问题，河濑咧嘴一笑。“还在乎这事啊？”

“我想你也知道，必须在至关重要的十三秒内断气。”

“没错。哪怕还有一丝气息，也就失败了。也就是说要速死。这样就不能使用利刃。虽然砍头能速死，但哪儿有断头台啊。所以我预备了这个。”河濑掏出一支手枪，闪着不祥的、黑亮黑亮的光。

“在哪里弄到的？”

“没费工夫，在官邸寻找计时器时发现的，装着子弹呢。试射过了。把它这样……”河濑做出把枪塞进嘴里的动作，“一扣扳机了事。毫无疑问会速死。”

“小峰先生，你们也用同样方法吗？”冬树问一旁的小峰和户田。

二人不知为何没有答话。于是，河濑接着说：“他们说想其他方法。我用完他们接着用，可能来不及嘛。本来他们就没玩过枪。可行的方法多了，最干脆的就是跳楼。从官邸楼顶跳，绝对可以速死。”

冬树明白小峰和户田面露不快的理由了。他们还没有定下寻死的方法。

“真的不打算另作考虑吗？”冬树对小峰他们说，“像刚才说的那样，并不能从这里去另外一个世界。在这个世界死去，在这里的人生就结束了。跟你们一模一样的人虽然可能出现在另外一个世界，但跟你们不是同一个人。那样也行吗？”

小峰向冬树转过脸，说道：“我们也想过了，然后才作的决定。所以，别再劝我们了，好吗？”

“关键是你还迟疑不决。”河濑对冬树说道，“因为自己感到迷惑，所以想从各方面质疑作出了决断的人。是这么回事吧？”

冬树瞪着河濑，但随即又移开了视线。“也许是吧。”

河濑显得惊讶，似乎冬树直率的承认让他意外。

走出河濑等人的房间，冬树来到食堂。明日香一个人坐在那里，手里端着茶碗。“喝茶吗？”

“不，我不用。”冬树坐在她对面，“有答案了吗？”

她点点头。“我不折腾了。不跟诚哉先生走，采取河濑他们的行动。”

“在发生 P-13 现象时死吗？”

“嗯。”她小声答道，“我实在做不到。创造新世界之类的事我做不来，也当不了夏娃。说实话，我投降。对不起。”

“你没必要跟我道歉。”

“你下决心了吗？”

“不……我还在犹豫。我想，要不先收拾一下出发的行李吧。”

明日香垂下视线，两手包拢着茶碗。“说实话，我也曾想，假如你去，那我也跟着去。我没有当夏娃的决心，但跟你在一起也能活下去。可是，不会那么轻而易举吧，肯定的。诚哉先生考虑的建设新世界肯定会更难。所以，我虽然喜欢你，但我实在做不到，所以，我决定逃掉。”她的声音在颤抖，眼泪簌簌掉落桌面。

冬树心乱如麻。他手足无措，只能起身绕到桌子另一侧，把手搭在明日香肩头。明日香握住这只手。“对不起……”她重复道。

“够了，这就够了。”冬树说道，“你不必勉强。我哥说的是理想主义。而且哪个是对的，谁也不知道。何况是在这么一个世界。这是无所谓善恶的世界，最可靠的应该是自己的感觉。”

“谢谢。”她抬起脸，热泪盈眶，“跟冬树你不会再见了吧。”

“如果我跟哥哥走，就是那样了。”冬树说道，“可是，我不走。就在此刻，我下决心了。难为你坦陈心迹，我也照实说吧。我不能丢下你，自己走。我也要留下来。”

明日香摇头。“那可不好啊。是我拖住你了。”

“不是你拖的。我要留是我的主意，你不要在意。”冬树回握她的手。

47

微暖的风吹着，雨也停了，但看起来只是暂时的。已是黎明时分，可西边天空仍黑云翻滚。

诚哉在贵宾室里眺望窗外。他身边放着一个大背囊，还有几个包，里面装的几乎全是食物。因为不知要花几天才能找到新的安居地，所以尽可能多地装了食物。

“诚哉先生。”身后传来一个声音。诚哉回头，见门口站着荣美子。“我把菜菜美小姐带来了。”

“太好了。”诚哉脸上浮现出笑容，“请她进来吧。”

在荣美子的催促下，菜菜美进入房间。她低着头，不去看诚哉的脸。

“我退席了啊。”荣美子说道。

诚哉无言地点头。等荣美子走出去、关上门，他才再次注视菜菜美。她仍旧耷拉着脑袋。

“接下来要出发了。”诚哉说道，“留在这里很危险，请你也一起来吧。”

菜菜美略一后退。“之前不是说了吗？我不想活下去。勉强挺下去，一件好事都不会有。”

“这不好说。不活下去试试就不知道。请你别放弃。”

菜菜美摇摇头。“请你把我放下吧。我只会缠住你的手脚。”

“哪里的话。老实说，你不来，我们很难。还有像勇人和小美保那样不照料就活不下去的人。我们很需要你的力量。助我们一把力吧。”诚哉跪在地上，双手扶地，低下头去，“求你了。”

“……请你别这样。我很为难的。”

“希望你明白我的心情。”

“你们不是还有冬树先生和明日香小姐吗？”

“我弟他们是否跟我们行动，还不知道。假如没有他们，很多负担就都压在荣美子女士一人身上了。这种情况无论如何也得避免。”

“假如冬树他们不走，即使我加入，也仅是五人而已。而且其中两人是婴儿和小孩……这怎么能活下去呢？”

“不知道。可是如果一起走，我无论如何都会保护大家，即使拼了命。”

菜菜美歪着脸，摇摇头。“即使能活下去，人这么少，终归都得死掉。这样的结果又有什么意义？”

“说到这一点，任何世界都是同样的。活的东西终归要死。我觉得，重要的是如何活下去。要知道活下去的意义，就只能拼死求生。”

“所有的意义对我来说都无所谓了。只是觉得勇人和小美保挺可怜的……”

“不仅仅是勇人和小美保，”诚哉抬起脸，说道，“我也需要你。我觉得有你在，我就能拿出超乎寻常的力量。”

菜菜美浮现出困惑、苦闷的表情。“你这样说真让我……”

“假如你跟河濑他们一样，要在 P-13 现象的时刻自杀，我不会这样来说服你。因为我也不知道哪一种做法是正确的。可如果不是那样，只是单纯地要选择死亡，那就跟我们一起离开这里吧。把你的命交给我。”

菜菜美眼中流露出犹豫。

“无论去哪里，都会与死亡相邻。既然这样，跟别人在一起不是挺好吗？”诚哉话里带着深情，“我想跟你在一起，不想一个人死。”

他感觉菜菜美肩头一下子力气尽失。

“像我这样……行吗？”

“没了你，我一筹莫展。求你了！”诚哉凝视着她的脸。

菜菜美慢慢闭上眼，一动不动。过了一会儿，她张唇说道：“那就再活……一点试试看吧。”

“请一定要这样！谢谢了！”

听诚哉这样说，她睁开眼睛，脸上透出一丝笑容。“就因为你，我总是难以了断。本想早点轻松的。”

“我不能让你死。”诚哉站起来。

就在此时，地板摇晃起来。菜菜美发出低呼，靠向诚哉。诚哉站稳，托住了她。房间各处发出咯吱咯吱的声音。

摇晃很快停了。菜菜美说了声“不好意思”，退后两步。

“请赶快作准备，只需要方便行动、结实的衣物即可。食物和生活必需品已经塞好了。”

菜菜美说了声“明白”，便走出了房间。

虽然是早上，外面还是有点暗。云像弄脏的棉花，形成了旋涡。

宅邸前，冬树面对诚哉一行。诚哉身旁有荣美子和菜菜美。诚哉背着大背囊，两只手提着包。荣美子牵着美保的手，菜菜美背着勇人。

“哥，对不起。”冬树对哥哥说道，“我作了那样的决定。”

诚哉微微点头。

“没办法。还想说说话的，可到时间了。”

“嗯。”冬树应道，“小峰先生说了，即使是防震建筑也接近极限了。如果再有大地震，不知道会怎么样。如果想在这个世界活下去，尽早转移到别处为好。”

“到下一次 P-13 现象为止……”诚哉的目光落在手表上，“还有两天多一点。虽然也想看到最后，但等不及了。”

“诚哉先生，”冬树身旁的明日香说道，“对不起。既然这样决定，我们本该更早拿出答案。那样的话，你们就可以更早出发……”

诚哉摇摇头。“别介意。往后两天，你们得尽量支撑。如果在 P-13 现象之前丢了性命，就什么意义也没有了。”后半句，他是对冬树说的。

“当然，这事我明白。”

“能准确把握时间？”

“用河濑的方法。已经收集十个计时器了。”

诚哉点头，摘下手上的表。“戴着这个吧。你知道，我每次逮捕凶手前必然对表。听着报时，连秒针也对上，所以相当准确，也许能起作用。”

“哥不用吗？”

诚哉笑了。“时间对于要在这个世界活下去的我们没有必要。”

“明白了。”冬树接过手表戴上。

“那么，我们就出发了。”诚哉说道。

冬树注视着哥哥的脸，然后将视线移到他身后的菜菜美和荣美子身上。她们没有打算掩饰不安和怯意。此行不知什么在等待着她们，所以这是理所当然的。而且连能走的路也没有，连落脚的住处也没有。不论走到哪里，只有丛林般的废墟。

冬树忽然想，自己等人在她们眼中是怎样的？期待不知是否会发生的奇迹，放弃活在这个世界的人，在她们眼中也很愚蠢吧。

“怎么了？”诚哉问他。

“啊，没什么。哥哥，一路顺风，保重！”

“你们也是。”

尽管将就此永不相见，冬树心中却几乎没有伤感。他自己也明白，已经没有感伤的余地了。

诚哉转身迈开步子，两名女子和美保跟了上去。想象一下极尽艰辛的路途，她们的步伐实在太弱了。

等他们的身影消失了，冬树和明日香一起返回宅邸。大门敞开着。建筑物倾斜得越来越厉害，门已完全不能开合。不光是这道门，到处都出现了扭曲变形。

河濑、户田、小峰三人在食堂。户田依旧一大早就喝啤酒，仿佛要趁着醉意实施自杀。河濑和小峰望着摆在桌上的时钟。小峰在纸上作记录。

“他们走了？”河濑问道。

“嗯。”冬树点头。

“要带着女人孩子在这个毁掉了的世界活下去？我真服了那位警官先生。”

“我哥有他的宗旨，他不能理解我们。”

“看来是这样。算了，哪一种做法都性命攸关，这一点是相同的。哎，老弟，你那手表是怎么回事？”河濑眼尖，盯着冬树的手腕。

“我哥给的。但不是电波手表。”

“那就不能算补充了。什么时候对过表也不知道吧？”

“不，他在 P-13 现象即将发生时对过。他说连秒针也对了。”

“哦，让我看看。”

冬树摘下手表递上，河濑饶有兴味地看着。但与桌上的钟表对照时，他不禁皱起眉头。“什么呀，还是差了不少。”

“差了？我觉得应该不会。”

“不，差了。你看，它比其他钟表大约慢了一分钟。”

冬树看着其他钟表的指针。正如河濑说的，其他钟表指向比诚哉的手表约快一分钟的时刻。

“奇怪，怎么会呢？”

“不用那么想不通吧？只是警官先生没对好而已。”

“我哥不会犯这种错误。要逮捕凶手时，他向来很慎重。”

“这么说就是手表跑乱了。无论是哪种原因，都不能用它了。”

“不，等一等。”小峰走过来，拿过手表，“莫非……”

“怎么了？有什么不对？”

小峰没有马上回答，面露迟疑。

“喂！”河濑急不可耐地喝道。

“说不定是这只手表……”小峰嘀咕道，“准确。”

“你说什么？为什么？”

“电波计时与以往的钟表相比，具有压倒性的准确性，但那是因为它能定期捕捉标准电波进行修正。可如果标准电波自己乱了，接收了电波的计时器当然也就会混乱……”

“电波乱了？怎么可能？”

“假如发送电波的电信局出了问题，就有可能。这个世界发生什么都不是不可能的，实在无法保证电信局在停止前一直在发送准确的标准电波。”

河濑咂了咂嘴。“这种事情说起来没完。不就是信警官先生一只旧表、还是信十个最新型的电波计时器吗？”

小峰摇摇头。“标准电波一乱，电波计时器全都会乱，数量再多也一样。”

河濑挠挠头，从小峰手上抢回手表，塞给冬树。“这个你拿着。听着，别让我们看。在某种意义上，它是个诱惑。在自己处决自己的时刻，稍一动摇就完蛋。”

冬树收起手表，河濑指着小峰的鼻子说道：“时间按电波计时器定，就这样定了。没意见吧？”

小峰脸色苍白，点了点头。

就在这时，冬树受到了自下而上的冲击。他被猛地抛到空中，然后后背着地摔了下来。

最先跃入眼帘的，是天花板上剧烈晃动的枝形吊灯。沉闷的冲击声断断续续响起。接着，房间各处响起木材相互摩擦的声音。

“危险！”小峰喊道，“快逃、赶快逃！要塌了！”

冬树握着明日香的手。他想冲向门口，但摇晃太厉害，他们甚至站不起来。二人爬着移动，钻进大理石桌子底下。接下来的瞬间，整个世界随着一声轰响歪倒了。冬树紧紧抱着明日香。

48

冲击袭向全身，二人仿佛置身于猛烈敲打的大鼓中。冬树紧抱着明日香，身体多次弹起。尽管如此，他还是拼命控制着，不让自己从桌下滚出来。

他不知道过了多长时间。双眼紧闭，嘴巴也抿得紧紧的。多次轰鸣响过，仿佛连听觉也麻痹了。

他甚至觉得也许会这样死去。他感觉有某种东西——某种超越人类智慧的、压倒性的东西，打算消灭自己这些人。

几乎所有感觉都在闭塞之中，最先复苏的是嗅觉。冬树在尘土味里嗅到微微的香气，是洗发水的香气。接着，明日香的发梢触到自己脸颊的感觉复苏了。同时，他感觉到了她的体温。

“明日香！”他呼唤道，声音变得很沙哑，“你还好吗？”

她的头前后微微动了动，似乎在点头。

冬树睁开眼，可是一片漆黑，什么也看不见。他正趴着，明日香在他下面。

他想站起来，却不禁愕然。瓦砾、木头包围着他，手脚几乎动弹不得。

“怎么了？”明日香问道。

冬树没回答，拼命伸展手臂。可是倒在他身旁的、似乎是柱子一部分的木头纹丝不动。

“冬树……”

“被困住了。”

“什么？”

“看来屋子塌了，我们被压在天花板和墙壁下面了。如果不是躲在大理石桌子下面，我们可能就被压扁了。”

“……怎么办？”

冬树焦躁起来。他觉得必须说出对策，但脑子一片空白。

“我们就这样出不去了？”

“不可能。”

“为什么？我们动不了。”

冬树舔舔嘴唇。然后大喊道：“河濑！”

明日香颤了一下，看来是受惊了。

“啊，对不起。稍微忍耐一下。”

“嗯，没事。”

冬树再次呼喊河濑，然后接着喊：“户田！小峰！”但是没有回音。或许三人也都被埋住了。

“没有回音呢。”明日香说道，“这里没有消防队、警察和医院，谁也不会来救我们。”

“绝望还为时尚早。”冬树使出浑身力气，想推动周围的东西，但姿势受限制，使不上劲。

“算了吧，冬树，别勉强。我也没绝望。”

“……什么意思？”

“你能看手表吗？还是太暗看不清？”

“手表？不，应该能看到。”

冬树还是两臂环绕明日香头部的姿势。他用右手按下左手腕上手表的按钮，淡淡的光亮起，表盘呈现出来。指针指向八点四十五分，当然是上午。他告知情况，明日香说：“好极了。只要知道时间就好办。”

“为什么？”

“就等到下一次 P-13 现象而已嘛。虽然肚子饿，但两天还是能坚持吧？”

她想说的话冬树也明白了。“你是说，我们就这个模样迎接 P-13 现象吗？”

“没别的办法嘛。如果这样动弹不得，我们只能死。但原本我们就打算死呀。就当是准备工作提早一点开始好了。”

冬树一声叹息。“确实如此。就这样迎接 P-13 现象毫无问题。这种时候能这样想，真是很厉害。你真的很坚强。”

明日香在他的臂弯里摇摇头。“根本就不坚强，所以我才没跟诚哉先生走。我觉得选择死毕竟是一种逃避，所以才想至少不能怕死。反正能跟你一起。”

“是啊，我也这么想。”冬树抱着明日香的手臂使了使劲。

“不过，有几个问题呢。”

“计时对吧？我这只手表比电波计时器慢一分钟，这个问题怎么处理？”

“这是个问题，但还有更大的问题。”

“什么？”

“方法。”明日香说道，“死亡的方法。这个姿势怎么才能死？”

冬树又陷入沉默。这个问题很严重。他脑海里浮现了几个方法，但每个都有难点。“慢慢想吧，时间有的是。”

冬树这么一说，明日香发出了轻松的声音：“对呀。”

黑暗之中，两人拥抱着等待时间流逝。说说记忆中的事情，谈谈感想，不时发出笑声。冬树忽然想，说不定这是他到这个世界以来第一次感到轻松。虽然一直是同样的姿势，精神上却几乎不累。

他不时看看手表。有时感觉时间流逝得慢，有时又感觉快。当希望早一刻脱离这种状态时，就感觉时间过得慢。但又意识到有种种问题，就想把作出决断的时刻推延，每逢此时，他就感觉到时间过得快了。

“哎，冬树，紧紧掐住脖子就会速死吗？”明日香忽然问道。

“不会。”冬树答道，“要窒息死亡，需要一定时间。”

“一定时间是多少？”

“不好说。可能是一分钟，也可能是三十秒。”

“那么，就从 P-13 现象发生稍前一点开始勒脖子……这样好像不行吧。”

“应该不行。”冬树抑制着声音，内心并不平静。明日香似乎想让他掐她的脖子。“还是得想一个速死的手段——”

冬树刚要说出“吧”，明日香说道：“好冷！”

冬树立即明白了她的意思。他也感觉到手臂浸在了水里。

“水……”冬树嘀咕道，“进水了。”

“为什么？为什么水会浸到这种地方？”

“是啊，说不定因为刚才的地震，发生了大规模的地基下沉。”

“那这水不会退了？会迅速涨起来？”

“不好说……”

水位在涨，即使在黑暗中也能清楚感觉到。这样下去，明日香就会没顶了。不，不仅如此，冬树也会遭受没顶之灾。

“冬树，我的后背完全浸在水里了。”

“我明白。”他拼命尝试挪动身体。如果不能站起来，两人都要溺毙。

明日香搂住他。他捧起她的头，想要推迟哪怕一点淹没头部的时间。然而水位的上涨打破了这样的想法，水已到达她的耳际。

“我是没救了！”明日香说道，话里透着绝望，“我赶不上 P-13 现象了。我要死了，完了！”

“还难说呢。”

“算了，我放弃了。所以啊，有个要求。吻我吧。反正得死，我想被你吻着死去。”

冬树无言以对。明日香又重复道：“求你了。”

已经不行了，冬树心想。他移动身体，想要去吻她的唇。

就在此时，此前完全看不见的明日香的脸忽然呈现出来。有光线射进来了，同时传来“冬树”的呼唤声。一瞬间，他以为是幻听。但紧接着，又听见有人在喊“明日香”。错不了，是诚哉的声音！

“哥哥！”冬树叫道，“哥哥，在这里！救命！”接着，他又“喂、喂”地喊。这期间，水位继续上升，明日香好不容易才让嘴露出水面。她已经闭上了眼睛。

“在这下面！”传来了诚哉的声音，“挪开这根柱子，小心脚下！”

似乎不止诚哉一个人。看来他们因为某种情况返回了。

一声巨响，有东西塌下去了，压住冬树二人的东西没有了。与此同时，冬树感觉到雨水打在背部。

“冬树，还好吗？”

听见呼唤，冬树回过头来。诚哉站在身旁，衣服污迹斑斑。菜菜美和小峰也在。

冬树扶明日香坐起。所幸她几乎没呛到水。咳嗽了几下，她哭着搂住冬树。

“已经没事了。”冬树对她说道，然后抬头看诚哉。“哥，你怎么会在这里？”

诚哉摇摇头，说道：“还是晚了。”

“晚了？”

“你站起来，看看周围吧。”

冬树慢慢直起膝盖。他长时间保持着一个姿势，现在一动关节，便掠过一阵痛楚。

他站起来环顾四周，一时说不出话。面前展现的光景远超过他的想象。市区淹没在水里，所有建筑物几乎都分崩离析。波浪从各处涌来，到处水花飞溅。

“我判断失误，离开太迟了。已经无法转移到别处了。”诚哉说道。

“所以就回来了？”

“只能这样。但我很惊讶宅邸倒塌了。我一下子就找到了河濑和小峰，但不知道你们在哪里。户田已经那样了，我也有了万一的思想准备。”

“户田先生怎么了？”

冬树一问，小峰和菜菜美低下了头。诚哉做了个深呼吸，开口说道：“去世了。他被塌下的天花板压住了。”

冬树倒吸一口凉气，脑子里浮现出户田醉醺醺时的红脸。明日香放声大哭。

其他人都在官邸避难。河濑虽获救了，但脚部骨折。而且即便是官邸，谁也说不上它能坚持到何时，何况水已经浸到三层。九个人聚集在四层的会客室。

“到了这个地步，别无选择了。”冬树说道，“等 P-13 现象发生，大家都选择死。也只能这样了吧？”

好几个人无言地点头，包括菜菜美和荣美子。

诚哉没有回答，凝望着窗外。

“现在是几点？”小峰问冬树。

“下午三点刚过。距离 P-13 现象还有二十二个小时。”

明日香叹了口气。“还有那么久……”她的话显然代表了大家的心思。冬树也在祈祷时间快些流逝。

这时，官邸又开始猛烈摇晃，可以听见墙壁和柱子发出小小的摩擦声。女人们发出了惊叫。大家趴在地上应付强烈的摇晃，河濑滚下沙发，发出非常痛苦的呻吟。

摇晃终于停止了。官邸好歹挺了过来。

“这所官邸要是倒塌，我们也就大结局了。”小峰嘟囔道。

话音未落，望着窗外的诚哉大声发出指示：“所有人转移到上一层！巨浪来了！水可能涨到这里。”

冬树从诚哉背后张望。只见浸泡着市街的混浊水面高高掀起并迫近，高度足以吞没楼房。

大家踉跄着走向台阶。诚哉让河濑手搭他的肩头。

“不用了，警官先生，别管我，我能行。”

“别逞强了，你连走都不行。冬树，来帮一把。”

冬树帮着诚哉把河濑架上台阶。就在大家来到上一层不久，官邸猛烈震动了一下——巨浪打在官邸上了。

水柱从台阶下袭来。水势汹涌，瞬间便抵达众人脚下。

“大家都好吗？”诚哉刚上台阶，便大喊道。

“菜菜美小姐呢？菜菜美小姐不见了！”明日香叫道。

49

诚哉抓住要走下台阶的冬树的肩膀。“等一下！你要干什么？”

“还用说吗？去找她。她被水柱卷走了。”

“我去！你安排大家避难！”

“可是——”

“还会有大浪袭来，每次都会激起刚才那样的水柱。游泳我比你强。”

冬树无法反驳。诚哉学生时代是游泳队的，而且拥有救生员资格。

诚哉脱下上衣，走下台阶。途中他停住脚步，回头仰望冬树。“大家就交给你了。绝对不要放弃。天助自助者。记住，不拼命活下去的人，不会发生奇迹。”

“明白！”冬树大声回答。诚哉点点头，冲下台阶。冬树目送着他，然后回头对大家说：“全体到首相办公室，快！”

喊声刚落，整栋建筑又猛烈震动了一下。像诚哉说的那样，巨浪一次又一次袭来。

确认其余人都逃入首相办公室，最后面的冬树正要进门，背后轰的一声，水花随即洒下来，简直像大浪打在岩石上。

冬树望向台阶下方。那里水流汹涌，水位已达台阶中段。

“哥！”冬树大声呼喊，“你在哪里？哥！菜菜美小姐！”

水声中混杂着嘎吱嘎吱的摩擦声，就像建筑在呻吟。这时，他隐约听见有人在喊“冬树”。是诚哉的声音。

不久，走廊拐角处出现了诚哉，水浸到他的脖子。他拖着菜菜美。她脸朝后方，看来失去了知觉。

“还行吗？”冬树问道。

“我伤了脚，动不了。我行李中有绳索，让它漂过来。”

“明白！”

冬树冲进首相办公室，翻找诚哉的背囊，的确有条旧绳索，就是河濑救出冬树和明日香时使用的绳索。

“怎么了，诚哉先生他？”明日香问道。

“没事，用绳索拖。”冬树说完，又冲出房间，手持绳索走下台阶。水位似乎又高了。他慢慢放着绳索。顺着水流，绳索一端漂到诚哉手上。

诚哉拿过绳索，绑在菜菜美身上。“好了，拉过去。”

冬树慢慢将绳索拉近。水流很猛，要用很大力。不知何时，明日香和小峰也来到身后，帮他一起拉。不久，菜菜美漂到冬树伸手可及的地方。

“马上送她去房间！”诚哉大声喊道，“要人工呼吸、按摩心脏，不赶紧就晚了！”

小峰抱起菜菜美，走上台阶。

冬树再次送出绳索。诚哉一直没动。从他脸上看不出，但脚上的伤应该很重。确认他抓住了绳索，冬树用力拉起来。“腿骨折了吗？”

“好像是。自以为游泳了得，就这下场。”诚哉正自嘲地说着，传来了爆炸似的巨响。官邸随即摇晃起来。晃动渐渐加大，冬树也站不稳了。

水流激荡，仿佛水池掉了底似的向阶下汹涌流去。诚哉随即被冲开。冬树拼命抓住绳索不放，身后还有明日香帮忙，但无法将诚哉拉过来。

“明日香，把绳索缠在我身上！打个死结！”

“明白！”

明日香把绳索余下的部分缠在冬树腰部。接下来的瞬间，令人难以置信的事情发生了。随着一声巨响，一部分天花板掉落下来，压住了连接冬树和诚哉的绳索。诚哉随之被卷入，眼看要被冲走。

冬树咬紧牙关，使出浑身力气站住，但绳索拖拽他的力更大。绳索就缠在他的腰上，这样下去，他也要被拖入水中。

这时，冬树和诚哉四目相交。

算了，放弃吧——哥哥对弟弟诉说道。这样下去，会连累你。

怎能放弃——弟弟的目光答道。

强烈的力加在绳索上，冬树被抛入水中。他想，完了。但牵引绳索的力很快消失了。他挣扎着爬回台阶，拉动绳索，可本该握住另一头的诚哉却已无影无踪。

“哥哥！”他喊道，但没有回应。

水急剧退去。冬树走下台阶。一部分遭受破坏的建筑堆积着，诚哉倒在一旁，一块平板插在他身上，几乎贯穿了他的身体。

“哥哥……”冬树抱住诚哉。

诚哉微微睁开眼睛。他的脸没有了生气，口中仍喃喃着。他想对弟弟说什么，但已话不成声，甚至不能呼吸了。

黑云覆盖着天空，阳光被遮蔽，那个曾被称为东京的城市只剩残骸沉在黑暗之中。云层不时发出不祥的声音与光亮，是闪电掠过。只在那个瞬间，城市才会暴露出它的惨状。

官邸不住地摇晃。是因为地震，还是巨浪冲击，或者是人的错觉，谁也弄不清了。

冬树瞟了一眼手表。那是诚哉给的。“过了早上五点。”他回头说道。

“还有八个小时吗，”小峰叹息道，“真长啊……”

没人搭腔。没人有力气搭腔。河濑受骨折的影响已精疲力竭。菜菜美在人工呼吸和心脏按摩下苏醒过来，但不能动弹，得知诚哉死去的消息后更是深受刺激。荣美子迄今一直以母亲的顽强守护着美保和勇人，也已身心俱疲。明日香则抱膝而坐，久久不动。

现在支撑他们的唯有再次到来的P-13现象。如能熬到那时，死了也行。不，已经决定了，到那时就死。

真奇妙啊，冬树心想，只有定下死期一事成为此刻活下去的动力。

他坐在首相使用过的椅子上，闭上眼睛。诚哉最后一刻的情景还呈现在他眼前。应该很伤心，却没有生离死别之感。也许，在这过于残酷的世界活下去本身已是奇迹，死亡乃理所当然之事。或者说在无意识之中已经明白，自己迟早也要走这条路，诚哉只是先走几个小时而已。

忽然，冬树听见山崩地裂般的声音。他睁开眼睛，站了起来。

明日香抬起脸，问道："什么声音？"

冬树看向窗外。接下来的瞬间，一道强光随着轰响跃入眼帘。是雷落在了很近的地方。接着，从四面八方传来机枪似的声音。稳坐的明日香惊跳起来，问道："怎么了？"

冬树看着外面，惊愕不已。窗外正下着巨型冰雹，落在窗框外的冰雹直径甚至达到约十厘米。

"下冰雹了。"他告诉大家。

"哎哟哟，打雷加冰雹吗？"河濑躺着嘀咕道，"真好笑。"

冰雹打在建筑上的声音越发大了。明日香喊了一句，冬树没听清。

地板忽然倾斜了。与此前的摇晃不同，是朝着一个方向持续倾斜。要塌！冬树察觉到，终于轮到这官邸了。

随着轰鸣，不规则的强烈震动袭来，可以想象建筑物正一点点垮塌的样子。墙壁大幅度弯曲，是建筑的倾斜导致的。

"大家保护头部！"冬树大喊。但是，他觉得别人听不见。正在垮塌的建筑发出凄厉的声音。

有东西从上方掉下，是天花板持续坍塌。冬树躲进桌子底下。

地狱般的时间持续了好几个小时。接踵而来的地震使官邸的地基软化，洪水和巨浪不断摇撼着官邸。屋顶塌落、柱子折断、墙壁倒塌。官邸虽然还没有完全毁坏，但已经不是保护人的容身之所。

然而冬树等人还活着。他们聚集在顶层的一个角落里，躲避着没完没了的暴雨加冰雹。地板严重倾斜，因此所有人都紧贴墙蹲着。但大家都知道，墙的背面已完全倒塌。

“一点！”冬树看着手表喊道，“刚刚过了一点！”

“还有十三分钟吗？”河濑挤出这么一句。

“不，是十二分钟。”小峰说道，“那只手表晚了一分钟。”

“哦。再过十二分钟，从这里跳下去就行了。”

“那样就可以轻松死掉吗？”明日香问道。

“大概吧。下面可是钢筋混凝土呢。虽说有流水，但要是头朝下掉下去，一下子就行。”

“会顺利吗？”

“不管成不成，走一步看一步。只能横下一条心了。”河濑的声音里多少带着兴奋情绪，大概是觉得很快一切都要结束了。

冬树看向其他人。荣美子表情悲伤地抱紧了女儿。对于要再次杀死女儿，她显然迟疑不决。美保不知道妈妈的心思，只是害怕地搂着妈妈。

菜菜美抱着勇人。勇人已气若游丝好几个小时了，不但没哭闹，连手脚也没有动一下。菜菜美认为“丢下他也是死”。这么一句话，让大家下了决心：把小宝宝也带着上路。

冬树看了看手表，又过去了五分钟。就在他要宣布时，大地传来沉重的声音，仿佛呻吟一般。

究竟还会发生什么？就在冬树这么想时，一瞬间，他觉得身体漂浮起来，如同飞机进入了空中陷阱[①]时的感觉。然而几秒钟后，他又感到强

---

①飞机在大气层中飞行时，飞行高度忽然以水平姿势急剧下降的区域，是产生于积云系云层或山峦地带的下降气流所致。

烈的冲击。地板更加倾斜，支撑身体的墙壁开始垮塌。

冬树往下看，下方呈现出可怕的一幕。地面裂开，正要吞没一切。他忽然想起了诚哉说过的话。当智慧存在于不可存在之处时，时间和空间就要动起来，把它消灭。

可能就是这么回事，他想。本来非死不可的智慧因为 P-13 现象的悖论而存在，也许宇宙就要消解这个矛盾。

如果是这样，要到何时为止？有期限吗？

下一次 P-13 现象不就是期限吗？宇宙要在那之前排除理性。那么，超越了期限会怎么样？不就会再次产生“矛盾”吗？这正是诚哉所谓的“奇迹”吧？

有人抓住了冬树的手腕，是小峰。他在看手表。“还有一分钟！”他喊道，“再忍耐一分钟，就可以死了！”

“等一下，也许不是那样！ P-13 现象可能就是智慧存在的界限。如果是，应该能活多长就活多长！”

“你说什么啊，已经事到如今了！”

建筑物进一步垮塌，塌落的部分被裂开的地面吞没。所有人都使出最后的力气，抓住各种东西，不让自己掉下去。

“到时间了！”小峰喊叫着跳下去。冬树看见他飘然下落，身体碰上了东西，弹起来，就那样混杂进瓦砾。

“死了……”冬树嘟囔道，“什么也没发生，P-13 现象还没有开始。”他看了看表，指针刚好指向一点十三分。

大地怒吼，激荡翻腾。已经不是地震之类的了。冬树被甩到空中。与此同时，一切声音都消失了，然后光消失了。

最后，他的意识也消失了。在意识消失前，他想到，哥哥的手表是准确的。

50

背后传来了枪声。冬树紧抓敞篷车的后排座椅，回头看后面，不禁愕然。诚哉倒下了，胸部在流血。

“哥哥！”他叫道，与此同时放了手。紧接着，枪声再次响起。但是方向完全不同，比刚才近得多，而且感觉有东西掠过耳旁。

冬树摔下车，随即使用柔道的保护姿势在沥青路面打滚。脚下流着血，也许什么地方受伤了，但已顾不上。他迅速站起身，不是朝敞篷车，而是向诚哉跑去。

光头男子已被侦查员们控制住，坐在奔驰车上的二人也被包围。但对冬树而言，那些都无所谓。

诚哉倒在路面上。他身旁的一个侦查员正在打手机，大概是在呼叫救护车和增援。

“哥哥！”冬树冲上去。

“最好别动他。”侦查员制止。冬树拨开对方的手，抱起诚哉。不知为何，他下意识地感到哥哥救不活了，已经不在世上了。

诚哉的脸是死人的脸。眼睑半开，扩散的瞳孔看着天空。

忽然，深深的丧失感袭来。冬树第一次感到，失去这位同父异母的哥哥是多么悲惨而不幸。

“怎么会这样？是我的错！我做了多余的事，害死了哥哥！”冬树无视周围的人，哭喊道。

荣美子向前一步，做了个深呼吸。她牵着女儿的手，身处大楼楼顶。只有那里的栅栏很低。

只能这样了——她对自己说。

丈夫一年前病故。自那以后，就自己一个人抚养美保，已经到极限了。三个月前，她供职的公司倒闭了。而且她还借了一大笔钱，都花在了丈夫的治疗上。钟点工的收入能糊口就不错了，连借款的利息也付不起。房租也拖着没交，房东说了，本周内必须搬走。

带上女儿自杀实在很痛心。但如果只自己一个人死，留下来的美保只会受苦而已。

只能这样了——她再次在心里念叨，随后准备再迈步向前。

“妈妈。”美保说道。

荣美子低下头，只见女儿指着脚下。

“妈妈，看小蚂蚁！”

“嗯？”

美保指的地方的确有几只蚂蚁来回跑。

“了不起呀，小蚂蚁。走到这么高呢！这么小，了不起！”美保眼睛发亮。

看着她的小脸，荣美子心头的乌云渐渐稀薄了，仿佛被风吹跑了一样。她感到重压消失了。

我有这孩子，她想，这不就够了吗？即便所有一切被夺走，这孩子也是自己的。如果这孩子被夺走的那一天到来，再离开这世界好了。

荣美子对女儿笑道：“挺冷呢，进里面吧。”

“嗯。”美保笑着点头。

河濑在手中的棋子里挑选了桂马，放在棋盘上。看到对面的拓司苦着脸，他心里暗笑。“胜负已定啦。放弃无谓的挣扎，爽快地拿出钱包吧。”

“不，再坚持一下。”拓司双臂抱在胸前，盯着棋盘。

河濑看了看墙上的时钟，指针指向一点十三分。

忽然，门外吵闹起来，能听见男人的怒吼。河濑打开旁边的桌子抽屉，里面藏着枪。他摸到枪和门打开几乎是同一时间。他猛地猫下腰，子弹从他头上掠过，打在墙壁上。

进来的是一个戴着带面罩头盔的男子。

“你小子是荒卷会的奸细吧！”河濑举枪射击，但没有子弹射出。连扣几次扳机，情况相同。“怎么没子弹！”他面容扭曲。

拓司向河濑咧嘴一笑。戴头盔的男子再次把枪口对准了他。

“不，等一下……”

枪口喷出火花。

大型显示屏下角显示的数字早就变成了 000。

负责人看过手表后，向大月示意。“P-13 现象应该是平安通过了。”

如释重负的感觉在会议室里扩散，各省厅的负责人脸上也有了笑容。

大月抬头看了看田上。“立刻调查，看那十三秒钟里是否发生了死亡事故或者案件。”

“明白。”

大月见田上找警察厅的人问，便抱起胳膊，闭目养神。似乎没有发生惊天动地的事情，可是还不能放心。按专家们的解释，如果在 P-13 现象发生期间智慧被消灭了，即有人死去，那就有可能出现时间悖论，部分历史就要改变。但似乎谁也不知道情况会多严重。

“首相。”耳畔传来声音。大月睁开眼。田上来到他身边。“现时能确定的有两件事。一个案子和一次事故。”

“什么案子？”

“一名追捕抢劫杀人犯的警察殉职了，据说是警视厅的管理官。”

“警视厅？怎么偏偏是警官？”大月撇撇嘴角，“事故是交通事故吗？”

“对。在中野区，一名公司职员驾驶汽车冲上了人行道，车上的两名公司职员和人行道上的一对年老夫妇死亡。”

“那么总共五人？算了，这也没办法吧。”

此时，警察厅的人走近，在田上耳边低声说话。大月眼见田上脸色阴沉下来。

“怎么了？”

“又有一宗事故。在饭田桥的工地现场发生了钢筋掉落事故，一人被砸中死亡。是一名年轻男子。”

“真没办法。”大月往上拢了拢头发，“那就是六人。希望就此打住。但都死了六个人了，看来也没有特别的影响，所谓时间悖论没有发生吧？”

“不，还不好说。”JAXA 的负责人说道，“就像此前说的，P-13 现象的回摆会在一个月后到来，不到那时就无法得出结论。”

“你说回摆？那时候也不能死人。”

“是这样。”负责人点头，“下一次 P-13 现象过去后，这次时间悖论的影响就能知道。”

刑事部长紧皱的眉头一直都没有松开。冬树尽量不去看他，但每被问及，又不由自主扫一眼。每次看他愁眉苦脸，冬树就明白自己犯了多大的错。不仅是刑事部长，连搜查一科科长和理事官也都使冬树意识到，失去久我诚哉这个部下让他们多么沮丧。

冬树来到警视厅，是因为全体侦查员要就诚哉殉职一事接受问话调查。对那一天、在那个地方发生的事情，冬树和盘托出。他打算接受任何处分。

“你的话我基本了解了，跟其他侦查员说的一致。”刑事部长说道，

“那个人是我学姐。”她说道。

冬树看向杂志，上面有女子足球队员的专题。“你是足球部的？”

“室内足球。那个，可以让我看一下吗？”

“行啊。”他说。

这时，旁边的门开了，护士露出脸。“中原小姐，中原明日香小姐！”

“来了。”女高中生应道，遗憾地看向冬树。

冬树笑笑，递上杂志。“你拿着吧。”

“真的？谢谢你啦。”她满脸高兴地接受了，“我一定会谢你的。”

“小事一桩，别在意。”

她进入了诊室。冬树望着关上的门，心想，来这家医院还挺有意思。

图书在版编目（CIP）数据

悖论13/（日）东野圭吾著；林青华译．—2版．—海口：南海出版公司，2014.9

（东野圭吾作品）

ISBN 978-7-5442-7216-2

Ⅰ．①悖…　Ⅱ．①东…②林…　Ⅲ．①长篇小说－日本－现代　Ⅳ．①I313.45

中国版本图书馆CIP数据核字（2014）第152344号

著作权合同登记号　图字：30-2012-108

悖论13
〔日〕东野圭吾 著
林青华 译

出　　版　南海出版公司　（0898）66568511
　　　　　海口市海秀中路51号星华大厦五楼　邮编 570206
发　　行　新经典发行有限公司
　　　　　电话（010）68423599　邮箱 editor@readinglife.com
经　　销　新华书店

责任编辑　张　锐
特邀编辑　史　诗
装帧设计　金　山　朱柳柳
内文制作　杨兴艳

印　　刷　河北鹏润印刷有限公司
开　　本　890毫米×1270毫米　1/32
印　　张　10.25
字　　数　240千
版　　次　2012年9月第1版　2014年9月第2版
印　　次　2018年4月第22次印刷
书　　号　ISBN 978-7-5442-7216-2
定　　价　39.50元